Ein gutes Versteck

Das Buch

Das Schrillen des Telefons reißt Buchhändlerin Dido Hoare mitten in der Nacht aus dem Schlaf. Zu Didos Erleichterung hat der Anruf nichts mit ihrem herzkranken Vater zu tun – es ist Phyllis Digby, ihre zuverlässige Kinderfrau, die verzweifelt um Hilfe bittet. Dido findet die verängstigte Phyllis schließlich versteckt im Schrank inmitten ihrer verwüsteten Wohnung. Aber irgendetwas ist faul an der Geschichte, die ihr Phyllis auftischt. Warum will sie mit allen Mitteln verhindern, dass Dido die Polizei ruft? Die Merkwürdigkeiten häufen sich: Nicht nur, dass Frank, Phyllis' älterer und kränklicher Ehemann, wie vom Erdboden verschluckt ist, nein, am nächsten Tag steht die Polizei auf einmal vor der Tür und einer der Beamten, da ist sich Phyllis sicher, gehört zu den Einbrechern der letzten Nacht. Als dann ein schrecklicher Mord passiert, wird Dido klar, dass sie dabei ist, sich selbst und ihre Familie in höchste Gefahr zu bringen ...

Die Autorin

Die Kanadierin Marianne Macdonald ging zum Studium nach Oxford, wo sie die nächsten dreißig Jahre ihres Lebens blieb, um eine akademische Karriere zu verfolgen. Heute lebt sie im Norden von London und widmet sich ganz ihren zwei großen Leidenschaften: der Schauspielerei und dem Schreiben.

Von Marianne Macdonald sind in unserem Hause bereits erschienen:

Blut ist dicker als Wasser
Die letzte Strophe
Das Manuskript
Die Schriftrolle
Der Stammkunde

Marianne Macdonald

Ein gutes Versteck

Roman

Aus dem Englischen
von Marie Rahn

List Taschenbuch

Besuchen Sie uns im Internet:
www.list-taschenbuch.de

Umwelthinweis:
Dieses Buch wurde auf chlor- und säurefreiem Papier gedruckt.

Ungekürzte Ausgabe im List Taschenbuch
List ist ein Verlag der Ullstein Buchverlage GmbH, Berlin.
1. Auflage Juni 2005

Titel der englischen Originalausgabe: *Road Kill*
(Hodder and Stoughton, a division of Hodder Headline, London)
Umschlagkonzept: HildenDesign, München
Umschlaggestaltung: Hauptmann und Kampa Werbeagentur,
München – Zürich
Titelabbildung: Simon Upton
Gesetzt aus der Bembo BQ
Satz: Dörlemann Satz, Lemförde
Druck und Bindearbeiten: Clausen & Bosse, Leck
Printed in Germany
ISBN-13: 978-3-548-60537-1
ISBN-10: 3-548-60537-0

Dieses Buch ist für die Meister der Lernkurve
David und Andrew Korn
in Liebe.

Kapitel 1

Nach Einbruch der Dunkelheit

Wenn ich versuche, mich an die Geschehnisse dieser Nacht zu erinnern, dann ist das meiste davon verschwommen. Vielleicht habe ich schlafgewandelt, zumindest am Anfang, denn meine geistige Alarmsirene war ganz sicher für ein paar Stunden ausgeschaltet. Und dann war es einfach zu spät, umzukehren.

Ich hatte den größten Teil des Montagabends unten im Laden verbracht, hatte die Kisten ausgeladen, die ich von der Buchmesse am Wochenende zuvor wieder mitgebracht hatte, und dann damit begonnen, die betreffenden Bücher zurück in die Regale zu stellen. Buchmessen sind harte Arbeit. Ich fiel gegen zehn Uhr ins Bett, zu müde, um noch ein heißes Bad zu nehmen, nach dem meine schmerzenden Muskeln sich sehnten, zu schläfrig sogar, die Vorhänge zu schließen. Ganz gewiss kann ich mich an nichts mehr erinnern, nachdem ich mich in die Bettdecke gerollt hatte, und zwar bis zu dem Zeitpunkt, wo ich meine Augen mit dem Gefühl öffnete, dass irgendetwas gerade passierte oder passiert war. Ich richtete ein schlafsandverklebtes Auge auf den Wecker neben meinem Bett. Die Leuchtziffern behaupteten, es sei kurz nach drei, also hätte ich eigentlich fest schlafen sollen. Ich hörte den regelmäßigen Atem meines kleines Sohnes Ben aus dem Bettchen auf der gegenüberliegenden Seite des Zimmers. Was immer mich aufgeweckt hatte, ihn hatte es nicht gestört.

Im Zimmer war es dämmrig, nicht dunkel. Mitten in London ist der Himmel niemals wirklich nachtschwarz: Die endlosen Reihen von Straßenlampen, die Leuchtreklameschilder und die Scheinwerfer bilden ein orangefarbenes Licht, das in der verschmutzten Luft schwebt und von den tief hängenden Wolkenschichten reflektiert wird. Das Licht, das von der Straße her durch mein Fenster drang, war hell genug, dass ich die Umrisse des großen viktorianischen Schranks, der Kommode und des Haufens gefalteter Wäsche auf dem Tischchen erkennen konnte – alles ganz normal. Ich sagte mir, ich hätte nur ein Geräusch auf der Straße gehört. Das ist ebenfalls ganz normal. London schläft auch bei Nacht nicht.

Dann kroch mir der Gedanke ins Bewusstsein, dass ich möglicherweise vergessen haben könnte, die Alarmanlage im Laden anzustellen, bevor ich nach oben ging. Vielleicht war ich von einem Einbrecher aufgeweckt worden. Oder wieder einmal von einem Betrunkenen, der seine Flasche ins Schaufenster geworfen hatte. Ich lauschte angestrengt. Auf der gegenüberliegenden Seite des Zimmers rührte sich Ben.

Und noch etwas bewegte sich. Die Tür knarrte. Ich sah, wie sie sich einen Spalt weit öffnete, und hörte dann die Tapser auf dem Teppich, so dass ich auf das Gewicht vorbereitet war, das plötzlich am Ende meines Bettes spürbar wurde. Mr Spock, meine rote Tigerkatze, trottete schwerfällig in Richtung Kopfkissen und untersuchte sorgfältig mein Gesicht. Ich flüsterte: »Leg dich hin, Katze!« und wartete, bis sie sich zurückgezogen und es sich in meiner Kniebeuge bequem gemacht hatte, so dass ich mich selbst wieder dem Schlaf widmen konnte.

Nachdem ich etwa zehn Minuten reglos dagelegen hatte, gab ich es auf.

Ich schlich am Kinderbett vorbei und dann über den eiskalten Teppich in der Diele. In der Küche goss ich mir ein Glas Wasser ein und trank es, während ich ins Wohnzimmer schlich. Die Vorhänge waren hier ebenfalls offen, so dass das Licht von der Straßenlampe für genügend Helligkeit sorgte und ich dem überall auf dem Boden verstreuten Spielzeug ausweichen konnte. Ich quetschte mich am Sofa vorbei zum nächstgelegenen Fenster und blickte hinaus auf die stille Straße, wo nichts sich regte.

Als ich mich umwandte, sah ich das rot blinkende Licht auf dem Anrufbeantworter. Jemand hatte angerufen: Dieses Geräusch hatte mich aus tiefem Schlaf geweckt.

Barnabas!

Ich stürzte zum Anrufbeantworter und tastete zitternd nach dem Abspielknopf. Mein Vater ist vierundsiebzig und er hat bereits einen Herzanfall hinter sich. Der Apparat piepte und surrte. Ich beugte mich über ihn und lauschte, während mir das Herz bis zum Hals klopfte, als die Kassette zurückspulte.

»Dido?«

Die Stimme verwirrte mich einen Moment. Ganz gewiss gehörte sie nicht meinem Vater.

»Dido, bitte wach auf …«

Phyllis! Phyllis Digby, meine grundsolide, ruhige, praktische Kinderfrau, hatte mit einer so kläglichen, hohen Stimme gesprochen, dass ich die Panik darin unmöglich überhören konnte. Es musste etwas mit Frank sein – Phyllis' kränklichem Mann, der im mittleren Alter war. Ich hatte ihn nur ein paar Mal getroffen, doch er hatte ebenfalls gesundheitliche Probleme, irgendwas mit den Lungen. Ich fing an, Schlussfolgerungen zu ziehen. Die zweite Nachricht lautete ganz einfach: »Hier ist Phyllis.« Die dritte lautete: »Phyllis noch mal …« Ihre Stimme wurde immer heller.

Ich schaltete den Apparat aus und wählte ihre Nummer. Sie ging beim ersten Läuten dran.

»Phyllis, was ist los? Um was geht's?«

Doch sie sprach bereits. »Dido, ich brauche Hilfe. Kannst du kommen?«

Mein benebeltes Hirn bemühte sich, nachzudenken. »Ben und ich können in zehn Minuten da sein. Ganz ruhig, Phyllis, nicht …«

Ich wollte sagen *Nicht aufregen*, doch sie sprach schon wieder: »Ich bin sicher, sie sind jetzt weg, Dido, aber – nur für den Fall, sei vorsichtig, wenn du hereinkommst.«

Ich blinzelte und korrigierte schwerfällig meine Vorstellungen. »Phyllis, *was ist los*? Ich rufe wohl besser die Polizei an oder brauchst du …«

»Nein! Bitte …«

Nein? Ich öffnete den Mund. Und zwang mich, ihn wieder zu schließen. Was auch immer passiert war, ich fuhr besser direkt los. Schließlich sagte ich: »In Ordnung … Ich bin gleich da. Es wird alles gut« und hängte ein. Was brachte mich dazu, so etwas zu sagen?

Meine Kleider lagen noch auf dem Boden neben dem Bett, wo ich sie ein paar Stunden zuvor hatte fallen lassen. Ich zog sie an, band mir die Turnschuhe zu, nahm die alte Jacke vom Haken im Flur, griff mir die Schlüssel, ging dann zurück ins Schlafzimmer und hob Ben hoch, der in seine Decke gerollt war. Er wurde langsam schwer. Er regte sich, und im Licht vom Flur her konnte ich sehen, wie seine Lider flatterten. Ich flüsterte: »Wir machen nur eine kurze Fahrt mit dem Auto.«

Die Wohnung der Digbys lag im obersten Stock eines Wohnblocks mit zwölf Parteien, den ich nach einer ungefähr fünf Minuten dauernden Fahrt durch die leeren frühmorgendlichen Straßen Richtung Osten erreichte. Die Power Street ist eine dunkle Seitenstraße mit gleichförmigen, zwanzig Jahre alten Backsteinhäusern mit drei Stockwerken und doppelverglasten Fenstern, die jeweils von einem Streifen abfallübersätem Rasen umgeben sind. Ich fuhr den Citroën nah an das Haus heran, welches mein Ziel war, und parkte unter den tropfenden Zweigen einer Zierkirsche, die an einer Ecke des regennassen Rasenstücks stand. Als ich meinen Hals reckte, konnte ich von dort aus durch die Windschutzscheibe die Wohnung der Digbys sehen. Sie nahm die rechte Ecke des obersten Stockwerks ein. Die Wohnzimmervorhänge waren offen, aber dahinter war es dunkel. Ich hatte jedoch immer noch den seltsamen Unterton in Phyllis' Stimme im Ohr, und plötzlich überkam mich die Vorstellung, wie sie sich dort oben in einem Sessel zusammenkauerte und sich im Dunkeln versteckte.

Ben döste im Kindersitz. Ich sagte leise zu ihm: »Die Frage ist, was machen wir mit dir? Ich kann dich doch nicht allein im Auto zurücklassen. Aber ich kann dich auch nicht mitnehmen.«

Alles in allem hatte ich bei dem Wagen ein sichereres Gefühl als bei der dunklen Wohnung. Ich würde in einer Minute zurück sein. Trotzdem war mir mulmig, als ich ausstieg, die Alarmanlage einschaltete und abschloss. Als ich noch einmal durch das Fenster ins Innere des Wagens blickte, schlief Ben immer noch.

In der Mitte des Weges zum Eingang wurde mir klar, was mich störte: Immer wenn ich Phyllis im Dunkeln nach Hause gebracht hatte, war in der Eingangshalle und im

Treppenhaus Licht gewesen. In dieser Nacht jedoch nicht. Vielleicht gab es einen Zeitschalter, um Strom zu sparen? Brauchte man denn die ganze Nacht Licht im Treppenhaus?

Nun, tatsächlich war ich bis jetzt der Meinung gewesen, dass man das in einem Wohnblock brauchte.

Mein Finger fuhr schon über die Reihe mit den Gegensprechanlagen neben der Tür, als ich bemerkte, dass ich sie gar nicht brauchte, um ins Haus zu gelangen; jemand hatte die Tür mit einer aufgerollten Zeitung offen gehalten. Ich glitt hinein, schob die Zeitung mit dem Fuß beiseite und ließ die Tür hinter mir ins Schloss fallen.

Der unterste Teil des Treppenhauses lag als schwarzes Rechteck direkt vor mir, flankiert von zwei staksigen Philodendren, die der engen Eingangshalle wohl etwas Distinguiertes verleihen sollten. Ich ging weiter. Etwas knirschte. Ich brauchte einen Moment, um zu verstehen. Über meinem Kopf hätte eine Wandlampe hängen sollen; stattdessen befand sich zerbrochenes Glas unter meinen Schuhen. Ich hatte Mühe zu akzeptieren, dass das, was Phyllis erschreckt hatte, real war. Ich drückte meinen Arm gegen die tröstliche Ausbeulung in meiner Jackentasche – mein Handy. Ich musste nur darauf achten, dass ich nicht von irgendetwas überrascht wurde. Oder von irgendjemandem. Wenn ich auch nur eine Stecknadel fallen hörte, würde ich einfach den Notruf wählen und nach einer Polizeistreife verlangen, ungeachtet dessen, was Phyllis gesagt hatte.

Auf dem ersten Treppenabsatz war eine weitere Wandlampe auf ihre nackte Metallhalterung reduziert worden, doch meine Augen hatten sich bereits genügend an die Dunkelheit gewöhnt, um zu sehen, dass der Flur vor mir leer war. Vermutlich hatte Phyllis Recht und sie waren weg.

(Sie?) Ich löste meine Gedanken gewaltsam von dieser Vorstellung und sagte mir, dass wahrscheinlich alles so war, wie Phyllis gesagt hatte … Ja, sicher. Ich schlich weiter und wünschte, ich hätte eine Waffe. Ein Golfschläger wäre nett, dachte ich verträumt. Oder eine doppelläufige Schrotflinte. *Reiß dich zusammen, Dido!*

Die Wohnungstür der Digbys war eine der vier auf der obersten Etage – diejenige, die weit offen stand.

Ich wartete hier wohl besser ein wenig. *Außer es passierte etwas.*

Meine Uhr sagte mir, dass es fast vier war. Ich ließ mir zwei Minuten Zeit. Einhundertzwanzig Sekunden. Es war so still, dass ich das schwache Wasserrauschen in der Zentralheizung hörte. Als meine Uhr mir schließlich bestätigte, dass die Zeit um war, zwang ich mich, daran zu denken, dass das ganze Haus voll von normalen, netten, schlafenden, hilfsbereiten Bürgern war, die alle angerannt kämen, wenn jemand Respektables wie ich schreien würde. Zumindest hoffte ich das. Wahrscheinlich würde ohnehin nichts passieren. An diesen Gedanken musste ich mich halten. Und da ich ja nicht einfach umkehren und verschwinden konnte, war es Zeit, hineinzugehen.

Auf der Straße vor dem Haus fuhr ein Auto vorbei. Es hielt nicht an, und dann hörte ich kein Geräusch mehr außer dem leisen Quietschen meiner Turnschuhe auf den Linoleumfliesen. Ich tastete nach dem Lichtschalter an der Wand direkt hinter der Wohnungstür, betätigte ihn und blinzelte ins Licht.

Kapitel 2

Puzzlestücke

Der Flur der Digbys war schmal und L-förmig. Ein paar Schritte von mir entfernt bog er um die Ecke. Abgesehen von dem leeren Flurtisch, der Tür, durch die ich gerade gegangen war, und den Türen in der gegenüberliegenden Wand war nichts zu sehen. Die linke Tür war offen, und das Licht vom Flur beleuchtete leere Fliesen, ein Waschbecken und eine Stange mit ordentlich gefalteten Handtüchern. Die anderen Türen waren geschlossen.

Irgendwie war die Stille nicht so beruhigend, wie sie hätte sein sollen.

Die Wohnzimmertür war um die Ecke auf der rechten Seite. Ich schlich zu der Biegung des Flurs und spähte um die Ecke. Diese Tür stand ebenfalls offen, dahinter war schwaches blaues Licht zu sehen. Nichts bewegte sich vor den schattendunklen Umrissen der Möbel. Ich glitt hinein und schaltete ein weiteres Licht an.

Halb hatte ich irgendeine Katastrophe erwartet, so dass sich die Wirklichkeit fast enttäuschend ausnahm. Das kleine Wohnzimmer der Digbys mit seiner kastanienbraunen Polstergarnitur vor dem großen Fernseher und der Essecke mit dem kleinen Tisch-Stühle-Anrichte-Arrangement sah vollkommen normal aus. Das heißt, normal für Phyllis, denn gemessen an meinen eigenen Maßstäben war es unnatürlich aufgeräumt. Die einzigen Dinge, die im Schaufenster eines Möbelhauses fehl am Platze gewirkt hätten, waren ein halb leerer Becher mit etwas Braunem – Kakao? – auf dem Beistelltischchen neben einem der Sessel und das Strickzeug, das auf einen Fußschemel gelegt worden war. Das blaue Licht kam von dem Fernseher, der zwar angeschaltet, aber stumm gestellt war und einen Sprecher zeigte, der lautlos die nächtlichen Nachrichten verkündete. Phyllis musste hier gesessen haben, als irgendwas passiert war. Ich schlich hinüber. Auf dem Kakao hatte sich eine Haut gebildet und der Becher fühlte sich kalt an. Und wenn sie hier irgendwo war, warum war sie nicht hervorgekommen, als ich das Licht eingeschaltet hatte? Sie musste doch bemerken, dass ich da war. Ich öffnete den Mund. Dann beschloss ich, nicht zu rufen, weil mein Blick auf das Telefon gefallen war. Es war ein schnurloses Modell und der Hörer fehlte. Ich zog mein Handy aus der Tasche, vergewisserte mich, dass es auf Stand-by stand, und behielt es in der Hand, während ich mich weiter umsah.

Ich öffnete langsam die Küchentür. Als ich den Lichtschalter betätigte, gingen die Neonröhren an der Decke flackernd an und tauchten den Raum in ein grelles Licht. Alles in Ordnung hier … bis auf den Kühlschrank, der einen Spaltbreit offen stand. Ich ging durch den Raum und drückte die Tür zu, doch sie stieß gegen das Gemüsefach, und ich musste es erst hineinschieben, bevor es klappte. Da war jemand nachlässig gewesen. Gewaltsam riss ich meine Gedanken von der Frage *Wer?* und *Warum?* Ich musste jetzt Phyllis finden.

Als Nächstes kam die offene Badezimmertür. (Keine Leichen in der Badewanne oder irgendetwas in der Art.) Ich ließ das Licht dort an. Die beiden Räume dahinter waren wohl die Schlafzimmer. Ich hatte sie nie betreten, doch man brauchte keine einschlägigen Erfahrungen, um zu wissen, dass es langsam brenzlig wurde, als ich im Eingang zum ersten stand. Es war ein winziger Raum, offensichtlich Frank Digbys Arbeitszimmer. Das war es zumindest gewesen. Ich schaltete das Deckenlicht an. Frank besserte seine Frührente auf, indem er freiberuflich als Buchhalter arbeitete, doch auf der Müllkippe, die sich mir darbot, würde er eine Weile nicht arbeiten können. Jemand hatte seinen Schreibtisch und den Aktenschrank in die Mitte des Raums gezogen, die Schubladen herausgehoben, den Rest vornübergekippt und eine wahre Flut von Papieren und Akten hinterlassen. Ein kleines Regal mit leeren Borden stand hinter einer Anhäufung von Unterlagen und Aktenkästen. Ein Computer war mitten ins Chaos gestellt worden. Das heißt: der Teil eines Computers – ich konnte die Tastatur, den Monitor und den Drucker entdecken. Der Apparat selbst war vielleicht irgendwo im Durcheinander vergraben, aber momentan konnte ich ihn nicht ausmachen. Im Augenblick schien das auch unwichtig. Im großen Schlafzimmer sah es fast genauso schlimm aus. Die Matratzen waren abgezogen und vom Bett genommen, die Kommode und der Frisiertisch von der Wand abgerückt und umgekippt, und leere Schubladen lagen wild durcheinander im Chaos. Einen panischen Moment lang meinte ich, eine Leiche auf dem Boden neben dem Bett zu erblicken, doch es war nur eine Tagesdecke.

Ich schlich durch die Tür und flüsterte: »Phyllis?«

»Dido? Dido, bist du das? … Kannst du mich rauslassen?«

Die Stimme ertönte hinter der Tür eines Einbauschranks. Ich schlitterte über die Matratzen, drehte den Schlüssel herum, der im Schloss steckte, und riss die Tür auf. Phyllis blickte mich von unten herauf an und blinzelte ins Licht. Der Schrank war leer bis auf ein paar Metallkleiderbügel, und sie saß in ihrem geblümten Bademantel auf dem Boden, den Rücken an die Wand gepresst, die Knie zur Verteidigung vor ihren Körper gezogen und mit dem Telefon zu ihren Füßen. Ich war erleichtert, als sich langsam ein Lächeln auf ihrem bleichen Gesicht ausbreitete, doch als ich die Hand nach unten ausstreckte und ihr aufhalf, schwankte sie.

»Nein, nein, ich bin okay, nur etwas steif. Ich sitze hier schon seit … ich weiß nicht, wie lange. Wie viel Uhr ist es?«

»Phyllis, was ist passiert? Ist mit Frank alles in Ordnung?«

Sie schüttelte langsam den Kopf, als würde meine Frage sie verwirren. »Er ist nicht hier. Er ist weg. Ich wollte gerade ins Bett gehen, als sie an die Tür klopften, und da dachte ich, es sei einer der Studenten von gegenüber; sie kommen sich ständig etwas ausleihen. Aber als ich die Tür öffnete … Einer der anderen Hausbewohner muss sie hereingelassen haben.«

»Haben sie viel mitgenommen?«, fragte ich. Aber kaum hatte ich die Frage gestellt, wusste ich schon, dass sie nicht besonders intelligent war. Warum sollten Einbrecher ausgerechnet in diesem ganz normalen Haus bis zum obersten Stockwerk steigen und dabei umsichtig und vermutlich völlig lautlos die Lampen zerstören, während sie die Treppe hinaufstiegen, und dann die wenigen wertvollen Dinge wie Fernseher und Videorecorder ignorieren? Und warum sollte ein Dieb – oder mehrere Diebe, denn sie hatte *sie* gesagt – überhaupt zu den Digbys kommen, und das ausgerechnet zu einer Zeit, da sie wussten, dass jemand zu Hause war, weil nämlich Licht in der Wohnung brannte? Ich formulierte also, ohne lange nachzudenken, meine Frage neu: »Wer war das?«

»Ich konnte es nicht erkennen. Das Licht im Treppenhaus war aus, als ich die Tür öffnete, und einer von ihnen drängte sich hinein und packte mich, ehe ich wusste, wie mir geschah. Er warf mir etwas über den Kopf, einen Mantel vielleicht. Ich ... ich hatte keine Zeit nachzudenken. Ich konnte nicht ... er hielt mich fest. Es waren drei. Drei flüsternde Stimmen. Sie zogen die Kleider aus diesem Schrank und drängten mich hinein, doch seltsamerweise kam dann einer von ihnen nach einer Weile zurück und öffnete die Tür; er sagte nichts, sondern warf nur das Telefon hinein und verschloss die Tür wieder.«

Ich starrte sie an. »Warum hast du dann nicht die Polizei gerufen?«

Phyllis sagte müde: »Als ich das Telefon anschaltete, war die Leitung tot. Sie müssen das Kabel herausgezogen haben.«

»Aber du hast doch mich angerufen!«

Sie schien in sich zusammenzusinken. »Ich weiß. Sie müssen daran gedacht und es wieder eingesteckt haben, bevor sie verschwanden, aber ich dachte nicht daran, es zu versuchen, bis sie weg waren. Sie gingen eine lange Zeit hier herum und schoben Möbel hin und her ...« Ich sah, dass ihr der Zustand des Zimmers ins Bewusstsein drang. Das brachte sie zum Schweigen.

Ich sagte: »Im Arbeitszimmer sieht es noch schlimmer aus, aber alles andere scheint in Ordnung zu sein. Was ist danach passiert?«

Sie schüttelte hilflos den Kopf. »Tja, nach einer Weile konnte ich niemanden mehr hören. Ich sagte mir, dass sie einen Grund gehabt haben mussten, das Telefon hier hineinzuwerfen. Also versuchte ich, dich anzurufen, und es funktionierte. Wie viel Uhr ist es?«

Dieses Mal sagte ich es ihr und im Hintergrund sagte eine Stimme in meinem Kopf sarkastisch: *Das Telefon eingeschaltet, damit sie um Hilfe rufen konnte? Wie nett!* Wenn ich Mr Spock gewesen wäre, hätten mir alle meine Haare zu Berge gestanden.

Doch das war jetzt unwichtig. Ich versuchte mir zu überlegen, was ich sagen sollte, und brachte es schließlich zu einem: »Ich habe Ben unten im Wagen gelassen.« Meine Stimme klang unnatürlich normal. »Ich gehe mal und hole ihn, und dann machen wir uns einen schönen Tee und warten, bis die Polizei da ist.«

Phyllis blickte mich an, und ich sah, wie etwas Farbe in ihr Gesicht kam und auch, dass etwas Hartes in ihre Augen trat. Sie bekam sich wieder unter Kontrolle. Sie sagte: »Nein! Warte. Frank …« und verstummte wieder.

Als ich lange genug gewartet hatte, fragte ich: *»Was?«*

»Bevor Frank ging, sagte er, wenn irgendetwas in seiner Abwesenheit passieren sollte, dürfte ich nicht die Polizei rufen. Nicht, bevor ich mit ihm darüber gesprochen hätte.«

Ich starrte sie an. Sie wich meinem Blick aus. »Wenn *was* passieren würde, Phyllis? Willst du sagen, dass er das hier erwartet hat? Und dass er dich hier allein gelassen hat?« Ich konnte hören, wie ich lauter wurde.

Phyllis blickte auf ihre Hände und schüttelte den Kopf. »Ich weiß es nicht, ich habe zu dem Zeitpunkt nichts gesagt. Ich bin sicher, er konnte nicht ahnen … Jedenfalls glaube ich, er meinte, was er sagte. Ich meine, das ist doch jetzt klar, oder?«

Ich wachte auf. Endlich. Nein, mir war nichts klar.

Ein Mann, der solch merkwürdige Instruktionen hinterließ, musste seine Gründe dafür gehabt haben, und es wäre nett gewesen, zu erfahren, wie die wohl aussahen. Es wäre auch nett gewesen, zu wissen, wie viel Phyllis mir verschwieg. Ich wählte meine Fragen sehr sorgfältig aus: »Wo ist er?«

»Tja ...« Phyllis verstummte wieder, doch ich hörte etwas in ihrer Stimme. Ich starrte sie an. »Auf einer Art Geschäftsreise. Die hatte sich ganz plötzlich Samstagabend ergeben. Er kam herein und nahm das Telefon mit ins Arbeitszimmer. Dann telefonierte er ziemlich lange. Am nächsten Morgen sagte er, er würde so bald wie möglich zurück sein und ich sollte mir keine Sorgen machen, falls es einen Tag oder so dauern sollte. Er nahm aber kein Gepäck mit, also wollte er wohl nicht lange fort bleiben. Ich habe seitdem nichts mehr von ihm gehört, aber es kann sein, dass er versucht hat, mich heute Abend anzurufen. Als ich vom Einkaufen zurückkam, zeigte der Anrufbeantworter drei Anrufe an. Keine Nachricht. Das ist wohl er gewesen.«

Je mehr Fragen ich stellte, desto unbefriedigender würden die Antworten werden, das wurde mir jetzt vollkommen klar. Ich setzte mich auf die Überreste des Bettes. Möglicherweise würde all das bei Tageslicht mehr Sinn ergeben, wenn ich etwas geschlafen hatte, wenn wir beide etwas geschlafen hatten. Aber ich bezweifelte es.

Sehr vorsichtig fragte ich: »Was möchtest du jetzt tun?«

Phyllis blickte sich ziemlich beredt im Zimmer um. »Könnte ich bei dir auf der Couch schlafen?«

Ich blickte mich ebenfalls um und beschloss, kein Wort mehr darüber zu verlieren. »Natürlich. Aber kannst du dich dann fertig machen? Du weißt, wie ich es hasse, Ben im Wagen zu lassen. Pack alles zusammen, was du brauchst.«

Sie zögerte. »Ich ziehe mich jetzt nicht an. Ich werfe mir einfach den Mantel über. Ich nehme nur die Schlüssel und Kleider für morgen mit.«

Ich widersprach nicht. Sie tauchte ins Chaos und zog Unterwäsche, einen Rock und etwas für oben heraus und stopfte es in ihre große blaue Einkaufstasche. Ich versuchte, die Brieftasche darin zu übersehen. Sie hatten noch nicht mal ihr Geld genommen. Gewaltsam riss ich mich von diesem Gedanken los, denn er führte zu nichts Gutem.

Wir zogen die Wohnungstür hinter uns zu, schlossen sie zweimal ab, eilten schweigend die Treppen hinunter, vergewisserten uns, dass die Haustür ebenfalls zu und verschlossen war, rannten zum Wagen und öffneten die Türen.

Eine Stimme erklang in der Dunkelheit. Vom Kindersitz her äußerte Ben etwas, das wie »Schatzi!« klang, und das in einem Ton, der verriet, dass er hellwach war und klarstellen wollte, dass es ihm höchst zufrieden stellend ging.

Hysterisch sagte ich: »Das nehme ich mal als Kompliment. Phyllis, das Ganze ist verrückt.«

»Dido«, sagte sie. »Du bist eine echte Freundin. Ben, mein Süßer, wir fahren nach Hause.«

Kapitel 3

Old Spice

Als ich fünf Stunden später in meiner Küche saß, wurde ich in aller Deutlichkeit an meine eigenen Probleme erinnert. Der gegenwärtige Zustand des Raumes war nur ein Symptom: Meine gesamte Wohnung bietet kaum genug Platz für eineinhalb menschliche Wesen und eine Katze, ganz zu schweigen von einem unerwarteten Gast.

Ben und ich wohnen in der oberen Etage eines kleinen Hauses aus dem neunzehnten Jahrhundert im Norden von London, das seit sechs oder sieben Jahren sowohl mein Zuhause als auch mein Geschäft beherbergt. Die untere Etage wird von meinem Laden eingenommen: *Antiquariat Dido Hoare*, wie das elegante Schild mit den Goldlettern über dem Schaufenster der Welt verkündet. Oder zumindest dem Teil der Welt, der zufällig meine abgelegene Seitenstraße in Nordlondon entlanggeht. Über dem Schild befindet sich das Wohnzimmer mit den hohen, georgianischen Schiebefenstern, das die gesamte Frontseite des Hauses einnimmt; und im hinteren Teil, mit Blick auf viele hohe Backsteinmauern und kleine Hinterhöfe, befinden sich die Liliputküche, das winzige Badezimmer und das Schlafzimmer, das ich mit Ben teile. Was jedoch köstlich intim war, als ich mit Bens Vater frisch verheiratet war, und danach gerade richtig für mich und meine vorlaute rote Katze Mr Spock, platzte nun, da ich ein Kleinkind hatte, aus allen Nähten. Mit einem Gast war das Ganze alles andere als witzig.

Phyllis und Ben hatten sich an meinem briefmarkengroßen Küchentisch niedergelassen und aßen gemeinsam Toast und gekochte Eier. Ich blickte meine Besucherin prüfend an und sah, dass sie sich ungeachtet der Vorkommnisse in der vorausgegangenen Nacht nun vollkommen unter Kontrolle hatte. Phyllis Digby ist eine große, zähe und ausdauernde Krankenschwester aus Australien mit sandfarbenem Haar, scharfen blauen Augen und einem offenen Wesen. Ich sehe sie immer vor mir, wie sie durch einen Billabong streift und mit Leichtigkeit Kängurus zähmt.

Mr Spock saß auf der Fensterbank, direkt neben dem Radio, das die deprimierenden Morgennachrichten verkündete: ein absurdes Massaker in einem Dorf, nicht weit von Algier; ein weiterer Kabinettsabgeordneter, der der Bestechung durch einen dubiosen Millionär überführt worden war; eine nicht identifizierte Leiche in einem Vorort von London; der finanzielle Triumph eines titanischen Katastrophenfilms. Meine Katze beäugte den Frühstückstisch, wagte jedoch nicht einzugreifen, aus Respekt vor Phyllis' känguruzähmenden Fähigkeiten. Ich zog den Bauch ein, glitt hinüber zur Arbeitsfläche, um mir einen Becher frischen Kaffee aus der Maschine einzugießen, schaltete das Radio aus und lehnte mich gegen den Kühlschrank. »Wenn du möchtest, kannst du jetzt ins Bad«, sagte ich zu ihr. »Da gibt es jede Menge heißes Wasser.«

Sie zögerte. »Dido, ich glaube, ich gehe lieber nach Hause. Ich muss dort sein, wenn Frank anruft. Ich muss ihm alles erzählen.«

»Aber nicht allein«, sagte ich rasch, denn es würde nicht gerade ein Spaß sein, im grauen Licht eines Wintermorgens in das Chaos ihrer Wohnung zu spazieren. Wenn ich an ihrer Stelle gewesen wäre, hätte ich freundliches Mutmachen gebraucht: ein Taschentuch, eine Schulter, an der man sich ausweinen konnte, und ganz gewiss eine helfende Hand.

Außerdem war da etwas faul; und selbst wenn ich die schon notorischen Zuckungen meiner Neugier ignorierte, wollte ich doch meine Aufmerksamkeit nicht davon abwenden, denn Phyllis und ich waren in den vergangenen Monaten nicht mehr nur Arbeitgeber und Arbeitnehmer, sondern eher Freunde gewesen. Tja, wenn man mir zusetzte, würde ich wahrscheinlich gestehen, dass meine Motive teilweise selbstsüchtig waren: Ben und ich brauchten Phyllis, und alles, was sie betraf, hatte Auswirkungen auf die komplizierten Arrangements, die mir als allein erziehender Mutter ermöglichten, meinen Lebensunterhalt zu verdienen. Also war ich vor ein paar Stunden mit der Sorge eingeschlafen, dass etwas vor sich ging, was ich nicht verstand, und dass Phyllis meinen Beistand brauchte, und damit war ich auch wieder aufgewacht.

Wir wechselten am Tisch die Plätze und einen Augenblick später hörte ich das Wasser rauschen. Ben und ich verbrachten einige Zeit damit, Kaffee zu trinken und darüber zu diskutieren, wie lustig es ist, eine leere Eierschale mit der flachen Hand zu zerdrücken, und wie enttäuschend, dass man es nur einmal pro Eierschale machen kann. Während unsere Aufmerksamkeit diesem Thema galt, schnappte sich Mr Spock eine Brotrinde mit Butter und versteckte sich in der Ecke hinter dem Tretmülleimer. Ich entschuldigte mich bei ihm, dass ich für kurze Zeit das Wichtigste vergessen hatte, und ging das Katzenfutter holen.

Es war ein milder Morgen im späten Februar, mit einem Wind, der hoch in den Lüften die dünnen Wolken von

West nach Ost blies und uns ab und an schwache Sonnenstrahlen bescherte, die über Steinwände und Schieferdächer wanderten. Es war die Art von Tag, die einem den Eindruck vermittelt, dass der Frühling vielleicht doch nicht mehr ganz so fern ist. Wir saßen im Citroën und fuhren im Zickzack durch Seitenstraßen Richtung Osten. In meinem Rückspiegel konnte ich Phyllis sehen, die still neben Ben auf dem Rücksitz saß und mit einer V-förmigen Furche zwischen ihren sandfarbenen Augenbrauen ins Leere starrte. Es war eine ruhige Fahrt, nur Ben lieferte uns laufend Kommentare in einer Sprache, die sich allmählich anhörte wie meine Muttersprache.

Jemand hatte bereits die Scherben im Treppenhaus aufgekehrt. Phyllis schloss die Tür von Nummer 9 auf, sagte: »Tja …«, ging hinein und wandte sich zum Wohnzimmer. Ich stellte Ben auf seine Füße, und wir sahen beide zu, wie Phyllis das Zimmer überprüfte und sich entspannte, als sie bemerkte, dass der Schaden begrenzt war. Sie schritt durchs Zimmer und nahm ihren verwaisten Kakaobecher.

Ich hörte mich selbst dümmlich fragen: »Bist du sicher, dass du es nicht doch melden solltest? Es ist noch nicht zu spät.«

»Offen gestanden, Dido, weiß ich nicht, warum ich das tun sollte. Sie können nichts mitgenommen haben.« Dieses Mal erwähnte sie Franks Instruktionen nicht.

»Willst du damit sagen, dass es nur ein übler Streich war?«

Sie wich meinem Blick aus. »Oder ein Missverständnis. Jemand ist in die falsche Wohnung eingebrochen. Oder ja, vielleicht war es nur ein Scherz, der misslang.«

Ich beschloss, mir jede Bemerkung über die Tatsache zu verkneifen, dass sie offensichtlich nach einer Ausrede suchte, und fragte lediglich: »Und was ist mit dem Durcheinander?«

»Gut, gut. Ich vergewissere mich, dass kein echter Schaden angerichtet wurde. Aber ich bin noch nicht mal davon überzeugt, dass die Polizei so etwas überhaupt untersuchen würde. Oh, wahrscheinlich würden sie alles zu Protokoll nehmen, aber es würde nichts daraus folgen. Also reine Zeitverschwendung.«

»Das war's also?«

»Ich denke ja. Ich werde abwarten, was Frank dazu sagt. Aber vielleicht kaufe ich eine neue Kette für die Tür, um sie zu sichern. Von nun an werde ich sie vorlegen, wenn ich allein hier bin.«

»Du erwartest also, dass sie zurückkommen?«, fragte ich. Ich hatte nicht gesagt, dass ich ihre Erklärungen für Ausreden hielt, aber ich konnte hören, wie ich lauter wurde. Und in diesem Moment bemerkte ich, dass Phyllis nicht die Einzige war, die angesichts des Ganzen nervös geworden war.

Ein Schatten glitt über ihr Gesicht. »Dido, ich habe sie beim ersten Mal auch nicht erwartet.«

Ich zählte bis fünf, zwang mich, ruhig zu sprechen, und fragte: »Wer waren sie?«

»Wenn es nicht irgendein Missverständnis war, dann glaube ich, müssen es ein paar … Leute gewesen sein, die Frank von früher kannte.«

Ben zappelte und entzog mir seine Hand, während ich noch nachdachte: Mit seinem noch leicht unsicheren Gang machte er sich auf zu einer Erkundungstour.

Phyllis sagte rasch: »Keine Sorge, er kann hier nicht viel Schaden anrichten. Ich behalte ihn im Auge.« Sie nahm das Strickzeug und legte es außer Reichweite auf den Fernseher.

Ich gab auf. »Warum fangen wir dann nicht an, das Schlafzimmer aufzuräumen?«

Wir drei gingen den Flur hinunter. Wie ich erwartet hatte, sah das Zimmer im Tageslicht irgendwie noch schlimmer aus.

»Wenn du mir hilfst«, sagte Phyllis grimmig, »können wir die Kommoden wieder aufstellen und sie an die Wand zurückschieben. Dann haben wir Platz zum Räumen.«

Wir hievten die größere in die Höhe und schoben sie geräuschvoll zurück an die Wand, wobei wir schuldbewusste Blicke wechselten. Aber mir kam auch der Gedanke, dass die Nachbarn unter uns wohl stocktaub sein mussten, da sie es geschafft hatten, den Krach zu ignorieren, als jemand die Wohnung auseinander genommen hatte. Die zweite Kommode war leichter. Wir rückten sie leiser an ihren Platz zurück.

»Aber warum sollte jemand …?«, setzte ich trotz meiner Absicht, den Mund zu halten, an, als die Türklingel ertönte. Phyllis wurde bleich.

»Die Haustür? Einfach ignorieren«, schlug ich vor.

Sie nickte und wir warteten mit einem unguten Gefühl. Es gab keine weitere Warnung, aber wir bemerkten, dass ein sorgloser Hausbewohner noch einen ungebetenen Besucher hereingelassen hatte, als wir Schritte im Treppenhaus hörten. Rasch nahm ich Ben hoch, drückte ihn an mich und zischte ihm ein »Schschsch« ins Ohr. Er wand sich. Die Türklingel läutete durchdringend. Man hörte Gemurmel auf dem Treppenabsatz und dann eine gemurmelte Antwort. Ben trat nach mir, und ich wusste, dass er jeden Augenblick unsere Anwesenheit verraten würde; die Türklingel erklang noch einmal, gefolgt von einem Klopfen an der Tür.

»Mrs Digby? – Polizei! Ist alles in Ordnung, Mrs Digby?«

Phyllis holte geräuschvoll Luft und ging die Tür öffnen. Ben und ich folgten ihr.

Vor der Wohnungstür standen zwei Männer in Anzug und schwarzem Ledermantel. Heutzutage tragen nur noch wenige Männer Anzüge, und zwar Banker, Parlamentsmitglieder, Angehörige der königlichen Familie und Kriminalbeamte, und ich erriet schon, welcher Gruppe diese beiden Männer angehörten, noch bevor einer von ihnen uns seinen Ausweis zeigte.

»Mrs Digby, ich bin DI Moore, und dies ist DS Andrew. Uns wurde gemeldet, dass es letzte Nacht hier einen Zwischenfall gab.« Er sprach näselnd, mit leichtem Birminghamer Akzent. Sein Blick wanderte von Phyllis zu Ben und mir und wieder zurück, dann fügte er hinzu: »Alles in Ordnung mit Ihnen?«

Als Phyllis einen Schritt zurück machte, wischten sie sich die Schuhe an der Matte ab und traten mit wachsamem Blick ein. Moore war ein kräftiger, mittelgroßer Mann im mittleren Alter, mit mittelbraunem Haar, das an den Ansätzen mausgrau wurde. Jemand hatte ihm irgendwann in der Vergangenheit die Nase gebrochen. Er bewegte sich schwerfällig wie ein alter Sportler mit verschleißkranken Knien, doch in seinen Schultern und Händen sah man noch die Kraft. Sein Sergeant war größer und hatte wässrige blaue Augen in einem gelblichen grobschlächtigen Gesicht unter einem Schopf weißer Haare. Die beiden musterten uns.

»Nachbarin?«, fragte Moore in die Luft zwischen Phyllis und mir.

Sie antwortete nicht, so dass ich mich als Freundin vorstellte und wir alle ein vorsichtiges Lächeln austauschten. »Netter kleiner Kerl«, sagte Moore zu Ben, der plötzlich das Interesse an ihnen verloren hatte und in Richtung Wohnzimmer wackelte. Wir folgten ihm und bildeten einen Kreis.

»Wie haben Sie vom Einbruch erfahren?«, wollte ich wissen.

Moore legte seinen Kopf schräg und blickte mich ausdruckslos an. »Er wurde gemeldet. Nicht von Ihnen? Dann müssen es die Nachbarn gewesen sein.«

Vielleicht waren sie doch nicht stocktaub.

Phyllis sagte leise: »Ich möchte keine Anzeige erstatten. Ich glaube nicht, dass etwas gestohlen wurde. Ich brauche keine Polizei hier.« Ihre Stimme klang seltsam.

»Stört es Sie, wenn wir uns kurz umsehen?«, fragte Moore. »Ich überprüfe mal Ihr Wohnzimmer.« Er gab Andrew einen Wink, der sich zum hinteren Teil der Wohnung wandte; Phyllis, Ben und ich folgten Moore und sahen, wie er einen verstehenden Blick durchs ordentliche Zimmer warf. Als Andrew wieder auftauchte, blickten sie sich an und verzogen das Gesicht.

»Sie sagen, es fehlt nichts?«, erkundigte sich Andrew. Im Gegensatz zu Moores Akzent wies der seine aufs East End hin. »Haben Sie Ihre Wertsachen überprüft?« Er blickte seinen Vorgesetzten an. »Drüben herrscht das Chaos, Sir.«

Phyllis antwortete nicht, also sagte ich: »Wir sind gerade erst zurückgekommen. Sie wollte eben aufräumen.«

»Nun, Madam«, sagte Moore unparteiisch in den Raum zwischen Phyllis und mir, »dann sollten Sie das jetzt auch tun. Wir werden warten. Wenn möglich, sagen Sie uns, was fehlt, das nehmen wir dann zu Protokoll.«

Andrew entrichtete ebenfalls seinen Beitrag: »Ihre Versicherung wird wissen wollen, ob Sie uns benachrichtigt haben.«

Da blickte Phyllis mich an, nicht die Kriminalbeamten. »Dido, mir geht es jetzt gut. Ich glaube, Ben und du solltet jetzt nach Hause gehen, sonst öffnest du zu spät den Laden.«

Ich schaffte es, mir auf die Zunge zu beißen. Es war Dienstag. Dienstag ist mein Nachholtag. Am Dienstag öffne ich den Laden nur, wenn ich eine geschäftliche Verabredung habe, und Phyllis weiß das genauso gut wie ich.

Ich sagte so beiläufig, wie ich nur konnte, dass ich ihr noch ein wenig helfen würde. Ich suchte nach einer Möglichkeit, sie zu fragen, was denn nicht stimmte, aber die beiden Beamten folgten uns den Flur hinunter, stellten sich dann wie *Tweedledum* und *Tweedledee* an je einer Seite der Schlafzimmertür auf und schenkten uns schweigend ihre volle Aufmerksamkeit. Etwas an ihnen machte ein Gespräch unmöglich. Sie beobachteten, wie wir die Schubladen aufhoben und sie leer in eine Reihe legten. Phyllis räumte verbissen auf. Sie schien abwesend, wie jemand, der sich mit einem Problem beschäftigt und kaum merkt, was seine eigenen Hände tun. Wir hoben eine Sammlung von Unterwäsche, Hemden, Pullovern, Bettlaken und einzelnen Socken auf und warfen sie willkürlich in die Schubladen, die wir, als sie voll waren, wieder an ihren Platz zurückschoben. Übrig blieben nur noch die Kleider von den Bügeln im Schrank und die Laken und Decken vom Bett.

»Fehlt immer noch nichts?«, unterbrach Moore das Schweigen. »Sind Sie sicher?«

Phyllis schüttelte den Kopf. »Das sind doch nur Kleider. Niemand, der bei Verstand ist, würde sie stehlen. Es fehlt nichts.« Aber ich hatte beobachtet, wie sie einen ziemlich beeindruckenden Fotoapparat in die oberste Schublade von einer der Kommoden gelegt hatte, und mein Unbehagen über den Einbruch der vergangenen Nacht wuchs.

Ich brachte ein breites Lächeln zustande und fing an zu plappern. »Sie müssen all das für ziemlich albern halten. Was meinen Sie, warum sie den Fernseher nicht mitgenommen haben? Oder den Videorecorder? Ich bin sicher, in der Zeitung gelesen zu haben, dass Einbrecher genau solche Dinge stehlen.«

Moore schenkte mir ein Lächeln, das ebenso bedeutsam schien wie meines, und sagte, sie wären vielleicht gestört worden. Ich beschloss, dass mir jetzt übel wurde.

Doch meine Fragen hatten ihn ungeduldig gemacht. »Haben Sie hier irgendwelche Wertsachen?«, fragte er Phyllis. »Schmuck vielleicht. Dokumente? Geld? Könnten Sie das bitte überprüfen?«

Wir drei beobachteten Phyllis, als sie einen roten Plastikkasten hervorholte und hineinsah. Ein Blick darauf, als sie den Deckel hochhob, zeigte uns, dass er voller Modeschmuck war und dass dies zu nichts führte. Sie schloss den Deckel und warf den Kasten auf den Frisiertisch.

»Was ist mit dem anderen Schlafzimmer?«, schlug Andrew vor. »Das ist auch durchsucht worden. Würden Sie bitte einen Blick darauf werfen, Missis Digby? Miss, ähm« – er hatte meinen Namen vergessen, aber ich nahm es ihm nicht übel –, »würden Sie mitkommen und ihr helfen? Nehmen Sie auch das Kind mit. Wir wollen doch nicht, dass es Unfug macht.«

Wir gingen nacheinander ins Arbeitszimmer, und die Männer sahen zu, wie wir den Schreibtisch und den Aktenschrank wieder aufstellten, so dass nur noch der Boden knietief mit Müll bedeckt war. Mir reichte es jetzt, denn offensichtlich lief hier etwas falsch. Ich habe etwas über polizeiliches Vorgehen gelernt, auf die harte Tour, und nichts von dem, was ich wusste, konnte erklären, warum ein Inspektor und ein Sergeant vom Criminal Investigation Department gekommen waren, um eine vage Meldung aus zweiter Hand über einen zwölf Stunden zurückliegenden Zwischenfall zu überprüfen. Wenn sie auf der Stelle erschienen wären, letzte Nacht und in der Hoffnung, eine Festnahme vorzunehmen, dann hätte ich es vielleicht geschluckt. Und außerdem: Warum standen sie da herum und sahen zu, wie wir aufräumten, anstatt nach der Spurensicherung zu schicken? Phyllis' Einbrecher hatten doch bestimmt eine einschlägige Akte, also konnte die Suche nach Fingerabdrücken so verkehrt nicht sein, bevor wir alle Beweise zerstört hatten. Nebenbei waren die beiden Beamten ziemlich übereifrig gewesen und doch hatten sie immer noch keine Fragen über den Einbruch gestellt. Weder hatten sie von Phyllis verlangt, genau zu beschreiben, was passiert war, noch sich Notizen gemacht. So hätte ihr Besuch eigentlich anfangen sollen. Ich warf einen Blick auf meine Uhr. Sie waren nun seit einer halben Stunde in der Wohnung und hatten Phyllis nicht gebeten, ihnen zu erzählen, was geschehen war, hatten überhaupt keine Fragen gestellt. Niemand außer mir schien das bemerkt zu haben.

Ich wagte einen Versuch. »Wenn du es schaffst«, sagte ich direkt zu Phyllis, »dann fahre ich jetzt wohl lieber zurück und öffne den Laden. Kommst du jetzt allein zurecht?«

Ich sah nicht, wie Andrew sich bewegte, doch er blockierte die Tür. Moore sagte: »Wenn Sie nichts dagegen haben, muss ich Sie bitten, noch ein wenig zu bleiben, Miss. Wir brauchen eine Aussage von Ihnen.«

»Aber ich weiß nichts darüber!«, entgegnete ich ihm. Ich versuchte, meiner Stimme einen Unterton dümmlichen Erstaunens zu verleihen. »Ich war nicht hier – ich kam letzte Nacht ja erst, als alles vorbei war!«

»Wir versuchen uns zu beeilen«, versicherte er mir.

Jetzt hatte ich definitiv Bauchschmerzen. Ich fragte mich, warum ich überzeugt war, sie würden mich aufhalten, wenn ich versuchte, zur Wohnungstür zu gelangen.

Mein Blick fiel auf Ben, der sich glücklich einen Weg durch das Chaos bahnte, das immer noch den Boden einnahm. »Nun gut«, sagte ich strahlend, »aber dann wechsle ich besser zuvor dem Baby die Windeln. Phyllis, hast du was dagegen, wenn ich dein Badezimmer benutze? Sergeant, ähm …?« Wenn er meinen Namen vergessen konnte, vergaß ich auch seinen. »Würden Sie mir wohl die Windeltasche reichen? Ich glaube, ich habe sie auf dem Flurtisch abgestellt, als ich hereinkam.« Ich warf dem Mann ein strahlendes Lächeln zu, folgte ihm, als er meine Tasche holte, und zog mich in die Privatsphäre des Badezimmers zurück. An der Tür gab es einen Riegel. Er war nicht sehr stabil, würde sie jedoch davon abhalten, ohne Vorwarnung hereinzuspazieren. Ich schob ihn leise in seine Position, drehte die Hähne im Waschbecken auf und setzte mich auf den Rand der Badewanne am hinteren Ende des Zimmers, während das Wasser für die nötige Geräuschkulisse zwischen mir und der Tür sorgte. Ich hatte mein Handy zwischen die Ersatzwindeln gesteckt, als ich das Haus verlassen hatte. Eine der Nummern, die ich programmiert hatte, gehörte Paul Grant, einem Polizeibeamten, den ich vor einiger Zeit kennen gelernt hatte. Er reagierte nach dem zweiten Klingeln.

»Paul, hier ist Dido. Hier sind zwei Männer vom CID –

Inspector Moore und Sergeant Andrew. Sie sind hier in der Wohnung von Phyllis Digby.« Das schnurrte ich hastig herunter. »Sie behaupten, sie seien hier, weil ihnen ein Einbruch gemeldet worden sei, der letzte Nacht …«

»Kannst du nicht lauter sprechen?«, fragte Paul. »Was sagtest du? Was ist los? Hör ich da Wasserrauschen?«

Lauter? Ich holte tief Luft, schirmte Mund und Handy mit den Händen ab und versuchte stattdessen, *deutlicher* und *langsamer* zu sprechen. »Paul, hör mir genau zu: Ich habe mich im Badezimmer eingeschlossen und die Wasserhähne aufgedreht, damit sie mich nicht hören. Diese beiden Beamten, Moore und Andrew …«

»Sind nicht von uns«, unterbrach mich Paul.

Ich ließ mich langsam zu Boden sinken und lehnte mich gegen die Badewannenwand. Warum war ich nicht überrascht? »Was machen sie dann in Phyllis Digbys Wohnung? Sie behaupten, sie seien hier, weil jemand letzte Nacht einen Zwischenfall hier gemeldet hätte.«

»Gute Frage. Was sagen sie denn? Bist du sicher, dass sie echt sind?«

»Ich habe einen Ausweis gesehen.«

»Moore und Andrew?«

»Paul!«

Ich hörte einen amüsierten Unterton in seiner Stimme. »Vielleicht bist du wieder über den Sicherheitsdienst gestolpert? Was hast du dieses Mal getan? Also gut, ich komme vorbei, nur für den Fall. Wie ist die Adresse?«

Ich gab sie ihm. Bevor ich damit fertig war, wurde es Ben zu langweilig, und er beschloss, wieder zu den anderen zu gehen. Ich sah, wie er zur Tür wackelte, bereit, ihn mir zu schnappen, so dass ich zufällig bemerkte, wie sich der Türgriff bewegte, bevor Ben die Tür erreicht hatte.

»Miss? Alles in Ordnung?« Das war Andrews Stimme.

Ich packte das Handy zurück in die Windeltasche, sprang auf und betätigte die Toilettenspülung. Dann nahm ich mir eine der sauberen Windeln, hielt sie einen Moment unter das laufende Wasser und nahm sie doppelt. Ich warf mir die Windeltasche über die eine Schulter, hievte Ben auf die andere und hielt die nasse Windel mit Zeigefinger und Daumen vor mir ausgestreckt. »Gerade fertig geworden«, antwortete ich strahlend. »Jetzt suche ich mal besser einen Mülleimer hierfür.«

Andrew sagte nichts, doch er folgte mir bis in die Küche und beobachtete, wie ich meinen Vorwand im Mülleimer unter der Spüle deponierte.

Die beiden anderen waren noch im Schlafzimmer. Phyllis blickte auf, als wir drei zurückkehrten. Sie hängte ordentlich die Kleider zurück in den Schrank, und ich bemerkte, dass Moore sich endlich auch nützlich machte und Frank Digbys Sachen vom Boden aufhob und sie ihr gab. Mir entging auch nicht, dass er mit seiner Hand über die Taschen fuhr, als er ihr eine Jacke reichte. Es war eine unauffällige, beiläufige Geste, die auch hätte Zufall gewesen sein können.

Polizisten machen mich nervös. Nicht, dass ich oft Sachen mache, die wirklich illegal sind, jedenfalls nicht öfter als andere Leute. Aber Polizisten verleihen mir immer das Gefühl, es verhielte sich doch so. Ich hatte so eine Ahnung, was die beiden hier eigentlich wollten, und das war vielleicht die Erklärung dafür, dass sie für mich die Furcht erregendsten Exemplare waren, denen ich je über den Weg gelaufen war.

Ich stellte Ben und seine Windeltasche auf den Boden neben dem Bett, übergab ihm den Schminkspiegel vom

Frisiertisch, um ihn eine Zeit lang zu beschäftigen, und machte mich selbst vorgeblich nützlich, indem ich das Bett richtete, fleißig Laken einsteckte und Decken glatt strich, nur um die Zeit totzuschlagen. Ich musste eine Menge Zeit totschlagen. Ein, zwei Wochen schienen zu vergehen, während ich die Kissen aufschüttelte und große Sorgfalt darauf verwandte, sie vollkommen gerade am Kopfende aufzureihen.

»Das war's?«, sagte Moore plötzlich. »Hier fehlt nichts? Dann machen wir am besten mit dem anderen Zimmer weiter.«

Wir zwei Frauen und das Kind verließen unter Beobachtung der beiden anderen folgsam das Schlafzimmer. Phyllis sagte immer noch nichts. Das beunruhigte mich. Früher oder später würde ihnen das auffallen.

Die Türglocke.

Ich umrundete Andrew und versuchte möglichst harmlos auszusehen, während ich den Knopf der Sprechanlage drückte. »Hallo? Ja?«

»Detective Inspector Grant, Islington CID, ich bin hier wegen Ihres Anrufs.«

Als ich den Knopf drückte, der die Haustür öffnete, konnte ich mich nicht enthalten, den beiden Männern einen Blick zuzuwerfen. Sie sahen einander nicht an.

Moore sagte: »Gut denn. Von jetzt an übernimmt Inspector Grant, Mrs Digby. Wir bleiben in Verbindung.«

Andrew öffnete die Wohnungstür, sagte: »Bis später«, und trat ins Treppenhaus. Moore folgte ihm, und ich trat ebenfalls vor die Tür, um zu beobachten, wie sie rasch hintereinander die Treppe hinunterstiegen. Paul nahm die Treppe jeweils mit zwei Stufen auf einmal. Keiner der drei sagte ein Wort. Doch als sie aneinander vorbeigingen, warfen sie sich prüfende Blicke zu.

Hinter mir sagte Phyllis mit harter, leiser Stimme: »Moore – war einer von ihnen letzte Nacht. Derjenige, der mich packte.«

Ich wirbelte herum. »*Was?* Wie kann das sein? Du sagtest doch, du hättest sie nicht gesehen.«

»Habe ich auch nicht.« Ihr Gesicht sah plötzlich verhärmt aus. »Ich habe ihn am Geruch erkannt. Ich schätze, es ist sein Aftershave. Unverwechselbar. Schon komisch.«

Am Aftershave – tja, wahrscheinlich doch nicht unverwechselbar, wenn es eine beliebte Marke war. Aber das wäre schon ein seltsamer Zufall gewesen.

»Das waren sie also?«, sagte eine vertraute Stimme hinter mir. Ich wandte mich um und blickte in Paul Grants keilförmiges Gesicht mit den braunen Augen. Das Gesicht wirkte zerknittert, genau wie der charakteristische elegante graue Anzug, doch unter den gegebenen Umständen wollte ich nicht kritteln. Er blickte mich mit hochgezogenen Augenbrauen nachdenklich an. »Die beiden habe ich noch nie gesehen. Komisch, dass sie nicht auf ein Wort stehen geblieben sind.«

Kapitel 4

Hardware

»Was ist los?«

Ich schnallte Ben weiter in seinem gepolsterten Kindersitz an, während Paul mir mit solch kalter Aufmerksamkeit zusah, dass man hätte meinen können, er hätte vorher noch nie einen Kindersitz oder ein Kind gesehen. Ich fragte: »Was meinst du?«

Er bedachte mein vorgetäuschtes Unwissen mit dem Knurren, das es wahrscheinlich verdiente. »Glaubt ihr zwei vielleicht, ich würde die Geschichte von den drei Einbrechern schlucken, die in die Wohnung eingedrungen sind und nur einen PC mitgehen ließen? Und dann, dass zwei davon heute Morgen zurückgekommen sind und vorgaben, sie wären Polizeibeamte? Und sie will nicht, dass wir die Sache weiter untersuchen?«

Ich richtete mich auf und konterte: »Du bist doch der Polizist – solltest du so etwas nicht verstehen? Was glaubst *du* denn?«

Er legte einen Arm aufs Autodach, kniff seine großen braunen Augen zusammen und sagte: »Du siehst gut aus.«

Ich antwortete, er sähe ebenfalls gut aus, und zwar mit einem Unterton, der nahe legte, wir sollten doch beim Thema bleiben. Ich versuche wirklich, nicht allzu jämmerlich zu wirken angesichts der Tatsache, dass Paul Grant das Schärfste ist, was mir derzeit im Leben geblieben ist, auch wenn wir vor einiger Zeit vereinbart haben, dass aus uns beiden nichts wird. Wir sind noch nicht fertig miteinander, doch ich hatte mehr oder weniger beschlossen, dass es dabei bleiben würde.

»Paul, glaub mir: Sie hat mir nicht mehr erzählt als dir vor einer Minute. Diese Männer haben mich zu Tode erschreckt, ohne sich dafür besondere Mühe geben zu müssen. Sie haben Phyllis ebenfalls erschreckt. Hast du das nicht gesehen?«

»Ich werde dir mal vier Dinge verraten«, bot Paul plötzlich an und versuchte es auf die entgegenkommende Tour. »Eines davon ist, dass sie etwas Bestimmtes gesucht haben. Es sei denn, du glaubst, sie hätten Altkleider für den Trödelmarkt gesucht. Offensichtlich sind sie zurückgekommen, um sich die Wohnung noch einmal anzusehen. Damit haben sie dummerweise einiges riskiert. Nicht, dass Einbrecher nicht dumm wären, aber normalerweise nicht so dumm, um am Morgen noch einmal dorthin zurückzukehren, wo sie in der Nacht zuvor nichts Wertvolles fanden. Was, wenn unsere Leute da gewesen wären, als sie kamen? Ich schätze also, dass es wichtig für sie war. Zweitens: Deine Mrs Digby ahnt oder weiß wahrscheinlich, was sie wollen. Drittens: Dieser alte Computer ist wahrscheinlich noch zwanzig Kröten wert, also wollten sie die Festplatte, aber nicht zum Verkaufen.« Er verstummte abrupt.

Ich fragte: »Und was war das Vierte?«

Als er schwieg, blickte ich auf und sah, dass er ins Leere starrte. Ich wartete, bis er sagte: »Das Vierte ist der Ausweis. Bist du dir da sicher? Einbrecher sollten keinen Polizeiausweis haben.«

Ich versetzte Ben einen bedeutungslosen Klaps und schloss sorgfältig seine Wagentür. Ich konnte Paul nicht in die Augen blicken, weil ich eifrig zwei und zwei zusammenzählte und mich fragte, ob das Ergebnis, an das ich dachte, nicht ein bisschen zu hoch für mich war. Ich erinnerte mich daran, dass jetzt nicht der rechte Moment war, meiner natürlichen Abneigung gegen Autoritäten nachzugeben, und setzte an: »Um die Wahrheit zu sagen ...«, musste dann aber innehalten, weil ich versuchte, meine Gedanken in eine Ordnung zu bringen, die ihn davon überzeugte, dass ich nicht fantasierte.

»Wirst du es mir sagen oder muss ich dich festnehmen?«

Ich blickte rasch auf und sah, dass er grinste. Ich sagte: »Schlag mich nicht, ich gestehe ja alles. Phyllis ließ letzte Nacht, als sie zu aufgebracht war, um ihre Zunge zu hüten, durchblicken, dass Frank sie angewiesen hätte, nicht die Polizei zu rufen, falls ›irgendwas‹ passieren würde, solange er weg wäre. Und jetzt sagst du, dass es die ganze Zeit echte Polizeibeamte gewesen sein müssen?«

Pauls Miene trübte sich schlagartig. »Der Ehemann? Habe ich in seinem kleinen Arbeitszimmer nicht eine Reihe Buchhaltungsakten gesehen?«

Ich bemerkte, dass er es vermied, meine Frage zu beantworten, aber ich erzählte ihm doch, was ich über Frank Digby wusste, und das war nicht gerade viel. Er war ein ruhiger Mann, der zurückgezogen lebte; wir waren uns zufällig ein paar Mal über den Weg gelaufen und hatten uns wenig zu sagen gehabt.

»Dann wurden mit dem Computer also die Bilanzen seiner Kunden gestohlen«, vermutete Paul. »Ich schätze, die echten, diejenigen, die die Steuerbehörde gerne zu sehen bekäme. Vielleicht ergibt das doch einen Sinn. Ich frage mich, was er wohl sagt, wenn er zurückkommt und es erfährt?«

Ich erklärte ihm, dass er ein böser, misstrauischer Bulle sei, doch war ich mit dem Herzen nicht dabei, weil ich versuchte, mich zu erinnern, wann ich den Eindruck gewonnen hatte, dass Frank Digby ein Vorstrafenregister besaß. »Er ist nur ein freiberuflich arbeitender Buchhalter«, protestierte ich schwach. »Er arbeitet Teilzeit für kleine Geschäfte.«

»Umsatzsteuerbetrug«, erwiderte Paul prompt. »Steuerflucht. Er hat sich doch nicht etwa auch um deine Bücher gekümmert, oder?«

Hatte er nicht.

»Ben kriegt langsam genug«, sagte ich in die unbehagliche Gesprächspause. Das war nicht schwer zu erraten, da mein Sohn angefangen hatte, zum Takt eines eintönigen Singsangs mit beiden Beinen gegen den Vordersitz zu treten. Die Bedeutung war unmissverständlich: Zeit, selbst in den Wagen zu steigen und irgendwas geschehen zu lassen. »Hast du Lust, auf einen Kaffee mitzukommen?«

Er schüttelte den Kopf. »Wir haben einen kleinen Drogendealer bei uns auf der Wache und ich soll aus ihm den Namen seines Lieferanten rauskriegen. Ich habe mich nur für eine halbe Stunde verdrückt, solange der Pflichtverteidiger mit ihm spricht. Aber vielleicht könnten wir in nächster Zeit mal was zusammen trinken gehen?«

»Was Phyllis betrifft ...«, sagte ich.

»Schon klar, ich weiß. Ich kann zwar nichts tun, wenn sie keine Hilfe will, aber ich werde mich mal nach Andrew und Moore erkundigen. Ich habe sie nicht erkannt, aber jemand müsste wissen, woher sie kommen. Deine Freundin brauchte keine Anzeige zu erstatten, aber ich wünschte, sie täte es, denn dann könnte ich sie fragen, was sie uns verschweigt. Du kannst sie vielleicht überzeugen, allerdings wette ich, es gelingt dir nicht. Ich muss zurück. Du kommst zurecht?«

Ich sagte ja, und er verabschiedete sich und fuhr in seinem ramponierten, alten Wagen davon. Ich sah, wie er Richtung Süden fuhr, bis er mit einer kleinen, illegalen Wolke aus blauen Abgasen nach rechts abbog.

»Haben«, bemerkte Ben nachdenklich, als ich auf dem Fahrersitz Platz nahm. Zumindest klang es für mich so.

»Versuch es jetzt nicht mit der Gedankenlesertour«, knurrte ich.

Der Himmel hatte sich seit unserer Ankunft verdunkelt und es nieselte wieder. Ich schaltete den Motor und die Scheibenwischer an, blinkte und fädelte mich in den Verkehr ein, mit dem Gefühl, die Dinge würden im Augenblick außerhalb meiner Kontrolle an mir vorbeirasen.

Vielleicht war ich deshalb unkonzentriert, denn als wir an der Kreuzung zur Essex Road ankamen und ich den linken Blinker betätigte, bemerkte ich zu spät, dass jemand beschlossen hatte, den Verkehr in Richtung Süden zu stauen. Ich sah in den Rückspiegel. Ein grauer Wagen reihte sich direkt hinter mir ein, den Blinker ebenfalls in Aktion, aber neben uns, in der Rechtsabbiegerspur, war niemand. Ich wechselte den Blinker, um eine Rechtskurve anzukündigen, und steuerte den Wagen in die Diagonale, um zu zeigen, dass ich es ernst meinte. Eine Frau in einem kleinen Fiesta fuhr langsamer, damit ich mich in eine Lücke im Verkehr einfädeln konnte, und dann fuhr ich Richtung Norden, auf der Suche nach einer Route durch die Seitenstraßen zurück. Da hörte ich hinter mir plötzlich Hupen. Als ich in den Rückspiegel blickte, sah ich, dass der Wagen hinter mir beschlossen hatte, mir zu folgen und so abrupt in den fließenden Verkehr gezogen hatte, dass gleich mehrere Wagen gezwungen waren zu bremsen.

Vorne saßen zwei Männer.

Ich fuhr den Citroën ruckartig in die nächste Seitenstraße und hielt am Bordstein. Erst jetzt drehte ich mich um. Der graue Wagen fuhr am Ende der Straße vorbei und verschwand hinter der Ecke eines Gebäudes. Dann bemerkte ich, dass ich immer noch den Atem anhielt. Ich gab mir im Geist eine Ohrfeige, weil ich es zuließ, dass meine Fantasie mir einen Streich spielte, und widersprach mir dann selbst, indem ich eine Minute lang wartete und sorgfältig nach vorne und hinten blickte, bevor ich wieder losfuhr.

Ohne überhaupt darüber nachzudenken, nahm ich einen indirekten Weg nach Hause. Erst steuerte ich Richtung Norden, weg von der George Street, dann umrundete ich das Viertel mit den Sozialwohnungen, fuhr durch eine Zufahrtsstraße zwischen zwei großen Häuserblöcken und beschrieb dann einen Bogen, der in der Upper Street endete. An diesem Morgen wimmelte es auf den Straßen von grauen Wagen. Ich beschrieb einen zweiten Umweg in Richtung Ostteil des Friedhofs von St. Mary's, hielt drei oder vier Minuten mit laufendem Motor in einer Straße hinter der Kirche und fuhr dann zurück in meine eigene Straße, um mit dem Gefühl, vollkommen albern zu sein, nach einem Anwohnerparkplatz zu suchen. Aber allzu albern fühlte ich mich doch nicht. Irgendwas an Moore und Andrew war mir ziemlich unheimlich.

Sicher geparkt, löste ich Ben aus seinem Gurt, betätigte die Zentralverriegelung und stapfte mit meinem Sohn auf dem Arm zu meiner Haustür, obwohl er sich wand und selber gehen wollte. Zwei weitere graue Wagen fuhren hintereinander am Ende meiner Straße vorbei, und ich ertappte mich bei dem Wunsch, dass ich mir wenigstens die Marke des einen gemerkt hätte, der mich beunruhigt hatte.

Aber das hatte ich nicht. Es sah so aus, als wäre ich in Panik geraten. Ich riss mich zusammen, stellte Ben auf seine Füße, nahm ihn bei der Hand und schlenderte langsam neben ihm her. Vielleicht sollte ich einfach etwas mehr schlafen und versuchen, zur Ruhe zu kommen.

Kapitel 5

Botschaften

Als Barnabas eintraf, tat ich so, als würde ich arbeiten.

Ich war in den Laden gegangen, um die Morgenpost vom Boden vor dem Briefschlitz aufzusammeln und den Anrufbeantworter zu überprüfen. Nachdem ich meine Pflicht getan hatte, trug ich Post und Ben die schmale Treppe hinauf in meine stille Wohnung.

Ben war einverstanden gewesen, in seinen Laufstall zu gehen, um all sein Spielzeug aus der roten Plastikspielkiste zu räumen, die er dort hat. Er warf nun ein Spielzeug nach dem anderen über den Rand des Laufstalls, weil er wusste, dass ich dadurch früher oder später mit dem aufhören würde, was ich gerade tat, um es zurückzuwerfen. Mr Spock hatte sich hereingeschlichen, um zu untersuchen, was da solch einen Lärm verursachte, und hatte dann auf einem Bord über dem Kamin Zuflucht gesucht. Hartherzig ignorierte ich beide. Ich hatte einen Stift ausfindig gemacht und mich hingesetzt, um ernsthaft Kataloge zu studieren, was Buchhändler eben tun müssen – wie ich mich selbst ermahnte. Ich kümmerte mich um meine eigenen Angelegenheiten. Irgendwann gelang es mir, mich lange genug zu konzentrieren, um telefonisch Stacpooles *Pierrot* mit Illustrationen von Beardsley zu bestellen, den einer meiner Stammkunden vor ein paar Monaten von mir erbeten hatte; aber als die Klingel unten hörbar wurde und ich den Schlüssel in der Haustür und dann Schritte auf der

Treppe vernahm, bemerkte ich, dass es schon eine Zeit lang her war, seit ich irgendetwas von den Listen aufgenommen hatte, die ich doch vorgab zu lesen.

Mein Vater erschien in der Tür, blickte mir prüfend ins Gesicht und fragte: »Was ist los?« Ben begrüßte seine Ankunft mit einem Quieken, das ihn lange genug für meine Entscheidung ablenkte, dass ich wirklich etwas Input brauchte. Ich wartete, bis er sich in den Sessel neben dem Laufstall gesetzt hatte und in Bens anderes Spiel – Spielzeug hin und her reichen – eingelassen hatte, bevor ich sagte: »Ich habe ein Problem.«

»Was du nicht sagst! Könntest du etwas präziser werden?«

Ich warnte ihn, es sei eine lange Geschichte, und fing an, sie ihm zu erzählen. Ich beobachtete die beiden, während ich sprach: meinen blonden Sohn, der groß für sein Alter ist und ein sonniges Gemüt hat sowie die Augen seines Vaters, woran ich ständig erinnert werde (doch hoffentlich nicht seine Moralvorstellungen), und seinen Großvater – den großen, dünnen, weißhaarigen, alten Akademiker mit den wachsamen grauen Augen und dem konzentrierten, logischen Geist. Es dauerte eine Weile, bis Barnabas die Fragen ausgingen, und als ich die Geschehnisse wiederholt und detailliert geschildert hatte, blieb mir die düstere Überzeugung, dass Paul Grant in jedem seiner Punkte Recht hatte und mit seiner Schlussfolgerung wahrscheinlich auch.

Mein Vater gab eine Deutung von sich: »Ich nehme an, du machst dir Gedanken über Mrs Digbys Motive?«

»Ich mache mir über alles Gedanken. Ich kann mir einfach nicht vorstellen, was das Ganze soll. Ich kenne Frank Digby überhaupt nicht – über höfliches Geplauder sind wir nie hinausgekommen. Vielleicht hat Paul Recht und er ist so eine Art Krimineller. Wenn ja, wie viel weiß Phyllis darüber und sollte mich das etwas kümmern?«

Barnabas gab ein geheimnisvolles Grunzen von sich und bedachte Bens Spiel mit einem Stirnrunzeln. Nach einer Weile verkündete er: »Ich hätte gedacht, dass sie im schlimmsten aller Fälle meinen Enkel nicht gerade in ein Leben als Krimineller einführen würde, zumindest nicht in absehbarer Zeit. Ich glaube, du hast sie in euren Angelegenheiten bis heute vollkommen ehrenhaft gefunden.«

Das stimmte, doch das meinte ich nicht. Es ging um die Frage des Vertrauens. Barnabas nickte fast unmerklich, als würde er meine Gedanken lesen. Manchmal frage ich mich, ob er dazu in der Lage ist.

»Jetzt«, fuhr er nach einer kaum merklichen Pause fort, »befindest du dich in der glücklichen Lage, abwarten und zusehen zu können. Und sie hat das Recht, genau das von dir zu verlangen, glaube ich.«

»Was?«

»Ich will damit sagen, dass Mrs Digby das Recht hat, ihre Meinung für sich zu behalten. Sie wird sich dazu entschließen, sich dir anzuvertrauen, wenn sie das Bedürfnis dazu hat; doch solltest du daran denken, dass sie eine selbstbewusste Frau mit fast zwanzig Jahren mehr Lebenserfahrung ist als du. Möglicherweise wirst du dich in Geduld und in für dich ganz untypischem Takt üben müssen. Wie auch immer, wenn es dich tröstet, möchte ich dich darauf hinweisen, dass sie dich angerufen hat, als sie sich in Schwierigkeiten befand.«

Ich sagte: »Was ist, wenn Moore und Andrew zurückkommen?«

Barnabas sagte, dass dies seiner Meinung nach nicht

geschehen würde. Er wollte es gerade erklären, als das Telefon klingelte und wir beide auffuhren.

Ich griff nach dem Hörer und öffnete den Mund.

»Dido, es tut mir schrecklich Leid, dich bitten zu müssen …«

Panik! Ich brabbelte: »Phyllis? Was ist passiert?«

Meine Stimme hatte ihr wohl verraten, was ich dachte, denn ich hörte ein Geräusch, das fast klang wie Lachen. »Nein, nein, es ist nur … Dido, würde es dich stören, noch einmal vorbeizuschauen? Die Post ist gerade angekommen und ich muss etwas mit dir besprechen. Außerdem … tja, ich schätze, mir wird das hier zu viel. Ich höre schon Geräusche. Ich möchte ein Weilchen hier raus.«

Ich sagte: »Ich komme rüber und hole dich ab. Gib mir zwei Minuten. Barnabas ist hier; er kann eine Weile auf Ben aufpassen.«

Ich legte auf, suchte überall nach den Wagenschlüsseln und fand sie am Haken neben der Wohnungstür, wo ich sie immer hinhängen will, was ich jedoch so gut wie immer vergesse. Barnabas beobachtete mit solchem Interesse meine Betriebsamkeit, dass ich lange genug innehielt, um zu sagen: »Sie hat Post bekommen. Und sie klingt komisch. Es wird nicht lange dauern.« Dann hastete ich zum Wagen.

Ich überquerte gerade die Ampel auf der Essex Road, als mein Handy klingelte; ich fuhr langsamer und schaltete es an.

»Dido?« Zum zweiten Mal innerhalb von fünf Minuten warnte mich der Unterton einer Stimme, dass etwas nicht in Ordnung war.

»Paul?«

»Hör mir jetzt genau zu: Es wäre vielleicht keine

schlechte Idee, noch einmal zu Mrs Digbys Wohnung zu fahren – unterbrich mich jetzt nicht, ich habe nur eine Sekunde, keine Zeit für Erklärungen, aber fahre bitte dorthin, so schnell du kannst. Sie wird deinen Beistand brauchen.«

Ich atmete tief in mein Zwerchfell und holte genug Stimme heraus, um zu sagen: »Zufällig bin ich gerade auf dem Weg dorthin. Was ist los? Sie sind doch nicht zurückgekommen?«

»Bist du verrückt, ich würde dich doch nicht dorthin schicken, wenn das der Fall wäre. Hör zu …« Ich wartete und lauschte auf das Rauschen einer offenen Leitung. Mein Blick fiel auf das Tachometer, und ich merkte, dass ich mit über vierzig Meilen durch eine schmale Wohnstraße fuhr, die von beiden Seiten zugeparkt war. Gleich würde ich jemanden umbringen, möglicherweise mich selbst. Ich hatte Zeit, auf fünfundzwanzig zu verlangsamen, bevor er sagte: »Dido, wenn du jemals erzählst, dass ich dich angerufen habe, könnte ich Schwierigkeiten bekommen. Alles klar?«

Ich sagte langsam: »Alles klar, aber …«, dann merkte ich, dass ich in eine tote Leitung sprach. Ich schrie: »So was *Albernes!*«, und da niemand mir zuhörte, fuhr ich weiter zu Phyllis' Wohnung.

Der Türöffner wurde betätigt, bevor ich den Eingang erreicht hatte, was hieß, dass Phyllis am Fenster gestanden und nach dem Wagen Ausschau gehalten hatte. Daher rannte ich die Treppe ein wenig schneller hinauf, als mir bekömmlich war, und keuchte »Phyllis, ich bin's« vor der verschlossenen Tür. Als sie öffnete, bemerkte ich, dass jede von uns der anderen vorsichtig über die Schulter blickte. Ich glitt hinein, und sie schlug hinter mir die Tür zu und schob den Riegel vor. Ich beschloss, so zu tun, als bemerkte ich es nicht, und sagte: »Was ist jetzt mit dem Brief?«

»Es war kein Brief«, sagte sie, »und das ist das Problem. Nur dies hier.« Sie streckte mir einen großen Umschlag entgegen. Ihre Stimme zitterte. Ihre Hand ebenfalls. Die Adresse war handgeschrieben, nicht getippt; der Name auf dem Umschlag lautete »Phyllis Kingsley«.

»›Kingsley‹?«

»Das ist mein Mädchenname; und es ist Franks Handschrift.«

»Was ist drin?«

»Sieh selbst«, sagte sie.

Sie hatte den Umschlag ordentlich am oberen Rand aufgeschlitzt. Ich entnahm ihm zweierlei: ein Flugticket und eine Grußkarte. Das Ticket war korrekt auf den Namen »Phyllis Digby« ausgestellt: ein offenes Ticket nach Sydney, Australien, ohne Rückflug. Mir sank das Herz um ein paar Zentimeter. Die Karte lautete »ALLES GUTE ZUM GEBURTSTAG« und war mit einem Aquarell aus blauen Veilchen und Vergissmeinnicht versehen; innen stand ein gedruckter Vers, der mit den Worten begann »All die glücklichen Jahre …«, und darunter stand handschriftlich *In Erinnerung an deinen Geburtstag*. Die Unterschrift fehlte. Doch der Poststempel war ziemlich eindeutig: Der Brief war am Tag zuvor in »Nordlondon« eingeworfen worden, was auch immer das heißen mochte.

Phyllis sagte leise: »Ich glaube nicht, dass er zurückkommt.«

Als wir dann in der Küche saßen, mit den üblichen Tassen voll heißem, starkem Tee, den keiner von uns wirklich wollte, und dem Umschlag auf dem Tisch zwischen uns, versuchte ich es noch einmal: »Was glaubst du, wohin er gegangen ist? Warum hat er dir das Ticket geschickt? Ist dein Geburtstag nicht im Oktober?«

Phyllis starrte ihre Tasse an. »Wenn du wissen willst, was ich glaube – er denkt, dass etwas Übles im Gange ist, und will mich in Sicherheit bringen. Vielleicht habe ich es nicht erwähnt, aber er war beunruhigt, als er ging. Er erklärte, es sei etwas passiert und er müsse los und mit jemandem sprechen. Er wollte nichts weiter sagen, außer, dass es etwas Geschäftliches wäre und er nicht sicher sei, wann er zurückkäme ... Er sagte, er würde mich anrufen.«

»Er hat dich doch ...« Ich hörte, wie mir die Stimme versagte, doch dann konnte ich fragen: »Hat er dich verlassen?«

»Nein, natürlich nicht! Aber irgendwas läuft da schief.«

Ich versuchte, einen Weg zu finden, höflich das zu umschreiben, was ich eigentlich sagen wollte, scheiterte jedoch. »Phyllis, Paul Grant hat bemerkt, dass Franks Computer fehlt. Er glaubt, dass Frank illegale Konten für einige seiner Kunden angelegt hat und die Männer letzte Nacht danach suchten.«

Ich wartete auf ihren wütenden Widerspruch, doch der blieb aus. Sie verzog das Gesicht. »Vielleicht hat er so etwas in der Vergangenheit gemacht, aber jetzt nicht mehr. Ich habe dir nie erzählt, dass er im offenen Strafvollzug war, als wir uns kennen lernten. Ich arbeitete als Aushilfskraft in einem Krankenhaus in Kent, als sie ihn wegen einer Lungenoperation dort einlieferten. Krebs. Es war ziemlich ernst und er blieb etwa einen Monat. Sie hatten ihn in ein Einzelzimmer gelegt und er bekam keine Besuche, außer vom Gefängnispersonal. Die allerdings waren die ganze Zeit da. Zuerst dachte ich, Frank sei irgendwie gefährlich, aber – nun, er schien so niedergedrückt und so dankbar für alles, was ich tat, dass ich versuchte, ihn aufzuheitern. Jedes Mal, wenn ich ein wenig Zeit hatte, ging ich auf ein Tässchen Tee zu ihm, und dann saßen wir beieinander und plauderten ein bisschen. Er ist ein freundlicher Mann, wenn er erst einmal Vertrauen gefasst hat, doch sprach er nie über sich selbst. Fernsehen langweilte ihn, und er ist auch nicht der Typ, der liest. Er mochte es, wenn ich ihm von meiner Kindheit in Melbourne erzählte. Er hat ebenfalls eine große Familie, aber er sagte, man hätte sich aus den Augen verloren. Ich dachte, dass sie vielleicht nichts mehr von ihm wissen wollten, nachdem er im Gefängnis war.«

»Warum wurde er verurteilt?«

Phyllis zögerte. Schließlich sagte sie: »Es war irgendwas mit ›falscher Buchführung‹. Und ich glaube, es ging auch um Betrug.« Sie warf mir einen raschen Blick zu. Wir beide merkten, dass dies nicht gerade eine präzise Antwort war und auch nicht sein sollte. »Ich fragte nicht weiter nach, weil ich sehen konnte, dass er nicht darüber sprechen wollte, es war etwas, womit er abgeschlossen hatte; aber ich dachte mir, dass es vielleicht auch etwas mit Unterschlagung zu tun haben könnte. Bevor er das Krankenhaus verließ, erklärte er, er würde nun ein anständiges Leben führen, und fragte, ob er mir schreiben dürfe. Ein oder zwei Monate später kam er raus und besuchte mich, und von da an lief es zwischen uns. Er war mir gegenüber immer ehrlich. Ich hoffe, du nimmst es mir nicht übel, dass ich dir nie davon erzählt habe.«

Ich sagte aufrichtig: »Ich wüsste nicht, was mich das angegangen wäre. Aber die Frage ist, ob diese Männer letzte

Nacht zu den Leuten gehörten, die er von früher kannte, bevor er verurteilt wurde, oder ob sie wirklich von der Polizei waren.«

Phyllis nickte, damit ich weitersprach.

»Sie haben letzte Nacht seinen Computer – seine Aufzeichnungen – mitgenommen, warum also sind sie heute Morgen zurückgekommen?«

Phyllis stand auf und blickte zu mir herunter. »Vielleicht weiß ich die Antwort. Frank hat immer gesagt, wenn man etwas zu verstecken hat, ist ein Computer der ungünstigste Ort dafür, weil jeder heutzutage zuerst dort nachschaut. Er hatte einen kleinen ... Trick, so nannte er es: Er speicherte seine Dateien nie auf Festplatte, dort waren nur die Programme; seine gesamten Dateien waren auf Disketten. Und ich weiß wirklich nicht, warum jemand sich heute noch für das interessieren sollte, was er macht, aber *wenn* es etwas mit den alten Zeiten und alten Aufzeichnungen zu tun hat, hätten sie sofort gemerkt, dass sie nicht dabei sind, als sie nachsahen.«

»Und wären zurückgekommen, um sie zu suchen? Wo sind sie denn dann?«

Phyllis runzelte die Stirn. »Ich habe keine Ahnung, wenn es wirklich um alte Konten geht, es sei denn, sie sind nicht hier in der Wohnung. Denn als wir einzogen und auspackten, habe ich alles gesehen, und deshalb weiß ich, dass er nichts von seiner Zeit vor dem Gefängnis mitgenommen hat. Und alle späteren Aufzeichnungen hatte er auf Disketten.«

»Also suchten sie«, spekulierte ich, »und beschlossen, dass das Gesuchte so wichtig war, dass sie das Risiko eingingen und zurückkamen, um den Rest auch noch zu holen?«

Ich bemerkte, dass sie wieder zögerte, doch dann sagte sie nur: »Vielleicht glaubten sie, es sei nicht besonders gefährlich. Sie dachten vielleicht, ich wäre allein.«

Ich widersprach: »Es hätte aber auch die Polizei da sein und den Einbruch untersuchen können!«

Jetzt zögerte sie noch länger. Schließlich sagte sie langsam: »Frank und ich haben nie über das gesprochen, was er tat, bevor wir uns kennen lernten. Er wollte mich nie da reinziehen, sagte er. Dido, was ist, wenn es etwas so Ernstes war, dass ich Angst hätte, die Polizei zu rufen, wenn ich es wüsste, ganz gleich, was geschieht? Das beschäftigt mich. Ich dachte, ich wollte es nicht wissen, weißt du? Ich dachte, das wären alles alte Geschichten, die nicht mehr zählten. Vielleicht habe ich mich da geirrt.«

»Und als sie hierher kamen, trafen sie mich an, nicht die Polizei. Vielleicht hat sie das verwirrt.«

Phyllis erschauerte. »Ich weiß nicht, was passiert wäre, wenn ich sie allein hineingelassen hätte.«

Ich beschloss, mich auf diesen Gedanken zu konzentrieren, denn er legte eine Gefahr nahe, die bedacht werden musste. Das nächste Mal würde ich nicht bei ihr sein. Das nächste Mal würde Paul Grant nicht gerade noch rechtzeitig auftauchen, was wahrscheinlich heute der Fall gewesen war.

Sie hatte heute Glück gehabt. Ich wahrscheinlich auch.

Angenommen, Moore und Andrew hatten nach bestimmten Informationen gesucht, so war der fehlende Computer der Schlüssel. Angenommen, sie hatten die Festplatte bereits zu einem Computerspezialisten gebracht und der hatte herausgefunden, dass die gewünschten Dateien nicht dabei waren, dann waren sie offensichtlich direkt zurückgerast, um sich die Informationen auf andere

Art und Weise zu beschaffen. Von Frank höchstpersönlich? Nur hatte Frank sich aus dem Staub gemacht: Mir drängte sich der Gedanke auf, dass das Flugticket nicht ohne Grund eingetroffen war. Als Hinweis für Phyllis, ebenfalls zu verschwinden? Vielleicht wollte er sie in Australien treffen?

Ich erklärte ihr, was ich dachte. Wir tranken unseren Tee.

Ich sagte: »Du verlässt diese Wohnung wohl besser, oder?«

»Ich schätze, ja. Wenn du Recht hast. Aber warum hat er nicht angerufen, um mir das Ganze zu erklären? Warum muss ich hier herumrätseln? Das sieht Frank gar nicht ähnlich.«

Ich dachte laut nach: »Da sie den Computer haben, bleibt uns ärgerlicherweise keine Möglichkeit, den Grund für all das herauszufinden.«

»Da sind doch die Disketten.«

Das hatte sie schon einmal gesagt. Theoretisch hätte Andrew Franks Sicherungsdisketten einstecken können, als er das Arbeitszimmer kontrollierte, während Moore mit Phyllis und mir im Wohnzimmer sprach. Aber wenn das der Fall gewesen wäre, hätte er Moore einen Wink gegeben, und sie wären verschwunden und hätten Phyllis nicht veranlasst, die restliche Wohnung auf den Verlust ihrer »Wertsachen« hin zu untersuchen. Später war ich zwar aus dem Weg gewesen, eingeschlossen für ein paar Minuten im Badezimmer; aber immer noch konnte man einwenden, dass die beiden falschen Polizisten keinerlei Anstalten machten zu gehen, bis Paul auftauchte. Also hatten sie immer noch nicht, was sie wollten.

Ich stand auf. »Wir sehen besser mal nach, ob wir sie

nicht finden können. Sie müssen hier irgendwo im Durcheinander sein.«

Phyllis schüttelte den Kopf. »Nicht in seinem Arbeitszimmer. Das wollte ich dir die ganze Zeit sagen. Er hat einen feuerfesten Safe installiert. Ich werde ihn dir zeigen.«

Sonderbarerweise steuerte sie das Badezimmer an. Jemand hatte die Badewanne mit einer Verkleidung aus schmalen, lackierten Kiefernholzlatten versehen, die senkrecht in einen Rahmen geschraubt waren. Ich stand in der Tür und sah zu, wie sie ihre Fingernägel in eine Spalte zwischen zwei Latten steckte und einen Abschnitt aufriss, der von ein paar Schnappschlössern an Ort und Stelle gehalten worden war. Die Öffnung war ursprünglich wohl eingebaut worden, um Zugang zu den Rohren zu ermöglichen, und sie enthüllte den üblichen leicht feuchten und staubigen Leerraum, welcher allerdings in diesem Fall mit einem lackierten Stahlkasten versehen war, der etwa dreißig Zentimeter breit und zwanzig Zentimeter hoch war. Ich konnte den Nummernblock eines Kombinationsschlosses sehen.

»Können wir ihn rausholen?«

Phyllis blickte zu mir hoch. »Er ist am Boden festgeschraubt.«

»Weißt du denn die Kombination?«

Sie schüttelte den Kopf.

Eine Weile standen wir einfach so da und starrten ihn an, aber die erhoffte Inspiration blieb aus. Am Ende ließ Phyllis die Latten zurückschnappen und wir gingen ins Wohnzimmer.

Ein Geräusch – oder besser eine Folge von Geräuschen – drang bis in unsere Stille vor … unterschiedliche, wiederholte Klingelgeräusche, nicht alle in derselben Tonlage und nicht in dieser Wohnung, doch in der Nähe und deutlich zu hören in der morgendlichen Stille des leeren Hauses. Wir bemerkten sie gleichzeitig und sahen uns fragend an.

Phyllis begriff als Erste. »Die Haustür. Jemand klingelt wahllos, um hereingelassen zu werden.«

Ich sagte zweifelnd: »Der Postbote?«

»Eher jemand, der Reklamezettel einwerfen will … oder so etwas.«

Keine von uns glaubte das.

Ich murmelte: »Sie versuchen es noch nicht mal in dieser Wohnung«, und dann gingen wir zum Fenster.

Ein Streifenwagen stand auf der gegenüberliegenden Straßenseite. Phyllis setzte zum Sprechen an, hielt inne, zögerte und schob das Fenster hoch, so dass wir uns beide hinauslehnen konnten. Die Person an der Haustür war ein uniformierter Polizeibeamter.

Phyllis packte mich hart am Ellbogen, und wir beide schnellten zurück, damit wir nicht mehr gesehen werden konnten. Dann dachte ich an Pauls Anruf. »Wahrscheinlich ist alles in Ordnung«, sagte ich vorsichtig. »Sie würden denselben Trick doch nicht zweimal versuchen. Außerdem ist es nur einer. Ich versuche mal herauszufinden, was er will.«

Sie nickte und machte mir Platz, dann lehnte ich mich wieder aus dem Fenster. »Kann ich Ihnen helfen?«

Das Gesicht, das sich mir zuwandte, gehörte zu einem großen, blauäugigen, jungen Rotschopf, der seine Mütze abnahm. »Ich suche nach einer Mrs Digby.«

»Ich bin eine Freundin von ihr«, sagte ich und sah, dass er erleichtert wirkte. »Es ist Wohnung Nummer 9«, sagte ich langsam. »Ich lasse Sie herein. Warten Sie eine Minute.«

Ich ging in den Flur, betätigte den Türöffner für unten und öffnete auch gleich die Wohnungstür. Wir lauschten auf die Schritte, die sich rasch näherten. Schon war er da, trat langsam über die Schwelle und steckte sich die Mütze höflich unter einen Arm. Sein Gesicht war gerötet, wahrscheinlich vom kalten Wind, und dies verlieh ihm das Aussehen eines Achtzehnjährigen. Seine Augen wanderten durch den Flur, bevor sie bei Phyllis Halt machten. Das war der Augenblick, in dem ich erkannte, dass etwas nicht in Ordnung war.

»Mrs Digby?«

Phyllis versteifte sich.

Er schob sich die Mütze unter den anderen Arm. »PC Mathews, Mrs Digby, von Palmers Green. Ich fürchte, ich habe schlechte Nachrichten. Sie sollten sich auf einen Schock vorbereiten. Ihr Ehemann ist Mr Francis James Digby?«

Einen Moment waren wir wie in einer Blase der Stille gefangen. Ich war diejenige, die sie schließlich beendete: »Ja«, murmelte ich.

Er sagte: »Es tut mir sehr Leid«, und es klang, als meinte er es auch. »Ich weiß nicht, ob Sie vielleicht schon in den Nachrichten davon gehört haben, aber letzte Nacht wurde bei Cockfosters die Leiche eines Mannes gefunden. Er hatte keine Papiere bei sich, aber aufgrund seiner Fingerabdrücke konnte er als Mr Francis Digby identifiziert werden, wohnhaft unter dieser Adresse. Möchten Sie sich nicht setzen, Mrs Digby?«

Phyllis sagte fast unhörbar: »Er mochte es nicht, wenn man ihn ›Francis‹ nannte. Er wurde ›Frank‹ gerufen. Nein … nein, mir geht es gut.« Aber ganz offensichtlich stimmte das nicht.

Der Constable schob ihr eine Hand unter den Ellbogen. »Wir gehen besser ins Wohnzimmer, Miss? Nehmen Sie bitte ihren anderen Arm.«

Wir schoben Phyllis in ihr Wohnzimmer und drückten sie in einen der Sessel. Sie bewegte sich zwischen uns wie ein Baby, das gerade laufen lernt. Ich hockte mich neben sie und nahm ihre Hand.

»Ein Minute«, sagte Mathews abrupt.

Er verschwand, und ein paar Sekunden später hörte ich das Klicken der Schranktür in der Küche, und dann ein zweites. Kurz darauf war er mit einem von Phyllis' kleinen Whiskygläsern zurück, in dem sich zwei Fingerbreit von einer braunen Flüssigkeit befanden. Ich nahm das Glas, roch Brandy, drückte ihn ihr in die Hand, blickte sie fest an und flüsterte: »Trink das. Komm schon.« Ich hob für sie ihre Hand und beobachtete, wie sie trank. Ihr Gesicht war teigig und ausdruckslos, doch ihr Blick war auf den Constable geheftet.

Plötzlich schien es mir, als hätten wir den ganzen Morgen darauf gewartet, und ich fragte leise: »War es ein Unfall?«

Er vermied es, mir eine Antwort zu geben. »Ich bin hier, um Mrs Digby zu fragen, ob sie bereit ist, mit jemandem über die Geschehnisse zu sprechen. Ich kann sie zur Wache fahren. Aber lassen Sie sich Zeit. Möchten Sie eine Tasse Tee oder so etwas?«

Phyllis machte eine ablehnende Geste und fragte mit tonloser Stimme: »Wo ist Frank?«

»In der Pathologie in Wood Green, Mrs Digby.«

Sie sagte kalt: »Ich möchte ihn sehen.«

Mathews wirkte peinlich berüht. »Das ist nicht notwendig, Mrs Digby. Er ist schon offiziell identifiziert worden.«

Phyllis blickte auf. »Das habe ich gehört. Ich möchte ihn sehen. Wo ist er?«

»Drüben in Tottenham«, wiederholte der Constable. »Tja, ich … natürlich kann ich Sie dorthin bringen. Ich rufe lieber mal an.«

»Tun Sie das«, sagte Phyllis mit ihrer neuen, harten Stimme.

»Ich komme auch mit«, sagte ich. Niemand widersprach mir.

Kapitel 6

Alte Bekannte

Auf einer Seite des Raums war ein freier Stuhl, und so ließ ich mich neben dem Aktenschrank nieder und versuchte zu zeigen, dass ich klein und harmlos war. Nur eine verantwortungsvolle Freundin der Hinterbliebenen. Teil des Hintergrunds.

Die Leiche war Frank Digbys gewesen, natürlich, denn Fingerabdrücke täuschen nicht. Ich hatte zugesehen, wie Phyllis lange Zeit neben ihm stand und im grellen Licht eines Kellerraums auf sein Gesicht starrte. Sie sah aus, als wollte sie sicherstellen, dass er wirklich tot war, so als könnte sie den Beweis der Fingerabdrücke nicht akzeptieren oder irgendetwas außer ihren eigenen Augen. Es hatte lange gedauert, bis sie sich abwandte.

Er hatte nicht so ausgesehen, als schliefe er. Das tun sie nie. Sein Gesicht war leer. Frank Digby hatte ausgesehen wie eine Wachspuppe mit unnatürlicher Hautfarbe.

Eine kurze Fahrt hatte uns dann in die Polizeiwache bei der Nördlichen Umgehungsstraße gebracht, wo uns Constable Mathews einen schmalen Korridor mit endlosen Glaswänden hinunterführte und dann kurz an eine der Türen klopfte. Es war genügend Zeit, das Namensschild zu studieren, bevor Superintendent Charles D. Paige etwas Unverständliches von der anderen Seite rief und Mathews für Phyllis die Tür öffnete und dann zurücktrat.

Paige war ein uniformierter Polizeibeamter Ende vierzig, der zur Begrüßung aufstand und Phyllis mit einem solch feierlichen Gehabe zum Stuhl am Schreibtisch führte, dass ich sofort an einen Leichenbestatter denken musste. Er war ein gepflegter Mann mit gepflegtem, dünnem Bärtchen. Das sah neu aus und verlieh ihm die Aura eines Marineoffiziers. Mathews hatte steif in der offenen Tür gestanden und ausgesehen, als warte er darauf zu salutieren, und dort blieb er auch, bis Paige ihm ein väterliches Lächeln zuwarf und ihn anwies hereinzukommen. Jetzt saß er mit einem geöffneten Notizbuch mir gegenüber und sah fröhlich, eifrig und irgendwie zufrieden aus. Vermutlich bekommen Streifenpolizisten in Vorortwachen nicht oft die Gelegenheit, an etwas Blutigerem mitzuarbeiten als an einem Autounfall wegen Trunkenheit am Steuer. Wir hörten uns Paiges knappe Beileidsbekundungen an, obwohl Phyllis offensichtlich nicht deswegen gekommen war. Ich lehnte mich zurück, versuchte, unauffällig auszusehen, und wartete wie Mathews darauf, dass irgendetwas begann.

Paige beendete die Präliminarien mit einem Räuspern. »Mrs Digby, wenn Sie sich dem gewachsen fühlen, muss ich Ihnen ein paar Fragen stellen.«

Phyllis sagte »Nur zu« mit einer Stimme, die während der letzten Stunde ruhiger geworden war und deutlicher ihren australischen Akzent zeigte.

»Wann haben Sie Ihren Mann zum letzten Mal gesehen?«

Sie wiederholte alles, was sie mir schon über Franks Verhalten erzählt hatte. Mathews machte sich nützlich, indem er mitschrieb.

Als sie schwieg, kratzte sich Paige am Kinn. Etwas schien ihn zu stören. Vielleicht juckte der Bart. »Mrs Digby, es tut mir Leid, dass ich Sie das ausgerechnet jetzt fragen muss, aber ich glaube, Sie waren noch nicht so lange verheiratet. Ich frage mich, wie viel Sie vom Vorleben Ihres Ehemannes wussten. War Ihnen bekannt, dass er 1992 zu einer Haftstrafe verurteilt wurde?«

Phyllis sagte bedächtig: »Ich habe ihn vor fast drei Jahren kennen gelernt. Damals arbeitete ich als Aushilfskrankenschwester und er saß zu dieser Zeit seine Haftstrafe ab.«

Paige schien sich zu entspannen, und ich begriff, dass er nicht gewusst hatte, wie er sich dem eigentlichen Problem nähern sollte. Er bekräftigte meinen Eindruck mit der Frage: »Dann wussten Sie also, dass er einen falschen Namen angenommen hatte? Dass sein eigentlicher Name Francis Brunton lautete und er mit der Polizei bei gewissen Untersuchungen kooperiert hatte?«

Phyllis nickte kurz und sagte *»Ahhhh«*, allerdings so leise, dass niemand es hören konnte.

»Und vermutlich wissen Sie, dass wir – das heißt, eine andere Abteilung der Polizei – dabei beteiligt waren, ihn nach seiner Haftstrafe mit einer neuen Identität auszustatten?«

»Ich wusste, dass er sich versteckte«, sagte Phyllis unverblümt. »Er hatte seinen Namen geändert. Er erzählte mir nie, warum er sich versteckte oder geschützt wurde, aber ich nehme an, es hatte etwas mit dem organisierten Verbrechen zu tun. Ich bin nicht dumm. Er bat mich, mich vollkommen da rauszuhalten, ihm zu vertrauen; und das tat ich. Er sagte, je weniger ich wüsste, desto besser sei es. Er formulierte es scherzhaft. ›In diesem Fall ist Unwissenheit ein Segen, Phyll‹, sagte er immer.« Sie warf einen Blick in meine Richtung, und ich riss mich gerade so weit zusammen, um ihr beruhigend zuzunicken.

»Die Frage, die wir uns stellen müssen«, sagte Paige sanft, »ist, ob jemand aus der Vergangenheit ihn letzte

Nacht doch aufgespürt hat. Das scheint möglich. Ich hoffte, Sie könnten uns etwas erzählen, das uns helfen würde zu verstehen, was eigentlich passiert ist.« Die Worte versickerten in Schweigen.

Da ich zwei und zwei zusammenzählte, musste ich einfach fragen: »Wer sind Moore und Andrew?«

Paige sagte ausdruckslos: »Moore und Andrew.« Wenn er dachte, das klänge wie eine Frage, hätte ich ihm sagen können, dass er sich irrte. Ich konnte sehen, dass ihm die Namen bekannt waren.

Nun ist Geduld nie meine Stärke gewesen. Ich dachte, ich müsste nun versuchen, die Unterhaltung ein wenig voranzutreiben. Also sagte ich: »Ich glaube, Sie wissen bereits, dass ein paar Männer letzte Nacht in die Wohnung der Digbys einbrachen und Phyllis mich anrief, nachdem sie verschwunden waren. Es wurde auf der Wache in Islington gemeldet.« Und Paul Grants Anruf ergab einen Sinn, wenn Paul und Paige an diesem Morgen miteinander gesprochen hatten, denn Paul hatte dann bestimmt gewusst, dass Mathews auf dem Weg war. Also folgte daraus ... Ich dachte scharf nach. »Und Sie wissen auch, dass zwei Männer, die sich als Polizeibeamte ausgaben, heute Morgen in der Wohnung auftauchten und Phyllis einen von ihnen wiedererkannte – Moore, oder wie auch immer sein richtiger Name lautet, war einer der drei, die sie letzte Nacht angriffen.«

Paige sagte glatt: »Bevor Sie gehen, können Sie vielleicht versuchen, sie zu identifizieren.«

Phyllis fragte: »Waren das diejenigen, die Frank umgebracht haben?« Ihre Stimme war kalt.

Paige sagte ebenso emotionslos: »Ich weiß es nicht; aber ihr heutiges Erscheinen in Ihrer Wohnung kann kein Zufall gewesen sein.«

Genau. »Wann wurde Frank getötet?«, fragte ich, weil mir das bedeutsam erschien. »Und wo?«

Ich sah, dass Paige zögerte. Schließlich sagte er: »Constable Mathews sagt, Sie seien Mrs Digbys Arbeitgeberin?«

Ich öffnete den Mund, aber Phyllis sagte: »Dido hat Recht: Ich möchte alles wissen.«

Paige zuckte leicht mit der Schulter. »Der Pathologe meint, er wurde irgendwann gestern Abend getötet.« Ich sah, wie er einen Blick auf ein Schriftstück auf dem Schreibtisch warf. »Er meint, dass Mr Digby möglicherweise von einem Wagen überfahren wurde – es tut mir Leid, Mrs Digby –, und zwar mehr als einmal, oder zusammengeschlagen, wahrscheinlich beides, und dass er dann zu einer Haltebucht auf der Potters Bar Road gefahren und dort durch eine Öffnung in einem Metallzaun in einen öffentlichen Park verfrachtet wurde. Eine Streife bemerkte kurz nach zehn dort einen Jeep, doch wir wissen natürlich nicht, ob der wirklich etwas damit zu tun hatte.«

Ich sah, wie Phyllis erschauerte. Sie fragte: »Hat er – war er …?«

Paige wusste, was sie wollte, und konnte es ihr doch nicht geben. »Er muss zumindest bewusstlos gewesen sein, bevor er dorthin gebracht wurde. Seine Verletzungen waren schwer. Wahrscheinlich bekam er nicht mehr viel mit nach dem … ersten Angriff. Es tut mir Leid, dass ich Ihnen nichts Tröstlicheres sagen kann. Vermutlich war er schon seit mehreren Stunden tot, als er von Wachmännern gefunden wurde, die im Trent Park ihre Runde drehten. Ich fürchte, mehr kann ich Ihnen im Moment nicht sagen. Leider waren seine Taschen leer bis auf den Wagenschlüssel, deshalb hat die Identifizierung eine Weile gedauert.«

Phyllis sah auf und sagte tonlos: »Wir haben keinen Wagen.«

Paige blickte zu Mathews. »Also ein Mietwagen? Dann suchen wir ihn besser.«

Mathews sagte fröhlich: »An den Wagenschlüsseln befand sich kein Logo von einer Mietwagenfirma. Überhaupt kein Kennzeichen.«

»Dann sollten die Schlüssel auf eine Marke oder eine Seriennummer hin untersucht werden – irgendwas!« Paige wandte Phyllis wieder seine Aufmerksamkeit zu. »Mrs Digby, ich würde gerne ein Team der Spurensicherung in Ihre Wohnung schicken. Es tut mir Leid, Sie zu einem solchen Zeitpunkt zu belästigen, doch da Ihr Einbruch und der Mord fast mit Gewissheit zusammenhängen, müssen wir Ihr Umfeld untersuchen. Ich bitte den Constable, Sie kurz zurückzufahren, und dann werden einige meiner Männer Sie dort aufsuchen.«

Phyllis zuckte mit den Schultern, nickte und blickte dann wieder zu mir. »Ich habe schon etwas aufgeräumt«, sagte sie. »Als Moore und Andrew dort waren.«

Paige runzelte die Stirn. »Das ist äußerst bedauerlich, aber vielleicht finden wir dennoch etwas, was uns nützen kann.«

Es war eine Schande, hätte ich fast angemerkt, dass niemand Phyllis im Voraus gewarnt hatte, zum Beispiel mit einem Brief, ungefähr vor einer Woche, was geschehen würde und was wir zu tun hätten, wenn ein paar große Männer, die vermutlich keine Polizisten waren – obwohl mindestens einer von ihnen einen Ausweis hatte –, auftauchen und unsere Zeit in Anspruch nehmen würden.

Außerdem fragte ich mich allmählich etwas anderes. Ich konnte nicht über die Tatsache hinwegkommen, dass die beiden ein solches Risiko eingegangen waren. Selbst wenn sie sich darauf verlassen hatten, dass Phyllis sie nicht wiedererkannte, hätten sie wissen müssen, dass sie ihren Besuch melden würde, sobald der Mord an Frank entdeckt worden war, und dass sie sie dann beschreiben und als Hauptverdächtige präsentieren würde. Der Mord an Frank ließ ihr Verhalten nahezu tollkühn erscheinen. Wahnsinnig.

Andererseits, was war, wenn sie glaubten, Phyllis würde den Mund halten? Das klang verrückt; und doch hatte ich den ganzen Morgen den Eindruck gehabt, dass es Dinge gab, die sie nicht jedem erzählte – Ausflüchte, Halbwahrheiten ... Wenn diese Männer Grund hatten zu glauben, sie würde sie nicht anzeigen, dann hätten sie nur vorsichtig genug sein müssen, keine Spuren zu hinterlassen, die sie belasteten. Je länger ich darüber nachdachte, desto besser konnte ich mir ihr Verhalten an diesem Morgen erklären. Hatte einer von ihnen etwas anderes getan, als uns zu beobachten? Ich versuchte mich zu erinnern, ob ich gesehen hatte, dass einer etwas berührte, was vielleicht Fingerabdrücke hinterlassen hatte. Sie hatten zugesehen, wie wir mit schweren Möbeln hantierten, und uns nicht ihre Hilfe angeboten. Zwar hatte Moore Franks Kleider in der Hand gehabt, aber an mehr erinnerte ich mich nicht.

Wir unterhielten uns noch eine Weile, ohne wirkliche Fortschritte zu machen, dann verbrachten Phyllis und ich eine halbe Stunde vor einem Computermonitor, während ein Beamter Gesichtspartien ausschnitt und zusammenfügte, die Form und Farbe von Kinnen und Mündern, Nasen und Haaren nach unseren Anweisungen auf dem Bildschirm veränderte, bis er schließlich das Konterfei unserer beiden Besucher hergestellt hatte, das dank unserer gemeinsamen Anstrengungen wirklich überraschend wirklichkeitsgetreu aussah. Constable Mathews drückte sich inzwischen im Hintergrund herum.

Als er uns zum Wagen zurückbrachte, sah ich den Superintendent wieder. Er stand an der Empfangstheke im Eingangsbereich und begrüßte eine Besucherin: eine Frau Anfang vierzig, unauffällig in ein dunkles Schneiderkostüm gekleidet, mit gepflegten mittelbraunen Haaren, mittelblauen Augen und einem Gesicht, das in jeder Menschenmenge untergehen würde. Man hätte sie für eine höchst kompetente Sekretärin halten können, bis man sie in Aktion sah, wie es mir einmal möglich war. Als ich Inspector Diane Lyon kennen lernte, arbeitete sie für den Sicherheitsdienst von Scotland Yard. Ich blieb stehen, weil ich mich fragte, ob ich an Zufälle glaubte, und hörte das Ende ihres Satzes: »… drüben in Islington und habe es arrangiert.« Genau in diesem Augenblick blickte sie auf. Ich war mir ziemlich sicher, einen Anflug von Verärgerung zu sehen, als sie bemerkte, dass ich zuhörte.

»Miss Hoare«, sagte sie ausdruckslos. Ihre Mundwinkel verzogen sich nach oben. »Wie schön, Sie wiederzusehen.«

Ich sagte: »Das finde ich auch. Wie geht es Ihnen? Arbeiten Sie nun hier?«

»Nein, ich bin nur zu Besuch hier.« Sie blickte von mir zu Phyllis. »Mrs Digby, nicht wahr? Wir haben uns schon einmal getroffen. Mein Beileid wegen Ihres Mannes.«

Dann nickten sie und Paige unparteiisch in unsere Richtung und steuerten die Büros an.

Diane Lyon hatte Phyllis wiedererkannt, die sie vor etwa einem Jahr nur ein einziges Mal und da höchstens für ein paar Minuten gesehen hatte. Eine tüchtige Polizeibeamtin hat natürlich ein gutes Gedächtnis für Gesichter, doch ich glaubte nicht, dass ihres derart ausgezeichnet war; sie musste wegen Franks Tod hier sein.

Der Constable drängte uns weiter. »Wenn es Ihnen nichts ausmacht – man wartet bereits auf uns.«

Wir gingen hinaus in den Regen. Jetzt war mir klar: Zufälle hatte es heute nicht gegeben. Scotland Yard hatte schon seine Finger im Spiel.

Als wir zu Phyllis' Wohnhaus zurückkamen, stand dort ein unauffälliger weißer Lieferwagen am Bordstein. »Das sind unsere Leute«, sagte Mathews zu Phyllis. »Möchten Sie, dass ich …«

»Ja, in der Tat«, sagte Phyllis trocken, »möchte ich, dass Sie nachprüfen, dass diese Leute auch das sind, was sie vorgeben zu sein. Ich werde nicht noch einmal Fremde in meine Wohnung lassen. Dido …«

Ich sagte: »Wenn du nichts dagegen hast, fahre ich besser zurück und sehe nach, ob es Ben und Barnabas gut geht.«

Sie lächelte schwach. »Ich nehme an, dein Vater wird zu all dem etwas zu sagen haben.«

Das nahm ich auch an.

Da war noch etwas. »Was Frank betrifft: Es gab da wohl einiges, was ich dir vor langer Zeit lieber hätte sagen sollen.«

Ich blickte ihr direkt in die Augen und sagte: »Das war nicht notwendig, Phyllis, bist du sicher, dass du klarkommst?«

Sie lächelte. Es war ein schwaches, angespanntes Lächeln. »Ich denke schon. Ich schätze, ich bin alt und hässlich genug, um damit zurechtzukommen.«

Als ich in den Citroën stieg, versprach ich mir im Stillen, dass ich sie damit nicht allein lassen würde. Dann tauchte das Bild eines Türgriffs in meinem Kopf auf. Ich sprang aus dem Wagen und rannte hinüber zu der Gruppe, die sich vor dem Lieferwagen versammelte.

»Der Griff auf der Außenseite der Badezimmertür«, sagte ich in die Runde. »Andrew hat den Türgriff angefasst. Dort werden Sie seine Fingerabdrücke finden.«

Und dann tänzelte ich mit dem selbstgefälligen Gefühl zurück, dass ich am Ende doch etwas Sinnvolles getan hatte.

Kapitel 7

Loyalitätsprüfungen

Ich steckte gerade den Schlüssel in die Tür, als ich den Zettel bemerkte, der mit einem Stück Klebeband am Oberlicht befestigt worden war. Er hing ziemlich weit über meinem Kopf, passte aber zur Kopfhöhe meines Vaters, und die Nachricht darauf besagte: »Sind um die Ecke zum Mittagessen – komm nach.«

Ich überdachte die Nachricht. Es gab mehrere Ecken an jedem Ende meiner kurzen Straße, wohin sie hätten gehen können, doch die nächstgelegene war auch die wahrscheinlichste. Ich ging neugierig zum Ende der Straße und blickte mich um, ohne bekannte Gestalten zu erblicken. Also vertraute ich auf mein Glück und bog in die Hauptstraße ein.

Sie saßen einträchtig am Fenstertisch des altmodischen Pommes-mit-allem-Imbisses auf der gegenüberliegenden Straßenseite, der nun schon seit Jahrzehnten da sein musste, jedenfalls lange, bevor Islington in Mode gekommen war – dort kommen immer noch keine Auberginen auf den Tisch. Der Kinderwagen war auseinander genommen und sein Sitz fest gegen die Lehne eines Stuhls neben meinem Vater geklemmt worden. Dem Aussehen des Tisches nach waren sie schon seit einer Weile hier. Jemand hatte Ben ein Geschirrtuch umgebunden und ihm ein Schüsselchen mit Apfelmus und einem Klacks Eiscreme gebracht. Er hantierte entschlossen, aber recht unkonventionell mit dem großen Löffel. Barnabas wirkte angespannt, wachsam und ein wenig besorgt. Ich grub in meiner Schultertasche nach ein paar Taschentüchern und ging zu ihnen hinüber.

»Er hatte auch zwei Fischstäbchen«, sagte Barnabas vorwurfsvoll, als ich in Hörweite kam, »außerdem ein wenig Kartoffelbrei. Und eine Tasse Milch. Er ist ein bisschen feucht – überall, glaube ich. Wir haben nicht damit gerechnet, dass du nicht mehr zurückkommst.«

Ich sagte leise: »Frank Digby ist ermordet worden.«

Er brauchte einen Moment, bis er fragte: »Wie?«

Ich sagte, dass Frank von einem Wagen überfahren worden sei – mehrere Male. Mein Vater formte ein Wort, das ein »Warum« oder »Wann« hätte werden können, stattdessen jedoch hörte ich: »Das musst du mir erklären. Ich will nur eben zahlen.«

»Ben hat noch nicht aufgegessen«, widersprach ich, »und ich verhungere bald, also möchte ich einen Schinken-Käse-Toast essen, während wir warten. Und einen Tee trinken. Und ich möchte hier nicht darüber sprechen, einerseits, weil hier zu viele zuhören, andererseits, weil ich glaube, du wirst an die Decke gehen.«

Barnabas warf mir einen scharfen Blick zu und demonstrierte mir dann sein Nachgeben, indem er meine Bestellung an den Kellner weitergab und mir dann mit der ausgesuchtesten und demonstrativsten Toleranz gegenüber dieser unerwünschten Verzögerung beim Essen zusah.

»Wie trägt Phyllis es?«, fragte mein Vater schließlich. »Und, was am wichtigsten ist, wo steht sie in all dem?«

Wir waren in mein chaotisches Wohnzimmer zurückgekehrt und saßen dort nun vergleichsweise friedlich. Ich zögerte meine Antwort noch ein wenig hinaus, indem ich so tat, als würde ich auf die Geräusche aus dem Schlafzimmer horchen, wo Ben sein Nachmittagsschläfchen machte. Die Stille legte nahe, dass er nach der Aufregung, auswärts zu essen, sofort eingeschlafen war. Der Gedanke daran ließ mich gähnen, bis mir der Kiefer knackte; die unterbrochene Nachtruhe rächte sich jetzt, und ich fühlte mich nicht mehr klar genug, den Fragen meines Vaters gewachsen zu sein, vor allem der letzten. Denn als ich die Geschichte erzählte, war mein Unbehagen eher noch größer geworden. Es gab einfach zu viele Fragen, die ich noch nicht mal ansatzweise beantworten konnte.

Ich versuchte es noch einmal und überdachte die Eindrücke des Vormittags. »Sie war«, sagte ich langsam, »zuerst wie vor den Kopf geschlagen. Dann tapfer. Schmallippig. Sie hat nicht geweint. Sie hat auch nicht viel gesprochen. Ich kann dir nicht sagen warum, aber je länger ich darüber nachdenke, desto mehr frage ich mich, ob sie es nicht … ›erwartete‹ ist ein bisschen zu stark. Aber ob sie überhaupt überrascht war, als der Constable auftauchte. Fast als wäre das etwas gewesen, was sie schon befürchtet hatte.«

Barnabas schloss die Augen. Ich sah, wie er darüber nachdachte.

Hastig fügte ich hinzu: »Ich glaube nicht, dass ihre Ehe eine große Romanze war, aber ich weiß, dass sie ihn wirklich mochte. Und zu ihm stand.«

»Das heißt?«

»Das heißt, dass sie nichts gegen seine Interessen getan hätte.«

»Aber was waren seine Interessen«, fragte Barnabas hartnäckig weiter, »und heißt das, sie hätte alle angelogen, dich eingeschlossen, um sie zu schützen? Weswegen zum Beispiel war er im Gefängnis, als sie ihn kennen lernte? Welche Straftat hatte er begangen? ›Betrug‹ kann alles Mögliche bedeuten. Es könnte sogar eine Art Kompromiss bedeuten, wenn er sich bereit erklärt hätte, mit den Behörden zusammenzuarbeiten. Ich glaube, in Amerika nennt man so etwas einen ›Deal‹, und eigentlich sollte es das hier gar nicht geben. Die Frage ist nur, was hat er wirklich verbrochen? Etwas so Ernstes, dass ein Mord daraus folgte? Das ist nicht unmöglich, obwohl man dann angesichts seines Berufs eher an Betrug oder Unterschlagung denken könnte.«

Ich hatte schon darüber nachgedacht und es dann fallen gelassen, weil ich annahm, dass ein Mann, der eine Vorstrafe wegen Unterschlagung hatte, wohl schwerlich Arbeit als Buchhalter finden würde. Aber Barnabas blieb dabei, dass es falsch war, diese Möglichkeit auszuschließen, und er dozierte: »Es ist ein Prinzip des Britischen Rechts, dass ein Straftäter, der seine Strafe abgesessen hat, dann auch ›seine Schuld bezahlt hat‹ und berechtigt ist, sein früheres Leben fortzusetzen, wenn er kann. Bedenke auch, was der Superintendent äußerte. Er sagte doch, dass Digby ›kooperiert‹ hätte, wenn ich dich daran erinnern darf. Wenn er Unterstützung von einer dankbaren Polizeibehörde bekam, dann hätte man zweifellos an bestimmten Fäden gezogen, Referenzen besorgt, Verträge beschafft ...«

»Paige sagte so etwas wie, sie hätten ihm geholfen, eine neue Identität anzunehmen, als er aus dem Gefängnis kam.«

»Na bitte«, rief Barnabas. »Er kooperierte und sie schützten ihn. Allerdings nicht ausreichend, wie es scheint. Ich habe schon von einem so genannten ›Zeugenschutzprogramm‹ gehört – oder war das eine andere amerikanische

Erfindung? Ganz klar war es so etwas in dieser Richtung. Vermutlich hat Inspector Lyon damit zu tun, weil Scotland Yard die ganze Operation leitete. Es deutet also alles darauf hin, dass er immer noch ziemlich wertvoll für sie war und außerdem eine ständige Gefahr für jemand anderen. Daher wird sich die Polizei damit befassen und eine schmutzige Rachegeschichte ausgraben. Der Kernpunkt aber bleibt: Worin genau war er verstrickt? Es sieht unangenehm nach organisiertem Verbrechen aus, wenn man bewusst und wiederholt einen Menschen überfährt.«

Wahrscheinlich hatte er Recht. Dadurch bekam einiges, was Paige gesagt hatte, einen Sinn. Aber nicht alles. Ich musste eine Liste der Fragen anlegen, die mir immer wieder in den Kopf kamen. Da war vor allem die Sache mit dem gestohlenen Computer. Dann etwas, was Phyllis gesagt hatte, an das ich mich im Augenblick aber nicht erinnern konnte, obwohl ich noch wusste, dass es Fragen in mir aufgeworfen hatte. Etwas an Paiges Verhalten, das darauf hingedeutet hatte …

»Um Himmels willen, leg dich schlafen!«, knurrte Barnabas. »Ich bin unten. Wahrscheinlich werde ich sogar ein paar Katalogeinträge verfassen. Ich wecke dich, wenn es Zeit für einen Tee ist und Ben dich nicht vorher geweckt hat. Los!«

Ich stand gähnend auf und trottete den Flur hinunter. Im abgedunkelten Schlafzimmer lag Ben auf dem Rücken und mit geschlossenen Augen in seinem Bettchen. Ich schwankte zu meinem Bett, fiel darauf und schloss ebenfalls die Augen … öffnete sie jedoch wieder, rollte mich zur Seite und war hellwach. Ich brauchte ein paar Minuten, um herauszufinden, was angefangen hatte, mir im Kopf herumzuschwirren. Als ich wusste, was mir wieder eingefallen war und was ich deswegen unternehmen wollte, schlich ich zurück ins Wohnzimmer und nahm das Telefon.

Bei Phyllis sprang der Anrufbeantworter an. Ich sagte: »Hier ist Dido« und legte auf. Dann hockte ich mich auf die Sofalehne, starrte hinaus auf die leere Straße, wo der Regen mit einer trägen Entschlossenheit niederging, und überdachte die Möglichkeiten. Wenn die Spurensicherung fertig war, konnte sie ausgegangen sein. Oder sie hatte keine Lust, ans Telefon zu kommen. Oder es gab ein Problem.

Ich tappe zurück ins Schlafzimmer, wo Ben immer noch im Traum sein Mittagessen verarbeitete, stellte das Babyphon ein und nahm meine Schuhe. Dann zog ich den Regenmantel vom Haken, steckte Brieftasche, Handy und Wagenschlüssel in meine Schultertasche und schloss die Wohnungstür so leise hinter mir wie möglich, denn obwohl ich nicht lange fortbleiben wollte, war es doch besser, wenn Ben weiterschlief.

Genau in diesem Moment klingelte im Wohnzimmer das Telefon. Ich schloss die Tür auf und rannte, um den Anruf nicht zu verpassen.

Phyllis' Stimme verlautbarte ohne weiteres Vorgeplänkel: »Ich hatte mch hingelegt.«

»Ich bin gerade auf dem Weg zu dir. Also sind sie fertig?«

»Vor einer halben Stunde gegangen. Sie wirkten nicht sehr glücklich, bis sie zum Griff der Badezimmertür kamen. Das heiterte sie auf.«

»Zumindest hast du sie jetzt vom Hals«, sagte ich schwach.

»Ja ...« Ihr Ton verriet mir, dass sie dies für zweifelhaft hielt.

Ungeduldig sagte ich: »Hör mal, reg dich nicht auf. Wir

werden das auseinander klamüsern. Ich bin in zehn Minuten da.«

Nachdem ich die Ladentür aufgeschlossen hatte, blieb ich eine Sekunde lang stehen. Ich habe einen schönen Laden mit hohen Eichenregalen, die sich die Wände entlangziehen und in der Mitte eine Insel bilden, und sie alle sind voll mit verlockenden Büchern. Ich wünschte, ich hätte eine halbe Stunde lang neben den Regalen stehen können, Bücher herausnehmen und sie öffnen, überprüfen, ob die Preise noch aktuell waren, den Staub riechen und die Abbildungen betrachten. Es hätte mir sogar Spaß gemacht, mich langweiligen Tätigkeiten hinzugeben wie Rechnungen schreiben oder Postpakete vorbereiten, statt auf privaten Rettungsmissionen in Nordlondon herumzurasen. Ich konnte mir schon eine Menge kleiner Aufgaben denken, die überfällig waren.

Im Hinterzimmer hörte ich Barnabas sprechen. Zuerst dachte ich, er hätte einen unerwarteten Besucher in den Laden gelassen, doch dann hörte ich, dass er den Hörer auflegte, und ging zu ihm.

»Ich konnte nicht schlafen.«

»Also gehst du stattdessen aus«, bemerkte er mit Blick auf meinen Mantel. »Ein Einkaufsbummel bei Harrods? Ein Rendezvous? Ein Skiurlaub in Österreich?«

Ich stellte den Empfänger des Babyphons an, der sich auf dem Aktenschrank befand. »Ich fahre noch mal zur Power Street. Ich glaube, es ist besser, wenn Phyllis für ein paar Tage hier wohnt.«

Barnabas knurrte zustimmend.

»Ich bin vielleicht eine Zeit lang weg. Möglicherweise muss ich sie erst überreden und dann wird sie einen Koffer packen wollen. Ben schläft noch, aber …«

»Keine Sorge«, sagte Barnabas knapp. »Für das, was ich hier zu tun habe, kann ich auch nach oben gehen. Wenn er aufwacht, lese ich ihm aus Sir Philip Sidneys *Sonetten* vor. Aber ich sage dir gleich, dass du morgen früh auf dich allein gestellt sein wirst. Heute ist es für mich zu spät, um zu Colindales zu kommen, doch ich habe beschlossen, morgen als Erstes das Zeitungsarchiv aufzusuchen. Wenn du von Phyllis den Zeitpunkt vom Prozess ihres Ehemannes herausfinden kannst, spart das Zeit.«

»Aber es gibt doch keinen Grund anzunehmen, dass in den Zeitungen von ihm berichtet wurde, oder?«, fragte ich gedankenlos.

Barnabas schnaubte. »Doch natürlich! Wenn Frank wegen, sagen wir mal, ungehörigen Benehmens oder Schwarzfahrens in einer U-Bahn vor Gericht gekommen wäre, dann würden sich jetzt wohl kaum Superintendents und Damen von Scotland Yard um seinen Tod kümmern, oder?«

Ich entschuldigte mich und wies noch einmal darauf hin, dass ich zu wenig geschlafen hatte. Aber jetzt funktionierte mein Gedächtnis wieder. »Paige erwähnte, dass die Verurteilung 1992 stattfand. Und vergiss nicht, dass du nach jemandem namens ›Francis Brunton‹ suchst. Ich fahre jetzt besser – sie wartet schon.«

Das Babyphon hatte begonnen, die Geräusche von jemandem zu übertragen, der sich rührte. Barnabas seufzte theatralisch, doch wussten wir beide, dass dies nur gespielt war, und ich wandte mich zum Gehen.

»Da ist noch etwas«, sagte er zu meinem sich entfernenden Rücken. »Wer war derjenige, der letzte Nacht dabei war, aber heute Morgen nicht mit den anderen zurückkam? Der dritte Mann?«

Schlagfertig rief ich: »Orson Welles.«

Barnabas knurrte.

Das letzte Licht des Nachmittags schwand, als ich erneut vor dem Wohnblock aus dem Wagen stieg und meinen Kragen gegen den Regen hochschlug. Jemand hatte bereits neue Glühbirnen in die Fassungen gedreht, doch die zerbrochenen Glasschirme waren noch nicht ersetzt worden, so dass das Treppenhaus bis in die letzten Winkel ausgeleuchtet war. Als ich an der Glastür stand und darauf wartete, hereingelassen zu werden, fühlte ich mich auffällig und verletzlich. Jeder, der auf der Straße wartete, konnte mich durch die großen Flurfenster der Vorderfront die Treppen hinaufsteigen sehen. Für Phyllis würde es jetzt immer so sein.

Als sie die Wohnungstür öffnete, sagte ich: »Du kannst hier nicht bleiben.«

Sie blickte mich düster an. »Nein.«

»Was wirst du tun? Wirst du das Flugticket benutzen?«

Ihre Antwort kam so rasch, dass ich wusste, sie hatte sich schon dieselbe Frage gestellt. »Ich kann jetzt noch nicht gehen. Nicht, bis die Sache abgeschlossen ist. Ich muss wissen …« Sie hielt inne.

Ich holte tief Luft. »Dann möchte ich dich bitten, bei uns zu wohnen. Ich fürchte aber, dir bleibt nur das Sofa im Wohnzimmer.«

Sie nickte langsam. »Du weißt ja, dass es gefährlich sein könnte.«

Das glaubte ich nicht, es sei denn … Ich sagte: »Ich wüsste nicht warum, außer Frank hat etwas Illegales getan und du hattest etwas damit zu schaffen.«

Sie versteifte sich und sagte: »Wenn ich eine Kriminelle …«

Verdammt! Ich unterbrach sie sehr sanft. »Das habe ich nicht gesagt. Es klang nur so. Es tut mir Leid. Ich meinte, wenn Andrew und Moore nach etwas suchten, das Frank hatte, dann müssen sie jetzt wissen, dass es nicht hier ist. Wenn sie also nicht denken, *du* wüsstest etwas darüber oder hättest etwas damit zu tun, sehe ich keinen Grund zu glauben, es wäre gefährlich, wenn du bei uns wohntest. Alles klar?«

Ihre starre Miene löste sich. »Das ist nur die Anspannung. Dido … könntest du mal zum Anrufbeantworter gehen und dir das Band anhören? Du weißt, wo er ist. Ich packe nur ein paar Sachen zusammen.«

Phyllis hatte den Apparat auf ein Regalbord im Wohnzimmer gestellt. Ich drückte auf »Play«, der Apparat klickte und surrte, und dann hörte ich zu, bis ich begriff. Es war keine Nachricht darauf, nur ein Klicken, wenn die Verbindung unterbrochen wurde. Dann Stille. Nach ungefähr zwanzig Sekunden ein weiteres Klicken, weil jemand angerufen und ein zweites Mal aufgelegt hatte, ohne auf Band zu sprechen. Dasselbe beim dritten Anruf. Und beim vierten. Jedes Mal war die Nachricht Stille, nicht einmal schweres Atmen war zu hören. Dann sagte meine eigene Stimme, die ganz fremd klang: »Hier ist Dido.« Ich schaltete den Apparat aus und ging zurück zum Schlafzimmer.

»Du hast nicht die Rückruftaste benutzt, um die Nummer des Anrufers herauszufinden?«

»Natürlich habe ich das. Aber die Nummer des Anrufers konnte nicht ermittelt werden, was auch immer das bedeuten soll.«

Da war nichts zu machen. Mein erster Impuls war, den Apparat ausgeschaltet zu lassen, sie klingeln zu lassen, bis es ihnen zu langweilig wurde. Das Problem war nur, dass Phyllis in den nächsten Tagen in der Lage sein musste, Nachrichten von Personen zu empfangen, die sich mit ihr in Verbindung setzen wollten: die Polizei, Freunde, Verwandte ... und der schweigende Anrufer. Langsam fragte ich mich, was in letzter Zeit noch auf diesem Band hinterlassen worden war.

Ich ging zurück, öffnete die Klappe des Apparats und sah, dass das Aufnahmeband eine ganz normale Kassette war. Neben der Musikanlage lagen weitere, und ich erspähte eine ganz neue und packte sie aus. Dann steckte ich die alte ein. Ich wollte sie zurückgeben, sobald ich sie bei mir abgespielt und sichergestellt hatte, dass ich nichts überhört hatte; doch es gab keinen Grund, warum Phyllis gezwungen sein sollte, eine Reihe von Anrufen anzuhören, die nichts als stille Drohungen waren.

Als ich zurückkehrte, schloss sie gerade den Deckel eines kleinen Koffers.

»Wann hat das angefangen?«

»Habe ich dir von den Anrufen erzählt, die ich für Versuche von Frank hielt? Vielleicht kamen sie doch nicht von ihm. Heute Morgen, als wir von der Wache zurückkehrten, kam ein weiterer. Und der nächste eine halbe Stunde später. Jetzt kommt ungefähr jede Stunde einer. Wenn ich den Hörer abnehme, wird aufgelegt. Wenn ich es klingeln lasse, hört es genau nach sechsmal Klingeln auf.«

Ich hatte Recht gehabt: Es war eine Drohung. »Aber es gibt keinen Grund für sie, anzunehmen, dass du bei mir bist oder dass ich überhaupt existiere. Ich habe den Apparat eingeschaltet gelassen, dann kannst du die Nachrichten jederzeit abhören, aber wenn das so weitergeht, solltest du es melden. Möglicherweise kann die Polizei die Anrufe zurückverfolgen. Was haben diese Leute heute Morgen herausgefunden?«

»Ich hörte einen von ihnen sagen, dass auf dem Griff der Badezimmertür drei verschiedene Sätze Fingerabdrücke gewesen seien. Wann hat Sergeant Andrew den Griff berührt?«

Ich beschrieb, was geschehen war, während Ben und ich uns im Badezimmer eingeschlossen hatten. »Also werden sie sie identifizieren können, vorausgesetzt, er hat eine Akte. Phyllis ... hast du ihnen von dem Flugticket erzählt?«

Phyllis schüttelte den Kopf. »Ich will es ja nicht benutzen. Zumindest jetzt noch nicht.«

»Hast du ihnen vom Safe erzählt?«

Sie wich meinem Blick aus. »Nein. Vielleicht hätte ich das tun sollen, aber der Safe gehörte Frank, und ich möchte wissen, was darin ist, bevor ich ihnen davon erzähle.«

Jetzt war der rechte Zeitpunkt zu sagen, was mir in den Sinn gekommen war, als ich eigentlich hätte schlafen sollen. »Erinnerst du dich noch an die Karte von Frank?«

»Möchtest du sie noch einmal sehen? Sie ist in meiner Tasche.«

Ich sagte, ich wollte sie sehen, und sie fand den Umschlag und gab ihn mir. Ich zog die Karte mit den blauen Blumen heraus und öffnete sie. Ich hatte mich richtig erinnert.

»Wann ist dein Geburtstag?«

»Am 14. Oktober.«

»Dann ist das keine Geburtstagskarte. Er wollte dich nur an etwas erinnern.«

Phyllis runzelte die Stirn. »Was soll das bedeuten?«

Schließlich wusste ich es. »Er hat dir eine Nachricht geschickt – eine geheime, falls jemand die Karte lesen würde.

Er erinnert dich an ein Datum. Es muss wichtig sein. Ist es vielleicht die Kombination vom Safe?«

Zum ersten Mal an diesem Tag breitete sich langsam ein Lächeln über Phyllis' Gesicht aus. »Natürlich. Er mag – mochte – Zahlenrätsel. Hast du etwas dagegen, wenn wir noch ein paar Minuten hier bleiben?«

Wir entfernten die Klappe vom Wannenrand und ich setzte mich vor das Loch auf den Boden. Das elektronische Schloss hatte ein ganz normales Nummerndisplay. Es wirkte nicht besonders stabil, und ich fragte mich, ob hier nicht rohe Gewalt helfen würde, wenn das Geburtsdatum es nicht täte.

»Zehn, vierzehn?«, schlug Phyllis hinter mir vor.

Ich drücke eins null eins vier, doch nichts tat sich. Dann versuchte ich es mit vierzehn, zehn, denn ich war sicher, wir hatten die richtige Idee gehabt und die Kombination würde nicht schwer zu finden sein. Aber das war es auch nicht. Nun gut.

»Jahr?«

»1952.«

Ich drückte acht Ziffern, dann versuchte ich es mit sechs, nahm nur den Tag, den Monat und dann »52«. Das funktionierte. Etwas rastete unter meinen Fingern ein. Phyllis langte an mir vorbei und zog die Tür auf.

Wir hatten einen kleinen Kasten mit dicken Zementwänden vor uns. Ich hatte schon erwartet, ein paar Disketten zu erblicken, aber der kleine Raum war halb voll. Phyllis zog vorsichtig einen transparenten Plastikumschlag hervor und kippte drei Pässe heraus. Der erste war auf den Namen »Francis John Digby« ausgestellt. Der zweite auf »Frank Brunton«. Der dritte auf »Laurence Elliot«. Die Fotos waren Polaroids von Frank, die offensichtlich alle zum gleichen Zeitpunkt aufgenommen worden waren.

Unter der Sammlung von Pässen befand sich ein brauner Umschlag. Phyllis zog ihn heraus und leerte den Inhalt auf den Fliesen aus: Kreditkarten auf die Namen Frank Digby und L. Elliot, Sozialversicherungskarten auf die Namen Brunton und Digby; Geburtsurkunden für Digby und Elliot: Digby war 1948 in Sheffield geboren und Elliot im darauf folgenden Jahr in Clapham. Ein Sparbuch mit dem Namen einer Bausparkasse auf dem Deckblatt und der Unterschrift von Laurence F. Elliot darin. All das sah echt aus. Genau wie das Bündel von Fünfzigpfundnoten, die mit einem dünnen Gummiband zusammengehalten wurden, fünfunddreißig insgesamt.

»Es sieht so aus, als wollte er sich aus dem Staub machen«, sagte Phyllis überflüssigerweise. Ihre Miene war wie erstarrt. Nichts von dem, was wir gefunden hatten, überraschte sie.

»Vielleicht sollte das Flugticket das bedeuten: Wenn er fliehen musste, konntest du ihn in Australien treffen. Hattest du überhaupt keine Ahnung davon?«

Sie schien unfähig, ihren Blick von den Dokumenten abzuwenden, die auf dem Fliesenboden verteilt waren. »Oh, ich wusste schon, dass irgendwas nicht in Ordnung war. Aber er wollte es mir erzählen, wenn er zurück war. Ich bin sicher, er hätte es mir erzählt, wenn ... Wir sammeln die Sachen besser ein.«

Das Letzte war ein weiterer brauner Umschlag, dessen Lasche nur eingesteckt war. Ich konnte eine harte Computerdiskette darin spüren. Ich legte den Umschlag beiseite und dachte rasch nach.

»Ich glaube, wir legen alle diese Dokumente besser zurück und schließen den Safe. Nach diesen Dingen müssen Moore und Andrew gesucht haben. Ich glaube, das Beste ist, du verschließt den Safe wieder, aber wenn du die Abdeckung offen lässt, dann wird jeder, der hier auf der Suche nach etwas einbricht, ihn sofort sehen. Dann wird er wohl annehmen, dass die Diskette oder was auch immer er will, darin ist. Mit etwas Glück wird er sich darauf konzentrieren, den Safe zu öffnen, und wenn dann all die Sachen hier drin sind, könnte er annehmen, dass es sonst nichts gibt, und verschwinden, ohne die Wohnung auseinander zu nehmen – oder auf deine Rückkehr zu warten.«

Phyllis brach in Gelächter aus. »Im Moment ist mir das alles ziemlich egal. Okay, du hast Recht – natürlich hast du Recht. Ich kann das alles nicht mehr ertragen, ich will das verdammte Zeug noch nicht mal anfassen. Dido, was soll ich nur tun?«

Mir sank der Mut, aber ich sagte: »Gib dir selbst ein wenig Zeit. Vielleicht können wir herausfinden, was eigentlich los ist. Wir müssen uns mehr Informationen beschaffen. Wenn du nichts dagegen hast, rufe ich Paul Grant noch mal an.«

Zum zweiten Mal an diesem Tag setzte ich mich auf den Badezimmerboden und wählte seine Nummer, doch dieses Mal bekam ich keine Antwort. Ich kannte die Nummer der Zentrale der Islingtoner Wache und wählte auch diese. Nach der üblichen Verzögerung ertönte eine männliche Stimme. Ich verlangte nach DI Grant.

Daraufhin trat lange genug Schweigen ein, dass ich wusste, irgendwas war nicht in Ordnung. Als die Stimme schließlich wieder ertönte, verkündete sie: »Insepctor Grant ist im Urlaub. Kann ich Sie mit jemand anderem verbinden?«

Ich durchforstete mein Gedächtnis. Vor fast zwei Jahren hatte ich Pauls Superintendent kennen gelernt, einen Mann namens … namens …

»Superintendent Colley, bitte.«

»Ich versuche es mal«, sagte die Stimme. »Ihr Name ist …?«

Ich teilte es ihm mit und wartete.

Die Stimme erklang nach einer weiteren Pause. »Es tut mir Leid, Miss, aber der Superintendent ist im Augenblick nicht erreichbar. Möchten Sie eine Nachricht hinterlassen?«

Ich verneinte und legte auf.

»Was ist los?«

»Sie wollen mir weismachen, dass Paul im Urlaub ist, aber als ich heute Morgen mit ihm sprach, sagte er kein Wort davon. Im Gegenteil, er sagte, er hätte viel zu tun. Ich hoffe, mit ihm ist alles in Ordnung.« Mir klang noch in den Ohren, wie er hastig sagte *Wenn du jemandem von diesem Anruf erzählst, könnte ich Schwierigkeiten bekommen.* Ich hatte es aber niemandem erzählt. Ich versuchte es noch einmal unter seiner Privatnummer und ließ es so lange klingeln, bis eine elektronische Stimme mich aufforderte, eine Nachricht zu hinterlassen. Was ich nicht tat.

Ich sagte: »Ich brauche ein Telefonbuch« und gab Phyllis den braunen Umschlag und die Banknoten, bevor ich die restlichen Sachen dorthin zurückstopfte, wo wir sie gefunden hatten, und dann die Safetür zudrückte.

»Ich hole es«, sagte Phyllis knapp. Sie ging und kam nach einer Minute mit dem gewünschten Telefonbuch zurück. Ich fand die Nummer von Scotland Yard, wählte sie und bat, zu Diane Lyon durchgestellt zu werden. Dieses Mal gab es keine seltsamen Pausen. Die Stimme sagte lediglich:

»Inspector Lyon ist in einer Besprechung. Wer spricht da? Ich werde Sie zu einer anderen …«

Ich unterbrach sie. »Danke nein. Ich versuche es noch einmal«, und beendete das Gespräch. *Keine Namen, keine Spuren.*

Während ich Phyllis dabei zusah, wie sie erneut ihren Koffer öffnete und die Diskette und Franks Geldbündel unter die anderen Sachen schob, zwang ich mich, ein wenig weiträumiger zu denken. Dian Lyon hätte mir wahrscheinlich ohnehin nichts gesagt. Aber es gab jemanden, der mir möglicherweise innerhalb der gestatteten Grenzen helfen konnte. Ich holte meine Schultertasche aus dem Schlafzimmer und blätterte durch das Adressenverzeichnis hinten in meinem Terminkalender. Ich hatte ein paar Monate zuvor mit dem CID von Oxford zu tun gehabt, und eine der Beamtinnen, die ich kennen gelernt hatte, war nicht ganz unfreundlich gewesen: Jen Lassalle. Ich fand die Nummer und versuchte sie, und dieses Mal erreichte ich mein Ziel.

Wir tauschten die üblichen Floskeln aus und dann erklärte ich: »Ich muss Sie um einen Gefallen bitten. Um es kurz zu machen, ich habe eine Freundin mit ein paar Problemen, und ein Detective im CID von Islington, den ich schon länger kenne, hat ihr geholfen. Ich habe ihn gerade anrufen wollen, doch es heißt, er sei im Urlaub. Aber als ich ihn heute Morgen sah, arbeitete er noch – und wollte sicher nicht in Urlaub gehen. Ich mache mir Sorgen um ihn. Könnten Sie herausfinden, was los ist? Vielleicht handelt es sich ja nur um ein Kommunikationsproblem, doch es könnte auch etwas Ernstes sein. Könnten Sie möglicherweise …«

»Ich könnte in Islington anrufen und nach ihm fragen.«

Ihre Stimme klang vorsichtig. »Möchten Sie am Apparat bleiben? Oder soll ich Sie zurückrufen?«

Ich sagte, ich würde dranbleiben, und legte mich mit baumelnden Beinen rücklings auf das Bett, lauschte den schwachen Geräuschen am anderen Ende und versuchte, keine Schlussfolgerungen zu ziehen. Stattdessen machte ich mir Sorgen über meine Telefonrechnung. Nach ein paar in den Äther geschleuderten Pfund kam sie wieder an den Apparat.

»Ich habe dort jemanden erreicht. Und ich kann Ihnen sagen, dass er suspendiert wurde.«

»*Suspendiert?* Was soll das heißen?«

»Ich habe nicht nach Einzelheiten gefragt.« Ihr Ton war gestelzt, was mir klar und deutlich anzeigte, dass ich es nicht zu weit treiben sollte. Ich dankte ihr für ihre Hilfe und beendete das Gespräch, wahrscheinlich zu unserer beiderseitigen Erleichterung.

Phyllis versuchte, ihren überfüllten Koffer zuzudrücken. Sie lehnte sich darauf, bis er nachgab, und fragte: »Was ist passiert?«

Ich sagte: »Gehen wir. Lass uns einfach von hier verschwinden, damit ich nachdenken kann. Sie behaupten, er sei suspendiert. Da ist was faul.«

Kapitel 8

Auf der Suche

Als ich mit dem Wagen in die Essex Road einbog, wurde der Regen, der London schon den ganzen Abend heimgesucht hatte, zu Schneeregen. Es war spät; es war bereits fast vier Stunden dunkel unter dem bedeckten Himmel, und ich hatte das Gefühl, es wäre mitten in der Nacht. Die Bürgersteige waren leer; die meisten Leute waren wahrscheinlich vernünftig genug, zu Hause vor dem Fernseher zu sitzen, und die wenigen Autos bewegten sich nur vorsichtig. Ich schaltete die Scheibenwischer auf eine höhere Stufe, verstellte auch die Heizung um ein Stück und sah zu, wie sich der Schneematsch auf dem unteren Ende der Windschutzscheibe sammelte.

Meine Gedanken gingen immer noch ungeordnet hierhin und dahin. Das Bild von Frank Digbys ausdruckslosem Wachsgesicht drängte sich mir auf. Früher oder später würde ich ins Bett müssen. Ich öffnete das Wagenfenster, damit mir die kalte Luft ins Gesicht wehte und ich mich aufs Fahren konzentrieren konnte.

Wir hatten die letzte Stunde in meinem Wohnzimmer verbracht und versucht, nicht allzu oft auf den braunen Umschlag auf meinem Couchtisch zu starren. Starren half nichts. Die verschiedenen Pässe und Dokumente hatten eine klare Sprache gesprochen, doch die Diskette schien nutzlos. Sie war deutlich größer und dicker als die üblichen Floppy-Disketten, dazu leuchtend blau, mit zwei abgeknickten Ecken. Wie auch immer sie geartet war, mein Computer kam jedenfalls nicht damit zurecht.

Aber da konnte ich weiterhelfen.

Ernie Weekes war nun schon seit mehr als einem Jahr bei mir Teilzeit beschäftigt. Zurzeit befand er sich in den letzten Zügen seines Wirtschaftsstudiums in einem College in Kilburn. Eine alte Freundin von mir, die ihn unterrichtete, hatte uns miteinander bekannt gemacht, weil ich über Computer im Allgemeinen und meine jämmerlichen Nutzungsversuche im Besonderen gestöhnt hatte. Theoretisch arbeitet Ernie zwei halbe Tage pro Woche im Laden. Er gibt Neuerwerbungen in die Computerbestandsliste ein, hilft Barnabas, den nächsten Katalog druckfertig zu machen, und betreut seit Weihnachten die Website, die wir wegen seiner Überredungskünste eingerichtet haben und über die wir tatsächlich langsam Bücher verkaufen. Von Zeit zu Zeit ist er mir auch in weniger technischen Belangen eine Hilfe. Er ist ein zwanzigjähriger Flüchtling aus Sierra Leone, klein, zäh, optimistisch und sehr stark. Jeder vernünftige Mensch würde ihn für einen Spitzenkandidaten als Computergenie mit Leibwächterqualitäten halten.

Angesichts der Umstände rief ich bei ihm zu Hause an. Ernie ging selbst ans Telefon, lauschte meinen Entschuldigungen und Erklärungen, unterbrach mich und befahl mir, die Diskette zu beschreiben.

»Zip disk«, beschied seine Stimme. »Dazu brauchst du ein spezielles Laufwerk. Hör zu, ich kann dir morgen eins besorgen. Wird was kosten, aber sie sind gut, wenn man schnell 'ne Menge speichern will. Und wo wir jetzt eine Website haben und der gesamte Bestand im Computer gespeichert ist, brauchst du wirklich so etwas.«

Ich dachte rasch nach. »Kommt noch was dazu? Ich

meine, ein Laufwerk dafür müsste doch nicht erst eingebaut werden?«

»Eher nicht«, sagte Ernie entschieden. »Nicht, wenn es, wie du sagtest, ein alter Computer ist. Wahrscheinlich brauchst du nur einen kleinen Kasten mit einem Kabel und einem Transformer. Sieht ein bisschen aus wie dein altes Modem, nur dass er zusätzlich noch ein kleines Fenster oben hat.«

Ich kam rasch zu einem Entschluss und verkündete: »Ernie, es geht schneller, wenn ich das Ding hole, das der Person mit den Disketten gehörte. Und du kommst doch morgen Nachmittag wie üblich?«

Das würde er. Wir einigten uns darauf, dass ich Ernie innerhalb einer halben Stunde zurückrufen würde, wenn ich das Laufwerk nicht fände, dass er aber ansonsten so früh wie möglich am nächsten Tag kommen sollte und ein Programm vom College mitbringen würde, um Franks Laufwerk auf meinem Computer zu installieren. Seine fröhliche Stimme erweckte in mir den Verdacht, dass er einen oder zwei Kurse sausen lassen würde, um früher zu erscheinen und herauszufinden, was wirklich los war. Ich biss die Zähne zusammen, lieh mir von Phyllis die Wohnungsschlüssel, überließ es ihr, Ben ins Bett zu bringen, und ging hinaus in den Regen.

Du musst verrückt sein. Das würde Barnabas sagen, hätte er gewusst, was ich vorhatte. *Das hätte doch auch bis morgen warten können.* Aber es konnte nicht bis morgen warten, denn am nächsten Morgen wollte ich den Laden öffnen. »*Du musst verrückt sein!*«, trällerte ich, »*veerrrrückt!*«, größtenteils, um das seltsame Gefühl zu übertönen, dass ich keine Lust hatte, allein in die Wohnung der Digbys zurückzukehren; und dann parkte ich ein weiteres Mal vor dem Häuserblock. Nachdem ich Licht und Motor ausgemacht und die Zentralverriegelung betätigt hatte, stand ich neben dem Wagen, bis der Schneeregen auf meinem Gesicht mich genügend aufgeweckt hatte, dass ich mich vorwärts bewegen konnte.

Ich versuchte, die Situation einzuschätzen. Auf beiden Seiten der Straße standen dicht geparkt Wagen, aber ich sah niemanden herumlungern. Überall im Wohnblock waren Lichter, nur nicht in Phyllis' Wohnung. Es sah aus, als wäre alles in Ordnung. Natürlich war alles in Ordnung. *Rein und wieder raus*, drängte ich mich. *Nicht herumtrödeln!*

Ich schloss mit Phyllis' Schlüssel die Tür auf und stieg wieder einmal durchs Treppenhaus, an verschlossenen Türen vorbei, hinter denen die üblichen Geräusche zu hören waren – der Anfang der BBC-Nachrichten im Fernsehen, eine Stimme, ein Musikthema, das mir vage vertraut war ... Ich trat durch die Wohnungstür der Digbys und schloss mich in einer gedämpften Stille ein. Die Luft roch bereits abgestanden. Ich musste zuerst das Wohnzimmer überprüfen. Vom Flur aus konnte ich sehen, dass das Lämpchen auf dem Anrufbeantworter blinkte. Ich drückte den Abspielknopf, hörte, wie die Kassette surrte und die Anlage klickte. Stille. Klick. Dann noch einmal.

Beim dritten Mal erklang eine Stimme. Es war eine Frau.

»Frankie?« Sie zögerte. Sie hatte einen seltsamen Ton in der Stimme. Ich spürte, wie es mir kalt den Rücken hinunterlief. »Frankie, hier ist Lal. Hör zu, wegen meines Wagens, ich habe Andy erzählt, er wäre abgeschleppt worden und ich würde ihn selbst wieder abholen. Wenn er nicht bald auftaucht, wird er Fragen stellen. Du bringst ihn besser zurück. Wenn es ein Problem gibt, ruf mich morgen früh kurz nach halb zehn an, dann machen wir etwas aus. Nach halb zehn. Klar?« Einen Moment herrschte Stille, dann wurde die Verbindung unterbrochen. Der Apparat klickte und spulte die Kassette zurück.

Das war die letzte Nachricht, also hängte ich mich selbst ans Telefon, wählte die 1471 und lauschte den moderaten künstlichen Tönen der Digitalstimme, die verkündete: *Die Nummer des letzten Anrufers lautet: null, eins, acht, eins, acht, acht, drei …* Als ich mich nach etwas zu Schreiben umsah, geriet ich bei der Zahlenfolge durcheinander, konnte sie jedoch beim zweiten Versuch aufschreiben und ging schließlich noch einmal zu der Kassettensammlung, um auch diese hier auszutauschen. Vielleicht wusste Phyllis, wer Lal war, wenn sie die Stimme hörte, und Lal wusste mit Sicherheit etwas über Franks Aktionen, das wir nicht wussten. Es war eine kräftige, reife Stimme gewesen, auch wenn sie vorsichtig klang. Ängstlich. Möglicherweise eine Frau im mittleren Alter. Etwas an der Art, wie sie gesprochen hatte, legte nahe, dass es eine alte Freundin war. Oder sogar eine Verwandte. Von wem hätte sich Frank sonst einen Wagen leihen sollen? Phyllis hatte mir nie etwas von Franks Familie erzählt, obwohl sie manchmal über ihren jüngeren Bruder und seine Familie in Australien gesprochen hatte. Aber Franks Akzent hatte ihn als gebürtigen Londoner verraten. So wie Lals. Phyllis musste einfach wissen, wer das war.

In Franks Arbeitszimmer schaltete ich das Licht ein. Das Laufwerk, nach dem ich suchte, lag auf dem Aktenschrank. Ich hätte es auch früher da sehen können. Ich wickelte die Kabel um den Kasten, schaltete das Licht wieder aus und ging zurück ins Treppenhaus. Hinter einer der anderen Wohnungstüren wurde laut *Meatloaf* gespielt. Angetrieben vom Hämmern der Musik rannte ich die Treppe hinunter und hinaus in den Schneeregen.

Zurück in der George Street parkte ich den Wagen auf

der gelben Linie vor dem Laden, taumelte gähnend an der Ladentür vorbei und schloss die Tür daneben auf, die zum Treppenhaus führte. Oben angekommen, öffnete ich leise die Wohnungstür. Im Wohnzimmer war Licht, doch fand ich dort nur Mr Spock, der bei meiner Ankunft die Augen einen Schlitz breit öffnete, mit einem Ohr zuckte, jedoch auf dem Sofa zusammengerollt blieb. Phyllis musste daran gedacht haben, ihn zu füttern, sonst hätte er sich bei mir beschwert. Ich schlich zurück zum Schlafzimmer und schob leise die Tür auf. Das Licht von der Nachttischlampe fiel auf das Bettchen, wo Ben mit einem Daumen im Mund schlief. Phyllis lag, vollständig angezogen und zur Seite gerollt, auf der Tagesdecke meines Bettes und schnarchte. Sie hatte wohl hier gesessen und Ben eine Geschichte erzählt, und dann waren beide eingeschlafen. Ich zog die Tür zu und ging in das andere Zimmer, schob Spock in eine Ecke und setzte mich auf die Stelle, die er vorgewärmt hatte. Er gähnte, rollte dabei kunstvoll seine Zunge auf und machte es sich wieder bequem.

Nach ein paar Minuten bemerkte ich, dass ich eingeschlafen war und das Telefon klingelte. Ich hievte mich auf die Füße und schwankte zu ihm hin.

»Dido?«

Ich fand nur mühsam meine Stimme wieder. »Paul! Was ist los und wo bist du?«

»Hör zu, schalte dein Licht aus, komm runter und lass mich rein.«

»Wo bist du?«

»Direkt vor deinem Haus. Ich habe nicht viel Zeit.«

Ich versuchte nachzudenken und war frustriert, wie viele Fragen mir in den Sinn kamen und wie langsam ich in meinem Dreiviertelschlaf war. »Bist du in deinem Wagen? Wo steht er? Soll ich runterkommen? Phyllis ist hier und schläft, also …«

»Gut, vielleicht ist das besser.« Er klang ungeduldig. »Wir müssen reden.«

»Wo?«

»Direkt gegenüber, zwei Wagen weiter. Kommst du jetzt?«

»Bin schon da«, sagte ich und legte auf. Bei ausgeschaltetem Licht ging ich zum Fenster, um die Straße zu überblicken. Ich konnte die vertrauten Umrisse von Pauls Ford genau an der Stelle entdecken, die er angegeben hatte. Im Inneren des Wagens war es dunkel. Der Schneeregen hatte aufgehört und nichts regte sich draußen. Ich nahm meine Hausschlüssel und schlich mich aus der stillen Wohnung. Auf der gegenüberliegenden Straßenseite ging eine Wagentür für mich auf; ich stieg ein und schloss sie wieder.

»Paul, ich habe den ganzen Tag versucht, dich zu erreichen …«

»Ich weiß. Deshalb bin ich hier, verdammt noch mal!« Seine Stimme klang scharf. »Du musst damit aufhören. Ich bin suspendiert worden. Du hast keinen Grund, mich anzurufen, Leute zu bitten, mich zu finden, oder Fragen zu stellen. Damit machst du alles nur noch schlimmer. Wie ich dich kenne, hängst du dich dran, bis alles den Bach runtergeht. Das kannst du mir einfach nicht antun!«

Abrupt wurde ich daran erinnert, dass Paul manchmal auf mir herumhackt. Wenn er so ist wie jetzt. Was meistens der Fall ist.

Ich holte tief Luft und konterte: »Ach, kann ich nicht? Du weißt, dass ich noch nicht mal richtig angefangen habe! Frank Digby ist ermordet worden. Er muss von den beiden Polizisten umgebracht worden sein, die du gesehen hast, den beiden, die Phyllis heute Morgen aufgesucht haben. Was weißt du darüber? Als du mich anriefst, hast du mir mehr oder weniger zu verstehen gegeben, dass Frank tot ist, also wusstest du offenbar, was passiert ist. Was hat das mit dir zu tun? Du hast mich angerufen, und als Nächstes höre ich, dass du *suspendiert* wurdest. Man kann noch nicht mal mit dir *sprechen*! Warum?«

Ich konnte hören, wie er sich im Fahrersitz bewegte. »Bist du mal für eine Minute still?« Ich schaute sein Profil an. Er starrte über das Lenkrad auf die Straße und wich meinem Blick aus. »Es ist ganz einfach: Ich wurde angewiesen, nicht mit dir zu sprechen. Wenn ich mich nicht daran halte, bekomme ich ein Disziplinarverfahren, wie Colley mir den ganzen Morgen predigte. Aber das wirst du wohl nie akzeptieren können.«

Ich übernahm seine Haltung. Jetzt starrten wir beide grimmig geradeaus. Alles klar, ich hatte verstanden. »Warum sprichst du dann jetzt mit mir?«

»Ich versuche, dich davon zu überzeugen, dass du mit deinen Aktivitäten aufhören musst. Ich werde dir keine Informationen geben oder den Fall mit dir diskutieren. Ich sage nur, dass du dich aus Frank Digbys Angelegenheiten raushalten sollst. Du bist draußen. Du gefährdest eine Untersuchung, und du hast keine Ahnung, wo du eigentlich gelandet bist.«

Ein kleiner Wutknoten wuchs in der Mitte meines Brustkorbs. »Wenn ich dir sage, wo ich meiner Meinung nach gelandet bin, wirst du mir dann sagen, was du damit zu tun hast? Frank war eine Art Informant. Ich habe noch nicht herausgefunden, was er eigentlich verbrochen hat, aber er muss deswegen ermordet worden sein, und an diesem Mord waren korrupte Polzisten beteiligt, oder nicht?

Moore und Andrew, oder wie auch immer sie wirklich heißen mögen. Sie haben letzte Nacht Digbys Wohnung durchsucht, weil sie etwas von ihm suchen. Es müssen Aufzeichnungen über Finanzen sein, denn sie haben seinen Computer mitgenommen. Aber die von ihnen erhofften Aufzeichnungen waren nicht im Computer; also sind sie auf der Suche danach heute Morgen zurückgekommen.« Ich wandte den Kopf und blickte ihm wieder ins Profil, das sich im schwachen Licht jenseits seines Fensters abzeichnete. »Jetzt bist du dran. Du bist suspendiert worden. Was hast du denn damit zu tun?«

Erst hörte ich nichts als Schweigen, dann ein kurzes Schnauben. Lachte er? Ich wartete. Ein Wagen bog von Norden in die Straße ein. Paul erstarrte und packte mich am Arm; aber der Wagen glitt zum Bordstein, die Scheinwerfer gingen aus, und dann sahen wir einen Mann und eine Frau aussteigen, die Türen zuknallen und zu einem der viktorianischen Häuser gehen, das dreißig Meter entfernt stand. Pauls Griff lockerte sich, und genau da fragte ich mich, ob er Angst gehabt hatte. Meine Wut wich schlagartig. Wenn ich zitterte, lag das nicht an der Kälte.

»Das war deine Schuld.«

»Was?«

»Als ich zurückkam, fragte ich Colley, ob er irgendetwas über zwei Männer aus einer anderen Abteilung des CID wüsste, die in unser Revier marschiert wären. Er sagte, er würde sich mal umhören, und ich glaube, er machte ein paar Anrufe. Eine halbe Stunde später rief er mich in sein Büro, wo ich ihm eine detaillierte Beschreibung der Geschehnisse liefern musste. Als ich ihm von Moores Ausweis erzählte, flippte er fast aus. Er fragte mich, ob ich den Eindruck hatte, dass die beiden Männer wüssten, wer ich sei.«

Ich erinnerte mich an etwas. »Sie warfen dir einen seltsamen Blick zu, als ihr im Treppenhaus aneinander vorbeigegangen seid. Und ... ja, du hast doch deinen Namen und deine Wache genannt, als du über die Sprechanlage mit mir geredet hast. Andrew stand da genau neben mir.«

Er seufzte. »So etwas habe ich mir schon gedacht. Und auch zu Colley gesagt. Er ließ mich in seinem Büro sitzen, um draußen ein, zwei weitere Anrufe zu tätigen, nehme ich an. Eine halbe Stunde später rief mich der Chief Inspector zu sich und teilte mir mit, ich sei bis auf weiteres suspendiert. Sollte nach Hause gehen. Als ich ungefähr zwei Minuten später stocksauer das Gebäude verließ, hörte ich das Gerücht, ich wäre dabei erwischt worden, wie ich von dem Dealer, den ich verhaftet hatte, Bestechungsgelder bekommen hätte und dass ich ihn nur eingesackt hätte, um die Bestechungsklage abzuwenden.«

»Oh«, sagte ich.

»Oh«, wiederholte er. Er klang nicht glücklich.

»Dann bist du nicht wirklich suspendiert?«

»Die ganze Wache glaubt es aber.«

Ich fragte: »Aber was machst du dann wirklich? Paul, erinnerst du dich an Diane Lyon?«

»Nein!«

Einen Moment lang war ich aus der Fassung gebracht. »Was meinst du mit ›Nein‹? Sie ...«

»Belass es dabei!«

Paul rührte sich. »Ich habe dir alles gesagt, was ich konnte, und noch mehr. Nein, das stimmt nicht. Eines noch: Es ist gefährlich.«

Das war eindeutig. Frank war ermordet worden. Ich wartete schweigend.

»Du sagtest, deiner Meinung nach seien korrupte Polizisten dabei.«

»Ja.«

»Tja, wenn du Recht hast – benutze deinen Kopf! Du kannst nicht einfach auf der Wache anrufen, so wie heute Morgen, wenn du weißt, dass jeder, der dir über den Weg läuft, auf der anderen Seite stehen könnte und alles über dich weiß: wo du wohnst, was du tust, wie gefährlich du für ihn und seine Kumpel bist.«

»Oh«, sagte ich und lehnte mich zurück, um, ganz wie mir empfohlen worden war, nachzudenken. So gesehen, sah das Ganze nicht nur nach zwei korrupten Polizisten aus, sondern nach einer ganzen Verschwörung. Paul übertrieb wahrscheinlich, um mich einzuschüchtern, aber angesichts der Geschichte mit seiner »Suspendierung« lag nahe, dass etwas im Gange war. Ich hatte noch ein paar Fragen mehr. Der Knoten aus Wut und Angst zog sich zusammen.

Paul redete ununterbrochen weiter: »Also kannst du nicht mehr machen, als dich rauszuhalten. Du sagst, Phyllis Digby ist bei dir oben? Könnte sie nicht gleich morgen früh irgendwohin fahren? Urlaub nehmen, bis sich alles geklärt hat? Ohne Adresse? Das würde ihnen nicht gefallen, aber von ihrem Standpunkt aus wäre das ein kluger Schachzug, glaub mir.«

Ich sagte, ich würde es ihr vorschlagen.

»Und stell die Alarmanlage an, bevor du schlafen gehst. Und von jetzt ab jede Nacht.« Ich hörte, wie seine Stimme schwankte und sich dann wieder festigte. »Versuch nicht, mich anzurufen, weil du uns dann beiden nur Schwierigkeiten machst. Halt dich von nun an da raus. Du gehst jetzt besser wieder rein. Schlaf gut.«

Schlaf gut. Ich stand in meiner Wohnung an der Tür und

dachte über alles nach, während Wut in mir hochstieg. Ich war gerade grob daran erinnert worden, warum ich Paul Grant mindestens die Hälfte der Zeit unerträglich finde. Ich spürte, wie mir die Hände zitterten, war mir jedoch nicht sicher, ob aus Wut oder Angst.

Ich zog die schweren Vorhänge im Wohnzimmer zu, bevor ich die Lampe auf dem Beistelltischchen wieder anknipste, schlich dann in diesem schwachen Licht, das bis zum Flur vordrang, ins Badezimmer und gurgelte mit Mundwasser. Auf dem Rückweg blieb ich am Kontrollkasten stehen und stellte die Alarmanlage ein; es war das erste Mal seit Monaten, doch damit war der Bereich von Haustür und Treppenhaus abgedeckt, mit Verbindung zur Polizei, was ich für einen Pluspunkt hielt, trotz Pauls Einschüchterungsversuchen; und mit dem Gitter vor dem Küchenfenster war die Wohnung effektiv gesichert vor jedem Eindringling, der zu groß war, den Kamin hinunterzurutschen. Danach überkam mich Panik, weil ich mich nicht erinnern konnte, ob ich die Haustür zweimal abgeschlossen hatte; mein Kopf wollte jetzt nicht mehr funktionieren, ich wollte es aber auch nicht auf sich beruhen lassen und schlafen gehen. Doch wenigstens dachte ich daran, die Alarmanlage auszuschalten, bevor ich wieder hinausschlich und verstohlen zur Haustür hinunterstieg.

Dieses Mal überprüfte ich die Kette und schob auch noch den Riegel vor.

Vor Müdigkeit schmerzten mir die Glieder, ich fühlte mich benommen. Leicht schwankend ging ich meinen Weg in die Wohnung zurück, versuchte, diesmal alles richtig zu machen: eins – zweimal die Haustür überprüfen; zwei – die Treppe hinauf; drei – den Riegel vor die Wohnungstür; vier – die Alarmanlage wieder anstellen. Fünf –

im Schlafsack auf das Sofa … Doch die Gedanken wimmelten mir wie Ameisen im Kopf herum. Der Gedanke, dass Paul durch eine Suspendierung aus dem Weg geschafft worden war. Um seiner Sicherheit willen? Oder weil jemand dachte, er könnte einen Detective wie ihn gebrauchen, einen, der ganz frisch als korrupter Polizist aufgefallen war?

Etwas Schweres landete auf meiner Brust, versuchte, mir einen knochigen Schädel unters Kinn zu zwängen, und begann mit einem ohrenbetäubenden Schnurren. Ich knurrte: »Hau ab!« und glitt ohnmächtig in die Dunkelheit.

Kapitel 9

Drei Bären

Schlechte Stimmung erfüllte mein Wohnzimmer wie Rauch. Wir waren alle zusammen dort und versuchten, es auszusitzen. Phyllis und Ben hatten es sich auf dem Sofa bequem gemacht, mit meinem Schlafsack als Nackenrolle. Gerade mal fünfzehn Minuten zuvor hatte ich darin eingerollt gelegen, so warm und geborgen wie das Dotter in einem Ei, hatte dem Wind gelauscht, der an den Fensterscheiben rüttelte, und versucht, nicht an die Tatsache zu denken, dass ich so schnell wie möglich mit zwei verschiedenen Personen schwierige Gespräche führen musste, auch wenn ich nicht in der Stimmung war: mit Lal Sowieso und Phyllis Digby persönlich.

Am Morgen war Ben schlecht gelaunt und quengelnd aufgewacht, wahrscheinlich war eine Erkältung im Anzug. Ebenso schlecht gelaunt war Mr Spock, der sein Frühstück mit hochmütiger Miene verzehrt hatte und nun auf der Rückenlehne des Sofas saß und der nassen Straße seinen peitschenden Schwanz präsentierte. Beiden gewährte ich so viel Mitgefühl, wie ich entbehren konnte. Ich saß zusammengesunken im Sessel und beobachtete Phyllis' Versuche, Ben aufzumuntern, indem sie ihm aus seinem farbenfrohen Buch *Goldlöckchen und die drei Bären* vorlas, das ihm Barnabas zum ersten Geburtstag geschenkt hatte. Ich fragte mich, ob Ben dadurch nicht eine pessimistische Meinung über Frauen oder übertrieben hohe Erwartungen an

Bären suggeriert würden. Außerdem fragte ich mich, was letzte Nacht eigentlich passiert war. Wenigstens war der Kaffee frisch, den ich gerade trank und den jemand anderer für mich gemacht hatte, bevor ich aus dem Bett gefallen war.

Ich versuchte, mich zusammenzureißen.

»Wer ist diese Lal?«, fragte ich. »Möchtest du dir nicht mal ihre Nachricht anhören? Sie klingt seltsam.«

Phyllis warf mir einen sardonischen Blick zu. »Das glaube ich dir aufs Wort.« Sie wartete, bis Goldlöckchen alles bekommen hatte – selbstsüchtiges Gör –, schloss dann das Buch und sagte schließlich: »Sie heißt Lal Fisher.«

»Und ist wer?«

»Franks Schwester. Sie hat zu ihm gestanden und war Trauzeugin, als Frank und ich heirateten. Sie kam für unsere Hochzeit extra aus London. Frank hatte nur sie aus der Familie eingeladen.«

»Also sind sie in Kontakt geblieben. Aber warum hat Frank …«

»Soweit ich weiß«, unterbrach sie mich, »hatten sie nicht wirklich Kontakt, zumindest nicht regelmäßig. Ich weiß, dass sie Frank ab und zu anrief – an seinem Geburtstag oder zu Weihnachten; aber er sprach nicht sehr oft von ihr. Er sprach nie viel über seine Vergangenheit, selbst wenn ich ihn etwas fragte. Es ist seltsam: Manchmal, vor allem in den ersten fünf, sechs Monaten, als ich ihn kennen lernte, schien er wie jemand, der aus dem Nichts direkt zu seiner Operation gekommen war.«

Unfreiwillig dachte ich: *Wie Goldlöckchen, das einfach die Tür öffnete und aus dem Nichts kam, um das Leben anderer zu übernehmen.* War es bei Frank und Phyllis wirklich auch so gewesen? Ich zwang mich, wieder auf die aktuelle Frage zurückzukommen. »Hast du sie nach der Hochzeit oft gesehen?«

»Nie. Sie ging zurück nach Spanien, und eine Zeit lang hatte ich mehr oder weniger den Eindruck, sie hätten den Kontakt verloren. Aber wie ich schon sagte, sie fing an, Frank alle paar Monate anzurufen.« Sie zögerte und runzelte die Stirn. »Apropos …«

Ich wartete.

Sie blinzelte und schüttelte leicht den Kopf. »Es ist mir gerade eingefallen: Ich glaube nicht, dass er sie jemals anrief, jedenfalls nicht, dass ich es wüsste. Wir waren immer gerade mit irgendetwas beschäftigt und dann klingelte das Telefon. Frank nahm ab und nach einer Weile rief er mir zu: »Es ist Lal – möchtest du ihr etwas ausrichten, Schatz?«, und ich sagte dann: »Herzliche Grüße …« Ihre Stimme brach. Ben rettete die Situation, indem er heftig nieste, und wir gerieten auf der Suche nach den Taschentüchern und dem Bemühen, ihn zum Ausschnauben zu bringen, einander in die Quere.

»Und doch ist sie jetzt wieder in London, weil er sich ihren Wagen geliehen hat«, betonte ich, als sich alles wieder beruhigt hatte.

Phyllis sagte geheimnisvoll: »Die beiden standen sich seit ihrer Kindheit sehr nahe.«

Ich dachte darüber nach, aber es erklärte nicht viel. »Nun gut, jetzt wissen wir, dass es ihre Wagenschlüssel waren, die man in Franks Tasche fand. Ich glaube, wir müssen es der Polizei sagen. Sie werden wissen wollen, um was für einen Wagentyp es sich handelt. Und dir ist klar, dass sie ihn finden müssen. Außerdem hat sie wahrscheinlich noch nicht erfahren, dass er tot ist.«

Wir sahen zu, wie Ben einen Entschluss fasste. Er

krächzte: »Mehr!«, und ich lehnte mich mit dem Gedanken zurück, dass er nun wirklich mit dem Sprechen begann, und beobachtete dann, wie die beiden feierlich zum ersten Bild zurückblätterten. Als ich noch ein wenig über Franks Schwester nachgedacht hatte, sagte ich: »Ich füchte, wir müssen ihr die Nachricht überbringen. So besteht vielleicht die Möglichkeit, herauszufinden, was sie darüber weiß ... Zumindest, warum er ihren Wagen hatte.«

»Dann sprich du mit ihr; ich habe nichts dagegen.«

»Aber sie kennt mich nicht.«

»Mich auch nicht, sie hat mich nur einmal gesehen.«

Ja. Dann sollte ich also einer Frau, die ich noch nie gesehen hatte, die Nachricht vom Tod ihres geliebten Bruders überbringen; für eine solche Situation fühlte ich mich nicht gerade gerüstet. Ich ließ das Thema für den Augenblick fallen und grübelte wieder über andere Unannehmlichkeiten nach – Pauls Benehmen zum Beispiel, das aus der Rückschau langsam melodramatisch wirkte. Ich hatte Phyllis seine Warnung ausgerichtet, sie schien jedoch unbeeindruckt.

Ich ließ sie und Ben weiter Goldlöckchens Appetit auf Porridge bewundern und ging, um mich präsentabel zu machen.

Es war still im Badezimmer, nachdem ich die Tür hinter mir geschlossen hatte. Ich öffnete die Wasserhähne, lehnte mich gegen das Becken, während ich beobachtete, wie es sich mit heißem Waser füllte, und bemerkte, dass irgendetwas ungeduldig in meiner Magengrube sirrte und ich mich deshalb nicht entspannen würde. Ich starrte auf mein Gesicht im Spiegel. Die Augen, die mich anblickten, sahen blutunterlaufen und verschlagen aus, und mein Haar, das an guten Tagen dunkel und lockig ist, wirkte an diesem

Morgen platt, gräulich und verfilzt. Außerdem sah es so aus, als würde ich einen Pickel auf dem Kinn bekommen. Da kam sich ein schwacher Charakter hinter der Fassade aber sehr bedauernswert vor. Ich zwang meine Gedanken in eine andere Richtung, fand den Waschlappen nass auf dem Boden der Badewanne und fing an, mir heißes Wasser ins Gesicht zu spritzen.

Als ich wieder trocken war, war der Spiegel über dem Waschbecken beschlagen. (Ich tastete herum, bis ich meine Zahnbürste auf dem Arzneischränkchen fand.) Wenn ich mich nur entscheiden konnte, wie meine nächsten Schritte aussehen sollten, würde ich sie in Angriff nehmen. Ich schrieb mit dem Zeigefinger »Lal F.« auf die beschlagene Scheibe. Das war das Erste: Als sie Frank am Abend zuvor anrief, hatte sie ihn gebeten, sie an diesem Morgen nach halb zehn anzurufen, und jetzt war es fast so weit. Also würde ich als Nächstes mit ihr sprechen. Was danach geschah, hing teilweise von dem ab, was sie sagte. Ich brachte die Zahnpastatube dazu, den letzten harten Klumpen auf meine Bürste zu spucken, und schrieb »Paul« auf die Scheibe, damit ich etwas zu betrachten hatte, während ich mir die Zähne putzte. Es gab da ein paar Dinge, die Paul mir offensichtlich erklären musste, doch ich machte mir diesbezüglich keine großen Hoffnungen, vorausgesetzt, dass ich ihn ausfindig machen konnte. Also streichen. Ich zog eine Linie durch seinen Namen. Im Moment war es besser, davon auszugehen, dass wir auf uns gestellt waren.

Ich schrieb als Drittes »Frank – Prozess?« auf die Liste und fügte »B« hinzu. Barnabas würde genau in diesem Moment bestrebt sein herauszufinden, welche Art Krimineller Frank Digby eigentlich gewesen war. Oder korrekter: Francis Brunton. Die Prozessberichte, wenn er sie denn fände, sollten uns doch ein Stückchen Wahrheit enthüllen. Zumindest einen Ansatz, von dem aus man weitersuchen konnte.

Ich beendete meine Liste mit »Phyllis???«. Dies war der heikelste Punkt. Ich fügte ein paar weitere Fragezeichen und Schnörkel hinzu. Paul hatte behauptet, wir beide seien in Gefahr, auch wenn er sich nicht dazu herabgelassen hatte, seine Gründe für diese Annahme zu nennen. Eigentlich war ich noch nicht mal sicher, warum ich ihren Namen auf die Liste gesetzt hatte; nur hatte Paul die Frage aufgeworfen, wie genau ich Phyllis eigentlich kannte. Wenn sein Hauptbestreben gewesen war, mich abzuschrecken, so hatte er keinen Erfolg damit gehabt. Aber an diesem Morgen schien nichts von dem ganzen Durcheinander wirklich einen Sinn zu ergeben. Vielleicht würde ich eher in der Lage sein, herauszufinden, was wirklich vor sich ging, und zu beschließen, was – wenn überhaupt – getan werden musste, wenn ich mit Lal und meinem Vater gesprochen hatte.

Nach längerem Nachdenken wischte ich Phyllis' Namen mit einem Schlag meines Waschlappens wieder aus. Wie Paul war sie eher jemand, um den man sich Sorgen machen musste, und keine Informationsquelle.

Konkret hieß das, dass nur Lal übrig blieb, genau, wie ich von Anfang an gedacht hatte.

Du könntest natürlich auch dieses eine Mal vernünftig sein, bemerkte meine innere Stimme im selbstgefälligen Tonfall meiner ältesten Schwester Pat, *und zum Beispiel Superintendent Paige anrufen und ihm von den stummen Drohanrufen und Lal Fisher und dem ganzen anderen Kram erzählen.* Es war etwas Verlockendes an der Vorstellung, all meine Fragen zusammenzunehmen und sie einem Chief Superintendent vor die Füße zu knallen. Sollte *er* sich doch darum kümmern. Der gute alte Paige. Ich starrte auf meine Schrift auf dem beschlagenen Glas. Es würde eine Erleichterung sein, alle Probleme mit einem Mal auswischen zu können. Ich erschauerte, als ich die Wörter vom Spiegel rieb. Paul Grant war nicht ganz zurechnungsfähig. Welcher Teufel hatte ihn geritten, mitten in der Nacht aufzutauchen und melodramatische Warnungen auszustoßen, in dem Versuch, mich so einzuschüchtern, dass ich, wie er es nannte, »mich um meine eigenen Angelegenheiten kümmerte«, welcher Teufel hatte ihn geritten, sich aufzuführen wie jemand aus einem schlechten Film? Grimmig wischte ich ein letztes Mal mit dem Handtuch über den Spiegel und machte mich daran, ein paar saubere Anziehsachen zu finden.

Gegen halb zehn schlenderte ich gewaschen, angezogen, in nahezu normalem Zustand und mit einer Strategie ins Wohnzimmer. Ben und Phyllis sahen aus, als hätten sie sich dort für den Tag eingerichtet.

»Phyllis, würde es dir etwas ausmachen, dir jetzt die Bänder anzuhören? Ich frage mich, ob noch etwas drauf ist, was uns helfen könnte.«

Sie seufzte verhalten und forderte mich auf, loszuschießen, doch ich bemerkte, dass sie aufmerksam zuhörte, als ich die erste der Kassetten in meine Musikanlage schob und den Abspielknopf drückte. Ich hatte das neue Band eingelegt, und wir hörten das altbekannte Muster von Pausen und Klicks, gefolgt von Lal Fishers Stimme. Am Ende ihrer Nachricht lauschten wir auf das schwache Rauschen eines leeren Bandes.

»Warum hat er sich von ihr den Wagen geliehen?« Dieser Gedanke war mir gekommen. »Er hätte sich doch einen mieten können.«

Dieses Mal war Phyllis' Zögern ganz offensichtlich. »Nun, er hatte keinen Führerschein.«

Alles klar, man musste natürlich einen Führerschein vorweisen, wenn man sich einen Wagen mietete. »Aber wenn er nicht fahren konnte ...«

»Oh, er konnte fahren«, unterbrach sie mich rasch. »Er hatte seinen Führerschein verloren. Er erzählte mir, er hätte es noch nicht geschafft, sich um einen Ersatz zu kümmern. Ich nahm an, dass er ihn verloren hatte, als er in Haft kam. Wir brauchten nie einen Wagen.«

Ich bemerkte noch rechtzeitig, wie es sich angehört hätte, wenn ich gesagt hätte, ein Mann mit drei Pässen und einer Sammlung anderer Identitätsnachweise auf unterschiedliche Namen würde wohl kaum ohne Führerschein fahren müssen, wenn er einen brauchte. In gewisser Weise war das eine glückliche Entdeckung; schließlich legte es nahe, dass er den Wagen unerwartet und dringend gebraucht hatte und seine Schwester doch in der Lage sein sollte, uns eine Vorstellung davon zu vermitteln, was eigentlich geschehen war. Gut! Ein Schritt nach vorn.

Ich wechselte die Kassette, spulte wieder zurück und spielte die zweite ab. Frank und Phyllis mussten diese lange Zeit in ihrem Anrufbeantworter gehabt haben; die Klangqualität war dürftig und manchmal fast katastrophal, vermutlich, weil die Kassette zu lange benutzt worden war. Ich hörte irgendwo am Anfang meine Stimme und erkannte eine Nachricht, die ich Phyllis Mitte letzter Woche hinterlassen hatte. Dann hörte man eine Menge Klicken und Nachrichtenfetzen. Die meisten stammten von Personen, für die Frank gearbeitet hatte: von einem »Tom Laurence«, dem es um eine Umsatzsteuerprüfung ging, von einer Sozietät von Wirtschaftsprüfern in Westlondon, die wegen ein paar überfälliger Bücher nachfragte – Dutzende ähnlicher Fragmente, die größtenteils von nachfolgenden Nachrichten überlagert wurden. Dann kamen wir zu dem Abschnitt mit den wortlosen Botschaften und plötzlich hörte man meine Nachricht von gestern: »Hier ist Dido.« Damit waren wir wieder auf dem neuesten Stand. Gefolgt wurde meine Nachricht von einer älteren, die endlos zu sein schien – noch einmal Laurence, der sich wegen seiner Umsatzsteuererklärung Sorgen machte –, und dann von ein paar Fragmenten.

»Da!«

Ich fuhr auf. »Was? Was war?«

»Hast du das nicht gehört? Das war noch mal Lals Stimme. Da bin ich sicher.«

Ich spulte bis zum Ende von Laurences Lamento zurück und wir lauschten erneut. Eine Frauenstimme ertönte mitten in einem Wort und wurde fast sofort von einer späteren Nachricht unterbrochen, doch ich hatte den Eindruck, dass Phyllis sich nicht irrte. Ich spulte ein drittes Mal zurück. Sie sagte etwas wie: »…Frank du musst mir he…«. Das war alles. Das Band war kurz darauf ebenfalls zu Ende, einen Moment nachdem eine Männerstimme sagte: »Rufen Sie bitte so rasch wie möglich bei Smith und Howard an.« Es war unmöglich zu sagen, wann diese Nachrichten hinterlassen worden waren.

»Frank, du musst mir helfen?«, schlug ich vor.

Phyllis holte tief Luft und sagte: »Genau.«

»Also hat *sie ihn* angerufen?«

»Es klingt so. Aber das war normal.«

»Bilde ich mir das nur ein oder war sie aufgeregt?«

»Schlimmer«, sagte Phyllis nach kurzem Nachdenken. »Ich meine, aus ein paar Worten kann man das nicht sicher schließen, aber …«

»In Panik?«, schlug ich vor. Wir blickten einander an.

»Also«, schloss ich, »ist sie zurzeit wieder in London. Hat Frank dir das nicht erzählt? Und es klingt, als wäre etwas Unangenehmes passiert.«

»Sie war sehr aufgeregt«, sagte Phyllis langsam. »Ich weiß, es war nur eine Sekunde, aber ich meine, sie klang wirklich außer sich, viel schlimmer als gestern.«

»Fisher – ist sie verheiratet?«

Phyllis nickte.

»Also war es etwas, bei dem sie ihren Mann nicht um Hilfe bitten konnte? Etwas, was ihren Mann betraf?«

Phyllis suchte ein Taschentuch und hielt es Ben vor die Nase. »Ausschnauben«, sagte sie ausweichend und dann: »Ich schätze, wir sollten es der Polizei erzählen, oder? Oder wir überprüfen es zunächst bei ihr.«

Ich wusste, dass ich erreicht hatte, was ich wollte. Meine Uhr sagte mir, dass es Zeit war zu telefonieren.

Aber als ich nach dem Telefon langte, klingelte es, und eine männliche Stimme mit einem Hauch von Autorität sagte: »Miss Dido Hoare?« Ich bestätigte das; die Stimme sagte: »Bitte bleiben Sie am Apparat.«

Ich blieb dran und kochte. Ich könnte schreien, wenn ich mitten in einem Vorhaben unterbrochen und angewiesen werde, alles stehen und liegen zu lassen und darauf zu warten, dass jemand ans Telefon kommt, der meint, seine Zeit sei zu kostbar, eine Telefonnummer selbst anzuwählen. Aber es dauerte nur eine Sekunde, bis die Stimme wieder ertönte und sagte: »Ich stelle Sie durch.«

»Miss Hoare?« Ein Mann. Die Stimme war mir nicht vertraut. Distanziert sagte ich: »Ja?«

»Miss Hoare, Sie werden sich wahrscheinlich nicht an mich erinnern, aber wir sind uns vor einiger Zeit schon einmal begegnet. Colley, vom Islington CID.«

Ich setzte mich auf. Paul Grants Chef irrte sich. Ich erinnerte mich noch sehr gut an ihn. Vor ein paar Jahren hatte er meine Anwesenheit bei einem Tatort verlangt, bei mir schwere Atemstörungen mit seinem Kettenrauchen verursacht und mich wie ein Schulmädchen behandelt. Vielleicht übertrieb ich das Ganze in der Erinnerung, aber sicher hatte ich nicht vergessen, dass er sich am Tag zuvor noch geweigert hatte, mit mir zu sprechen, als ich ihn anrief; jetzt allerdings hatte sich vermutlich etwas Neues ergeben, das es ihm günstig erscheinen ließ, seine Meinung zu ändern.

Ich sagte, ich würde mich durchaus an ihn erinnern.

»Nun, ich wollte Sie fragen, ob wir nicht mal miteinander sprechen könnten. Hätten Sie etwas dagegen, in der Wache vorbeizuschauen? Irgendwann heute Vormittag? So bald wie möglich? Nur auf einen Plausch. Es würde nicht lange dauern.«

Ich knurrte lautlos in den Hörer und sagte: »Ich habe ein Geschäft zu führen.«

»Es dauert nur zehn Minuten«, teilte Colley mir verbindlich mit. »Wenn Sie möchten, schicke ich Ihnen einen Wagen.«

Ich erkannte, dass er nicht beabsichtigte, mich über das Thema unseres anvisierten Plauschs zu informieren, beschied ihn, ich würde selbst für eine Fahrgelegenheit sorgen, und erklärte mich dann gnädigst bereit, mich bei ihm einzufinden, sobald es mir genehm sei. Wenn mein Tonfall meine Verärgerung über die bevorstehende Zeitverschwendung verriet, so war mir das völlig egal.

»Was war das?«

Ich erklärte es Phyllis. Sie dachte darüber nach. »Geht es um Frank?«

Eher um Paul. Am Ende würde ein kleiner Plausch vielleicht doch interessant werden. Und dann wurde mir bewusst, dass ich meiner eigenen Neugier in die Falle gegangen war. Wieder einmal.

»Dido, es tut mir so Leid, dass ich dir die ganzen Scherereien mache.«

Ich blickte Phyllis direkt in die Augen und versicherte ihr, dass niemand sie für irgendetwas verantwortlich machen würde – nicht im Allergeringsten.

Es war fast zwanzig vor zehn. Ich glättete das zusammengeknüllte Stück Papier, auf dem ich Lals Telefonnummer notiert hatte, und fing an zu wählen.

Kapitel 10

Kontakt

Das Telefon klingelte. Und klingelte. Ich hatte gerade beschlossen, es später noch einmal zu versuchen, als eine Frauenstimme in mein Ohr drang.

»Mrs Fisher?«

»Ja?«

Ich holte tief Luft und sprang ins kalte Wasser. »Mein Name ist Dido Hoare; ich bin eine Freundin von Phyllis Digby. Sie …«

Die Stimme sagte: »Warten Sie bitte.« Der Hörer schepperte auf einer harten Oberfläche. Irgendwo im Hintergrund hörte ich, wie eine Tür sich schloss und dann Schritte näher kamen.

»Ja?«

»Phyllis hat mich gebeten, Sie wegen Frank anzurufen. Und wegen Ihres Wagens.«

»Phyllis?« Ihre Stimme klang alarmiert.

Das reichte. »Mrs Fisher, es ist etwas Ernstes geschehen und ich muss mit Ihnen sprechen. Können wir uns treffen? Es ist dringend. Ich könnte gerne bei Ihnen vorbeikommen …«

»Das ist unmöglich. Nein.«

»Dann möchten Sie vielleicht hierher kommen? Ich habe einen Buchladen in Islington – ich weiß nicht, ob es Ihnen passt, aber es ist wirklich dringend.«

»Einen Buchladen?« Die Stimme klang verwirrt. »Wie,

sagten Sie, ist Ihr Name? Und Sie sagten, Sie seien eine Freundin von Phyllis?«

Ungeduldig wiederholte ich meine Worte und fügte dann hinzu: »Sie kümmert sich um meinen kleinen Sohn Ben.« Stille trat ein, aber ich konnte hören, dass die Verbindung nicht unterbrochen war. Nach einer Weile sagte ich vorsichtig: »Phyllis und ich müssen unbedingt mit Ihnen sprechen. Etwas sehr Ernstes ist geschehen ... Ich weiß, dass Sie wegen Ihres Wagens beunruhigt sind.« Das war idiotisch, aber ich konnte am Telefon nicht mit Franks Tod herausplatzen.

»Ich könnte mich irgendwo mit Ihnen treffen«, räumte die Stimme zögerlich ein.

»Wir treffen uns, wo Sie mögen«, sagte ich, mit erhobenen Augenbrauen zu Phyllis gewandt. »Geht es heute Vormittag noch, bitte? Wo?«

»Sie sagen, Sie wohnen in Islington? Kennen Sie Hampstead Heath? Highgate Road?«

Ich sagte, ziemlich korrekt, dass dies der Fall sei.

»Nun, wissen Sie, dass am unteren Ende, Parliament Hill, zwei Schulen sind? Dort könnten wir uns treffen, direkt an den Tennisplätzen hinter dem Tor zum Park. Um elf? Oder sagen wir, viertel nach, das ist besser.«

Damit musste ich mich zufrieden geben, denn unser ganzes Gespräch wirkte so, als könnte es jeden Augenblick enden, so dass ich Angst hatte, sie zu verschrecken. »Wie erkenne ich Sie?«

»Ich werde Phyll erkennen«, antwortete sie prompt. »Achten Sie darauf, dass Sie bei Ihnen ist.«

»Sie möchte dich sehen«, sagte ich zu Phyllis, als ich auflegte.

Sie nickte langsam. »Wir packen den kleinen Mann besser warm ein, aber ein wenig frische Luft wird uns allen gut tun. Wenn es nicht regnet.«

»Wenn es regnet«, sagte ich, »überrede ich sie, sich zum Reden zu uns in den Wagen zu setzen.« Ich dachte darüber nach. »Phyllis, das war seltsam. Sie wollte nicht hierher kommen und uns auch nicht zu ihr kommen lassen. Ich glaube, sie möchte uns an einem öffentlich zugänglichen Ort treffen. Und ich glaube, sie stimmte dem Treffen nur zu, weil ich sagte, du würdest dabei sein. Sie hat immer noch vor etwas Angst. Ich hoffe, sie taucht überhaupt auf. Aber wenn wir jetzt losfahren, kann ich auf dem Weg noch auf der Wache vorbeischauen und herausfinden, was die Polizei von mir will.«

Phyllis sagte nur: »Tja, es ist schon eine seltsame Familie.« Sie und Ben steuerten bereits ihre Mäntel an. »Wir finden es heraus«, fügte sie hinzu, wenn auch (so schien es mir) nicht besonders begeistert. Es würde wohl ein wirklich schwieriger Tag werden.

Die Polizeiwache von Islington befindet sich in einer öden Straße direkt hinter *The Green*. Das einzig Schöne an ihr ist der große, eingefriedete Parkplatz, was bedeutete, um eine Parkmöglichkeit würden wir uns nicht zu kümmern brauchen. Ich konzentrierte mich auf den Verkehr, der sich langsam südwärts durch die nie enden wollenden Baustellen am *Angel* bewegte, und bog in die erste befahrbare Seitenstraße ab, wonach es nur noch eine kurze Zickzackfahrt zu dem großen gelben Backsteingebäude war. Ich ließ Phyllis und Ben, die sich mit Naseputzen beschäftigten, im Wagen zurück und stapfte zum Haupteingang und der Empfangstheke, wo ein Beamter mich so rasch durch die zweite Tür schleuste, dass mir klar war, Colley hatte seine Anweisungen hinterlassen. Ich drückte mich um die

Streifenpolizisten herum, die vor dem Aufzug warteten, und kam zum Büro des Superintendents, wo die Tür schon vor mir aufsprang, gerade, als ich meine Hand zum Klopfen hob.

Zwei Jahre fast waren seit unserer letzten Begegnung vergangen, aber er hatte sich nicht verändert. Colley war ein Detective der alten Schule: rundlich, zerknautscht, im mittleren Alter, mit erkahlendem Schädel. Er winkte mich hinein; und kaum war ich um die Tür herumgegangen, als ich entdeckte, dass noch ein vertrautes Gesicht mir entgegenblickte. Diane Lyon saß am Ende eines kleinen Sitzungstisches, der eine Seite von Colley Büro einnahm, hatte einen kleinen Stapel Unterlagen vor sich liegen und einen nicht zu deutenden Ausdruck auf ihrem Gesicht.

Sollte ich noch einmal an einen Zufall glauben?

Ich gab mir Mühe, keinen von beiden sehen zu lassen, dass ihre Anwesenheit mich überraschte, und nickte kühl zu ihr hinüber. »Dauernd laufen wir einander über den Weg.«

»Nicht ganz.« Sie lächelte kurz. Natürlich hatte sie Wichtigeres im Kopf. »Ich habe den Superintendent gefragt, ob er nicht ein Treffen arrangieren könnte, solange ich hier bin. Er meint, Sie könnten uns vielleicht helfen.«

Colley entleerte seinen übervollen Aschenbecher in den Papierkorb und sandte ein übel riechendes Aschewölkchen in den überheizten Raum. Ich sah ihm zu, während er automatisch nach den Zigaretten auf seinem Schreibtisch langte, und wies eine mir angebotene zurück. Er hustete. »Miss Hoare, nett von Ihnen, dass Sie reingeschaut haben.«

Ich sagte: »Keine Ursache, aber mein Baby und das Kindermädchen warten im Wagen auf mich, daher kann ich nicht lange bleiben. Worum geht es?«

Der Superintendent hatte ein Einwegfeuerzeug und eine Zigarette zusammengebracht und inhalierte nun mit Inbrunst. Er stieß eine Rauchwolke aus und sprach in sie hinein: »Hoffe, Sie können uns bei einem Problem helfen. Sie kennen DI Grant.«

Ich blickte ihn prüfend an, weil ich Sarkasmus hinter seiner Bemerkung vermutete, doch sein Gesicht wirkte neutral. »Es tut mir Leid, Ihnen mitteilen zu müssen, dass es eine Anzeige gegen ihn gegeben hat. Wir versuchen, das wieder geradezubiegen. Ich hoffe, Sie können einige Dinge bestätigen, die er uns erzählt hat.«

Lügner. Ich blickte sie beide abwechselnd an: Offensichtlich wurde die Geschichte von Pauls Suspendierung aufrechterhalten und meine Anwesenheit hatte etwas damit zu tun. Ich schenkte Diane Lyon ein warmes Lächeln und sagte: »Sind Sie immer noch beim Sicherheitsdienst? Oder neuerdings bei der internen Kontrolle?«

Sie warf mir einen kalten Blick zu. »Es ist eine Abteilung mit der Bezeichnung ›Internationales und organisiertes Verbrechen‹.«

Ich entgegnete, ich hoffe nur, dass dies auch eine Beförderung sei, und fügte hinzu: »Drogen?«

»Unter anderem. Superintendent?«

Colley hustete erneut, betrachtete seine Zigarette und drückte sie aus. »Miss Hoare, DI Grant behauptet, Sie hätten ihn gestern Morgen angerufen.«

Es schien mir kein Risiko, das zu bestätigen.

»Können Sie uns sagen, wann Sie ihn anriefen und worum es ging?«

Ich schätzte den Zeitpunkt meines Anrufs ab, stürzte mich in einen Bericht vom Besuch der beiden verdächtigen Personen in der Wohnung der Digbys, die behauptet hatten, CID-Beamte zu sein, und erklärte dann völlig wahrheitsgemäß, dass ich Paul angerufen hatte, um ihre Identität und Glaubwürdigkeit zu überprüfen. Ich erklärte weiterhin, dass die beiden sich zurückgezogen hätten, kaum dass er angekommen war. Es war genau dieselbe Geschichte, die ich Paige am Tag zuvor auch schon erzählt hatte, und ich war sicher, dass keinem von meinen Zuhörern hier etwas Neues mitgeteilt wurde.

Diane Lyon zog auf einmal zwei Blätter Papier aus dem obersten Aktenordner und schob sie über den Tisch in meine Richtung. »Sind dies die beiden Männer, die Sie und Mrs Digby gestern gesehen haben?«

Ich nickte. »Dies sind die Computerbilder, die von ihnen angefertigt wurden, als wir in Palmers Green waren.«

»Meinen Sie, dass diese Bilder Ihren Eindruck wiedergeben? Oder möchten Sie noch etwas ändern, nun, nachdem Sie Zeit hatten, darüber nachzudenken?«

Ich erklärte ihr, dass ich die Bilder nicht mehr verbessern könne, auch wenn sie gewiss nicht so genau seien wie Fotos. Tatsächlich sei ich immer noch starr vor Staunen über das System, mit dem diese Bilder hervorgebracht worden seien.

»Was genau passierte, als DI Grant bei der Wohnung der Digbys eintraf?«, warf Colley ein. »Hat er ein paar Worte mit ihnen gewechselt?«

»Nein. Ich bemerkte, dass sie sich im Vorbeigehen ansahen, aber es sagte niemand ein Wort.«

»Sind Sie sicher?«, knurrte Lyon.

Ich hob meine Augenbrauen und beschied sie, dass ich ganz sicher sei.

»Also würden Sie sagen, dass DI Grant in der Lage wäre, die beiden zu identifizieren?«

»Ich glaube, ja. Wahrscheinlich.«

Colley murmelte etwas, was ich nicht genau verstand. Seine Miene war grimmig.

»Sie sahen ihn aber auch ziemlich genau an, so dass ich meine, sie würden sich alle wiedererkennen.«

Colley zuckte zusammen. »Ist DI Grant den Männern gefolgt?«

Ich erklärte, dass Paul ein paar Minuten bei uns oben geblieben sei. »Etwa fünf Minuten später gingen er und ich gemeinsam nach unten, und dort war niemand mehr.« Zumindest keine Spur von ihnen. Mir fuhr erneut die Frage durch den Kopf, ob ich von ihnen verfolgt worden war, als ich die Power Street verließ. Ich fügte hastig hinzu: »Wohin soll das führen? Das muss er Ihnen doch alles schon selbst erzählt haben.«

»Sie haben einige Aspekte seiner Aussage bestätigt und dafür danken wir Ihnen«, sagte Colley geschwollen. »Sie waren uns eine große Hilfe … Haben Sie DI Grant seit gestern Morgen noch einmal gesehen?«

»Ich habe versucht, ihn zu erreichen«, murmelte ich virtuos und wahrheitsgetreu, »aber in der Zentrale sagte man mir, er sei im Urlaub, und über sein Handy meldet er sich nicht.«

»Aber Sie haben jemanden angerufen, der Sie darüber informierte, dass er vom Dienst suspendiert ist«, sagte Lyon sanft.

Das war einer dieser Momente, in denen es schwierig ist, nicht zu viel zu sagen. Ich dachte *Verdammt!* und beschloss, lediglich zu äußern: »Ich war besorgt, als ich ihn nicht erreichen konnte.«

»Es geht hier um ein Disziplinarverfahren«, knurrte Colley nach einer kurzen Pause. Diese Worte brachten mir

Pauls Äußerungen von der Nacht zuvor wieder in Erinnerung. Also spielten wir immer noch dieses Spielchen. »Ich wäre Ihnen dankbar, wenn Sie nicht mehr versuchten, ihn zu erreichen. Sie bringen ihn sonst nur unnötig in Schwierigkeiten.«

Ich sagte, das verstünde ich, auch wenn ich in dieser Hinsicht log. »Gibt es noch etwas, was Sie wissen möchten?«

»Sollte es so sein«, sagte Lyon, »dann setzen wir uns mit Ihnen in Verbindung. Apropos, was Mrs Digby betrifft …«

Ich sagte: »Ich behalte sie im Auge. Sie war vom Tod ihres Mannes geschockt, aber ich sorge dafür, dass es ihr gut geht.«

Diane Lyon sagte: »Das ist sehr freundlich von Ihnen.« Sie dachte einen Moment nach. »Wir bleiben in Verbindung.« Ich beneidete sie um ihre Fähigkeit, absolut keinerlei Regung zu zeigen. Vielleicht absolviert man im Hendon Police College einen speziellen Kurs dafür.

Kapitel 11

Und Goldlöckchen

Wir fuhren geradewegs zum großen Kreisverkehr Archway, nahmen die Abkürzung durch die Seitenstraßen von Tufnell Park und kamen kurz vor halb elf am unteren Ende der Highgate Road an. Es regnete noch immer nicht, als ich auf den Hügel einbog und die Schulen auf der Westseite ausmachte, die von der Hauptstraße von großen Hecken abgeschirmt wurden, durch die man unmöglich etwas sehen konnte.

»Da.«

Ich wich einem Bus aus und warf einen raschen Blick nach links. Durch eine Öffnung in der Hecke konnte ich einen breiten Weg und einen hohen Metallzaun sehen, und dann fuhr ich den Citroën direkt hinter dem Eingang an den Bordstein. Phyllis stieg kommentarlos aus und holte den Kinderwagen aus dem Kofferraum. Ich schnallte Ben los, schloss ab und torkelte mit ihm über den Bürgersteig. Er wurde von Tag zu Tag schwerer, oder ich wurde älter. Dann gab er uns kund, dass er zu laufen wünschte, und so gingen wir drei Hand in Hand hinter dem leeren Kinderwagen durch den Eingang und blieben direkt dahinter stehen.

Im Park war mehr los, als ich an einem öden Februarmorgen erwartet hatte. Dann erkannte ich, worum es sich handelte. Gerade hatte in beiden Schulen die große Pause angefangen und die meisten Schüler schienen sich für die frische Luft entschieden zu haben. Oder eine verbotene Zigarette – ich bemerkte ein paar Mädchen, die aussahen wie dreizehn und sich in eine Ecke der Hecke zusammendrängten, um eine Zigarette herumgehen zu lassen. Sie wirkten halb erfroren. Auf dem Weg zu den Schulen gab es ein Gewimmel von schlendernden, rennenden, posierenden und schwatzenden Teenagern. Fast hätte ich gelacht. Lal Fisher hatte dafür gesorgt, dass, wer auch immer sie treffen wollte, keinerlei Möglichkeit haben würde, Ärger zu machen. Ein Streit oder gar Handgreiflichkeiten hätten das Interesse von ungefähr fünfzig begeisterten Teenagern auf sich gezogen.

Phyllis sagte leise: »Da ist sie.«

»Wo?« Ich folgte ihrem Blick, und zuerst dachte ich, sie hätte sich geirrt. Eine Frau stand reglos an der Ecke der Tennisplätze und beobachtete uns. Sie trug Schuhe mit atemberaubenden Absätzen und einen braunen Pelzmantel, der aussah wie echter Nerz, und ihr unbedeckter Kopf zeigte ein kunstvolles Arrangement aschblonder Locken. Aus der Distanz wirkte sie wie dreißig. In Bens Geschwindigkeit höchster Begeisterung schlenderten wir weiter, und als wir näher kamen, bemerkte ich, dass mein erster Eindruck getrogen hatte und dass die Frau hinter der dicken Schicht perfekt aufgetragenen Make-ups älter war als Phyllis. Ihre blauen Augen wanderten rasch von mir zu Ben und Phyllis, wo sie verharrten. Wir erreichten den Zaun.

Phyllis sagte: »Lal. Du siehst gut aus.«

Lal sagte: »Phyll, du … geht es dir gut?« Sie blickte dann zu mir, und ich musste plötzlich an ein Tier mit scharfen Zähnen und Augen denken. Vielleicht lag das am Mantel.

Ich sagte: »Ich bin Dido und das ist Ben. Wir müssen mit

Ihnen über Frank sprechen. Möchten Sie hier bleiben oder sollen wir irgendwo hingehen?«

Ich beobachtete, wie sie einen Blick auf den Park und die Leute darin warf. Nach einer Sekunde sagte sie: »Ich glaube nicht, dass wir irgendwohin gehen können. Wir könnten uns dorthin setzen.« Ich wollte schon sagen, dass die leere Bank, auf die sie gezeigt hatte, wahrscheinlich nass sei, aber sie drehte sich um und ging darauf zu, so dass wir ihr folgten. Ich hatte Recht gehabt mit dem Lattensitz der Bank, aber sie setzte sich einfach mit ihrem teuren Mantel und beobachtete, wie wir es ihr vorsichtig nachtaten. Ben kletterte auf meinen Schoß und Phyllis setzte sich still zwischen uns. Ich rückte auf der Bank vor, so dass ich Lal direkt ansehen konnte. Sie taxierte uns noch immer. Als ihr Blick zu Ben wanderte, sah ich den Anflug eines Lächelns.

»Wie alt ist er?«

»Fast fünfzehn Monate.«

»Er läuft gut für sein Alter.«

»Hat gerade angefangen.«

»Spricht er schon?«

»Ein paar Wörter«, sagte ich. »Haben Sie Kinder?«

»Einen Sohn. Er ist jetzt dreißig. Verheiratet, gut situiert. Sie haben ein nettes Haus in Hamstead. Hören Sie, was ist mit Frank? Ich weiß, dass irgendwas nicht in Ordnung ist. Oder, Phyll?«

Phyllis sagte schroff: »Jemand hat ihn umgebracht.«

Ich öffnete den Mund, um die Brutalität ihrer Worte abzumildern, wurde jedoch aufgehalten von der Art, wie Lals Gesicht zu einer Maske mit tiefen Falten gefror. Jetzt sah sie aus wie fünfzig. Oder älter. Tränen rannen ihr auf einmal über die Wangen. Sie bewegte sich nicht, machte keinerlei Versuch, sie abzuwischen. Eine Hälfte von mir wollte ein Taschentuch hervorholen, ihr Gesicht abtupfen und sie drängen, auszuschnauben. Die andere, bösartigere bemerkte mit halbherziger Bewunderung, dass ihr Eyeliner kaum verschmierte.

Ich riss mich zusammen, schloss meine Arme um Ben und sagte: »Das ist nicht angenehm hier. Möchten Sie nicht mit zum Wagen kommen? Wir könnten uns irgendwohin setzen, wo es warm ist, und eine Tasse Tee oder etwas anderes trinken. Ich glaube sogar, dass ich drüben auf der anderen Straßenseite ein Pub gesehen habe …«

Sie stand schwankend auf, und zuerst dachte ich, sie würde auf meinen Vorschlag eingehen. Doch dann richtete sie sich auf. »Nein. Nein, ich habe keine Zeit.«

Phyllis und ich standen ebenfalls auf, doch sie steuerte schon das Parktor an. Sie konnte bemerkenswert schnell auf ihren Stilettos gehen. Ich rannte um sie herum und stellte mich zwischen sie und den Ausgang, da blieb sie, immer noch tränenüberströmt, vor mir stehen.

»Was meinen Sie mit: Sie haben keine Zeit? Sie können doch nicht einfach so gehen!«, schrie ich. »Wir müssen reden. Sie sind nicht in der Verfassung … Wollen Sie nicht wissen …?«

»Ich brauche nichts darüber zu wissen«, unterbrach sie mich. Ihre Stimme war heiser. »Es war mein Fehler. Sie werden besser dran sein, wenn Sie einfach nach Hause gehen und mich in Ruhe lassen … Sagen Sie Phyllis, es täte mir Leid, aber ich will nicht darüber sprechen. Ich habe jetzt etwas zu tun.« Dann kam Phyllis mit dem Kinderwagen heran. Lal warf einen Blick auf sie und sah wieder weg. »Es tut mir sehr Leid für dich, Phyllis, wirklich.«

Ich wollte den Arm ausstrecken und sie festhalten, doch

sie trat um mich herum und ich hatte ja immer noch Ben auf dem Arm. Ich glaube, mir klappte der Unterkiefer herunter. Lal ging einfach weiter.

Phyllis nahm mir Ben vom Arm. Ihr Gesicht wirkte angespannt, aber konzentriert.

Ich sagte: *»Was ist da los?«*

»Ich schätze …« Sie hielt inne und ich sah sie an. »Es ist nicht nur wegen Frank. Sie hat Angst, irgendwas stimmt da nicht.«

»Aber«, sagte ich, »aber …«

»Dido, da geschieht gerade etwas Schreckliches mit uns allen. Ist dir das klar?«

Das war es. Und mir war noch etwas klar: dass Franks Tod für Lal zwar neu war, aber nicht überraschend. Wir hatten ihr etwas erzählt, das sie wahrscheinlich schon fast erwartet hatte, obwohl die Nachricht sie dann doch wie ein Hammer getroffen hatte. Ihre Reaktion erinnerte mich an die von Phyllis – an Phyllis' Verhalten von gestern; und das Erste, was Lal daraufhin gesagt hatte, war, dass es *ihr* Fehler gewesen sei. Ich musste definitiv noch einmal mit ihr sprechen, ob es ihr passte oder nicht.

»Ich muss ihr nachfahren. Ich will wissen, wie sie das gemeint hat.«

Phyllis blickte auf Ben. Ich ebenfalls. Sie sagte: »Hier fährt ein Bus. Wenn wir ihn da drüben erwischen, bringt er uns nach Kentish Town und dann können wir mit der U-Bahn nach Hause.«

Ich nickte. »Bist du sicher? Ich komme so schnell zurück, wie ich kann.«

Phyllis drückte Ben an sich und sagte: »Beeil dich, Dido!«

Etwas hatte sich bei ihr während unseres kurzen Treffens

mit Lal verändert. Vielleicht hatte Phyllis beschlossen, Stellung zu beziehen. Ich drückte Ben einen Kuss auf seine feuchte rote Nase und stapfte hinter dem Nerzmantel her, der schon um das eine Ende der Hecke verschwunden war.

Kapitel 12

Ein nettes Haus am Rande der Stadt

Ich hängte mich mit meinem Wagen an einen kleinen weißen Lieferwagen und versuchte, vor Lal Fisher in ihrem großen, deutschen Auto, in das ich sie hatte einsteigen sehen, verborgen zu bleiben. Ich hatte keinerlei Schwierigkeiten, mich ihrer Geschwindigkeit anzupassen. Im Gegenteil, eigentlich hatte ich Probleme, nicht zu nah an sie heranzukommen. Sie fuhr in ungleichmäßigem Tempo hügelaufwärts Richtung Highgate Village. Die Reihe am Bordstein geparkter Autos hatte die Spur Richtung Norden auf die Hälfte ihrer Breite reduziert, und sie fuhr quer über der Mittellinie und versuchte, sie weitläufig zu umkurven, während sie immer wieder vom hügelabwärts kommenden Gegenverkehr gezwungen wurde, zu bremsen und auszuweichen. Sie bremste auch scharf wegen der Bodenschwellen, wie jemand, der Schwierigkeiten hat, Entfernungen einzuschätzen. Ich machte mir allmählich Sorgen. Vielleicht war sie wegen Frank zu aufgebracht, um sich ans Steuer setzen zu können. Der Fahrer des Lieferwagens fuhr dicht an sie heran und ließ sich dann zurückfallen. Ich fuhr ein wenig langsamer. Wir hielten den gesamten Verkehr auf. Nach einer Minute bog der Lieferwagen überstürzt nach links ab. Ich ließ den Citroën noch weiter zurückfallen. Mein großer blauer Kombi war ein seltenes Modell und fiel daher auf; auf der anderen Seite bezweifelte ich, dass sie mich bemerkt hatte, denn es sah aus, als hätte sie zu viel mit ihrem eigenen

Fahrzeug zu tun, um auch noch einen Blick in den Rückspiegel werfen zu können.

Aber es war ja auch nicht ihr eigener Wagen. Vielleicht war das die ganze Schwierigkeit. Möglicherweise war sie mit dem silbernen Wagen, den sie an diesem Tag fuhr, nicht vertraut, und es war ein großes, schweres Fahrzeug, fast schon eine Limousine. Entweder war es das, oder sie war zu geschockt, um noch großartig auf ihre Fahrweise zu achten. Jedenfalls blieb ich in einiger Entfernung.

Oben auf dem Hügel angekommen, bog sie nach links ab. Ich zögerte und ermutigte damit ein wartendes schwarzes Taxi, von einer Seitenstraße her einzubiegen. Es fuhr nun zwischen uns. Im Zentrum des Ortes bog sie in einen kleinen Kreisverkehr ein, ohne zu verlangsamen, so dass ein Wagen, der von rechts kam, scharf bremsen musste und seine Hupe betätigte. Als ich mich in den Verkehrsstrom einfädeln konnte, waren bereits ein halbes Dutzend Autos und ein Bus zwischen uns. Es blieb mir nur noch, ihr hoffnungsvoll die Hauptstraße hinauf zu folgen.

Hinter dem nächsten kleinen Kreisverkehr wurde die Straße breiter, und ich wechselte auf die rechte Spur und fuhr etwas schneller. Ich konnte von diesem Winkel aus die Rückseite von Lals Wagen deutlicher sehen und wäre gewarnt, wenn sie beschloss, irgendwo einzubiegen oder zu wenden. Wo die Great North Road unsere Straße kreuzte, scherte sie vor mir aus und fuhr Richtung Finchley. Ich drängte mich zwischen einen Lastwagen und einen Bus, um gerade noch rechtzeitig über eine umspringende Ampel zu fahren. Wir fuhren weiter Richtung Norden. Falls sie wusste, dass ich immer noch an ihr dran war, war das nicht zu erkennen.

Eine Meile später blinkte sie und bog nach rechts in eine

breite Vorortstraße mit großen Bäumen und prächtigen Häusern ein. Das Schild auf dem Zaun an der Ecke verriet, dass es sich um die Verwood Avenue handelte. Auf ihr herrschte nahezu kein Verkehr, und wenn Lal bemerken würde, dass sie verfolgt wurde, dann hier. Ich blieb so lange, wie ich es überhaupt wagte, blinkend mitten auf der Straße stehen und ließ übervorsichtig ankommende Wagen passieren. Meine Taktik gab ihr die Möglichkeit, ein paar hundert Meter Vorsprung zu gewinnen. Sie fuhr nun schneller. Ich folgte ihr an Reihen von großen Häusern und einer Einzäunung von einem alten Wäldchen zu meiner Linken vorbei. Sie war immer noch ziemlich weit vor mir, als sich plötzlich eine Seitenstraße öffnete; der silberne Wagen machte einen Schlenker über die Straße und verschwand. Ich bremste, und bis ich an der Straßeneinmündung ankam, stand der andere Wagen schon in der Einfahrt eines großen Eckhauses. Die Fahrertür öffnete sich, und ich erhaschte einen Blick von etwas Braunem, als ich vorbeifuhr.

Von dem hohen Gartenzaun verborgen, der zum nächsten Grundstück gehörte, fuhr ich quer über die Straße, wendete, parkte den Citroën weit genug entfernt, dass er von der Auffahrt der Fishers nicht zu sehen war, stellte den Motor aus und fragte mich, was ich als Nächstes tun sollte. Hatte ich eine Wahl? Es fing an zu nieseln, gerade als ich ausstieg, abschloss und zurückging. Die Haustür war versperrt, doch Lal hatte sich nicht die Mühe gemacht, den Wagen in die Garage zu fahren. Vielleicht wollte sie noch mal los. Ich zögerte auf dem Bürgersteig und versuchte, mich zu entscheiden, was ich zu ihr sagen sollte. Ein Rinnsal kalten Wassers drang unter meinen Kragen, und ich beschloss, gar nicht erst eine Geschichte zu erfinden. Ich stieg die Einfahrt zur Haustür hinauf, läutete und wartete.

Nach einer Weile läutete ich noch einmal. Ich konnte drinnen die Klingel hören, also konnte sie das offensichtlich auch. Nach einer zweiten höflichen Pause lehnte ich mich gegen den Klingelknopf. Als ich davon genug hatte, trat ich zurück und sah mich um.

Das Haus, wo Lal Fisher gelandet war, war ein wuchtiges, zweistöckiges Backsteingebäude, erbaut im Neo-Tudor-Märchenstil mit einem tief abfallenden roten Ziegeldach und Fenstern mit falschen Bleifassungen. Der Vorgarten bestand aus einem gepflegten Rasenstück mit ordentlichen Beeten voller Rosen, die für den Winter heruntergeschnitten worden waren. Die einstöckige Garage, die an das Gebäude grenzte, wirkte breit genug, um mindestens zwei Wagen von der Größe dessen zu beherbergen, den sie vor der Haustür gelassen hatte. Frank Digbys Schwester musste sich gut verheiratet haben, denn in diesem Haus steckte Geld.

Es musste aber auch jemand anderes hier stecken, denn sie hatte keine Zeit gehabt, das Haus zu verlassen, bevor ich es erreicht hatte. Ich drückte noch einmal heftig auf die Klingel und lauschte auf den Widerhall. Dann hörte ich genauer hin. Irgendwo konnte ich ein schwaches Motorengeräusch hören, und in mir bildete sich die Vorstellung, dass Lal sich von ihren Sorgen ablenkte, indem sie ein wenig staubsaugte, weswegen sie möglicherweise die Türklingel wirklich nicht hörte. Ich versuchte, durch das große Fenster zu blicken. Es war doppelverglast und wies sowohl innen als auch außen eine falsche Bleifassung auf. Es war also, als würde man durch ein doppeltes Sicherheitsgitter blicken, und drinnen war kein Licht. Ich konnte gerade noch erkennen, dass ein großer Raum dahinter lag, und machte die Umrisse einiger Möbel aus, doch ich konnte nicht sicher sein, ob Lal drinnen war, zurückstarrte und darauf wartete, dass ich verschwand.

Ich hätte gerne durch die anderen Fenster geblickt, vor allem auf der Rückseite des Hauses, doch die Garage grenzte direkt an die dicke Rosenhecke am Westrand des Rasens, und die Hecke war so dornig, dass jeder Eindringling, der es wagte, sich durch sie hindurchzuzwängen, zumindest einen Großteil seiner Kleider und einiges von seiner Haut einbüßen würde. Am anderen Ende der Frontseite führte hinter zwei Fenstern mit einer Jalousie aus vertikalen Blenden nebst schwerer, dekorativer Bleifassung eine solide, zwei Meter hohe Gartentür zu einer Seitenpassage zwischen dem Haus und dem Zaun an der Ostgrenze. Ein entschlossener Einbrecher konnte sie übersteigen. Das war wohl der Grund, wie ich in diesem Moment erkannte, warum eine Sicherheitskamera über der Wand darüber angebracht worden war.

Ich zog mich für einen weiteren Blick auf die Lage zurück. Eine zweite Kamera war an der Seitenwand über der Garage installiert worden, und Alarmleuchten zierten die Front und die Seiten des Gebäudes. Entweder leiteten die Fishers ein kleines Privatmuseum voller Picassos oder sie waren sehr nervöse Menschen. Ich akzeptierte die Tatsache, dass zumindest für mich der einzige Weg hinein der durch die Haustür war.

Als ich dieses Mal läutete, lehnte ich mich gegen die Haustür, hielt meinen Mund vor den Briefschlitz und rief: »Lal? Hier ist Dido Hoare. Ich muss mit Ihnen reden!«

Die Tür wich so abrupt vor mir zurück, dass ich hineingefallen wäre, hätte Lal nicht in ihrem Mantel direkt dahinter gestanden und den Weg blockiert. Sie war nur so groß wie ich, doch gaben ihr die acht Zentimeter hohen Absätze einen Vorteil, und sie schaffte es, furchteinflößend auf mich herabzustarren, abgesehen davon, dass sie immer noch weinte. »Sie können nicht hereinkommen.« Dieser Satz endete in einem Schluckauf.

»Es tut mir Leid«, erklärte ich. Ich suchte nach einer Eingebung. »Ich weiß, dass ich Ihnen einen Schock versetzt habe, und ich entschuldige mich dafür, aber wir mussten es Ihnen erzählen. Wir hatten Angst, Sie würden das mit Frank von jemand anderem hören oder in der Zeitung lesen. Ist noch jemand da? Kann ich nicht hineinkommen und Ihnen einen Tee oder so etwas machen? Ist Ihr Mann hier?«

»Nein.« Plötzlich streckte sie eine Hand aus, zog mich grob hinein und knallte die Tür hinter mir zu. Sie machte immer noch keinerlei Anstalten, mich weiter hineinzulassen als bis zur Eingangshalle. »Nein, Andy musste heute Morgen wegfahren. Es gab ein Problem im Lager. Deshalb konnte ich auch eine Weile aus dem Haus. Aber er könnte jederzeit zurückkommen, und ich möchte nicht, dass er Sie hier sieht.« Sie hatte wohl die Verwirrung auf meinem Gesicht gesehen, weil sie zurücktrat. »Na gut, gehen wir in die Küche, aber nur für eine Minute. Möchten Sie einen Kaffee, Dido? Das ist ein lustiger Name – ›Die-doh‹. Ein englischer Name? Wie wird er buchstabiert?«

Das war immerhin ein Anfang. Ich erklärte ihr, dass mein Vater den Namen aus einem lateinischen Epos ausgesucht hatte, in dem eine Königin Dido und ein König Äneas eine kurze Romanze hatten, während ich ihr durch die weitläufige Eingangshalle in eine riesige Küche im Landhausstil folgte, komplett eingerichtet mit wuchtigen

Eichenschränken, Chintzvorhängen an den Fenstern (auch hier die dekorativ verzierte Doppelverglasung), einem Aga-Kochset und großen Flügeltüren, die von einem Metallgitter geschützt wurden. Es war, als befände man sich in einem Vogelkäfig. Draußen blickte man über eine winterliche Terrasse mit Sträuchern in Kübeln auf eine große Rasenfläche und Blumenbeete.

Ich sagte: »Was für ein reizender Garten«, da es mir klug erschien, ein weiteres neutrales Thema anzuschneiden.

Sie warf den Nerz über die Lehne einer der Küchenstühle, stellte den elektrischen Wasserkocher an, zögerte und nickte. »Es ist nett hier oben. Es ist ein nettes Haus. Wir haben sechs Zimmer. Ich würde Sie ja gerne herumführen, aber …« Sie hatte mit abwesender Stimme gesprochen, die immer leiser wurde.

Ich setzte mich rasch an den schweren Holztisch und sagte: »Leben Sie und Ihr Mann allein hier?«

»Ja, nur wir beide.« Sie hatte sich von mir abgewandt und holte nun Tassen, Untertassen und eine große Porzellankanne aus einem Schrank. Auf dem Schrank neben dem Kochset stand eine Packung Instantkaffee für den Gastronomiebedarf.

»Nehmen Sie Zucker?«

Ich verneinte. Ich sah, wie sie zögerte und dann eine Schale vom Regal zog. »Ich sollte auch nicht«, sagte sie. »In meinem Alter muss man auf seine Linie achten. Aber ich mag ihn süß. Man lebt nur einmal.« Ich sah, wie sie zusammenzuckte. Sie redete rasch weiter: »Möchten Sie Milch?«

Ich sagte: »Danke« und sah, wie sie einen Klacks aus einem Karton in einen kleinen Topf goss und diesen zum Wärmen auf den Herd stellte. Ich ließ das Schweigen zwischen uns an Raum gewinnen, während sie darauf wartete, dass das Wasser kochte, dann den Kaffee in die Kanne goss und schließlich alles sorgsam auf den Tisch stellte. Mit abgespreiztem kleinem Finger füllte sie unsere Tassen und goss die heiße Milch aus dem Topf nach. In eine der Tassen gab sie zwei gehäufte Teelöffel Zucker, dann setzte sie sich auf den Stuhl mir gegenüber. Es war so still, dass ich irgendwo einen Kühlschrank summen hörte. Es hätte ein morgendlicher Kaffeeklatsch in einer Vorstadtküche sein können. Nur war es das nicht.

Ich riss mich zusammen. »Phyllis und ich brauchen Ihre Hilfe. Informationen. Und Sie möchten doch wahrscheinlich wissen, was geschehen ist.«

Sie rührte in ihrem Kaffee, bis die Geste sich abgenutzt hatte. Ich sah, dass ihre Gedanken abschweiften. Dann stand sie mit einem kleinen Wimmern der Verzweiflung auf, riss ein Stück Küchenpapier von einer Rolle ab, die an der Wand über der Spüle befestigt war, kam zurück und tupfte sich damit die Augen.

Ich holte tief Luft und versuchte es noch einmal. »Es tut mir Leid, dass ich Sie so aufregen muss, aber es bleibt mir wirklich nichts anderes übrig. Wir müssen genau wissen, wann Sie Frank angerufen haben. Und warum Sie Hilfe von ihm brauchten. Und was geschah, als er Sie zurückrief. Haben Sie ihn am Sonntag gesehen?«

Einen Augenblick wirkte sie verwirrt; dann wurde sie rot. »Er hat Phyll nichts gesagt, oder? Nein, das hätte er nicht. Es muss dieser Anrufbeantworter gewesen sein. Ich wusste, dass ich keine Nachricht hätte hinterlassen sollen, aber er ging nie ans Telefon, wenn ich ihn anrief.«

»Das tut jetzt nichts zur Sache. Sie sagten, Sie bräuchten seine Hilfe. Er war dazu bereit. Phyllis sagte, Sie beide hätten sich immer nahe gestanden, also war es nur natürlich, dass er Ihnen half, wenn Sie darum baten. Hat ihn deshalb jemand umgebracht?«

»So war es nicht!« Sie blickte mich mit geziertem Liderflattern an, und ich wusste, dass sie jetzt anfing zu lügen. Ich stützte meine Ellbogen auf den Tisch, faltete die Hände und wartete. Sie versuchte es mit einem Lachen. »Es ging nur um diesen alten Familienkram. Sperrmüll. Ich hatte etwas für ihn aufbewahrt, ein paar Kisten. Frank bat mich vor ein paar Jahren, sie sicher aufzubewahren, kurz bevor er …«

Sie blickte mich an und zögerte. Mir dämmerte es. »Sie meinen, als er verhaftet wurde – 1992 oder so?«

»Im Sommer 1991«, korrigierte sie mich mechanisch. »Nein, noch davor. Im Jahr davor zogen Andy und ich nach Spanien, und Frank hatte dieses Zeug, das er irgendwo unterbringen wollte, wo keiner es vermutete, nicht einmal Andy. Also stellte ich es zu unseren Sachen, die wir einlagerten. Niemandem würden ein paar Kisten mehr auffallen, meinte Frank.«

Das ergab keinen Sinn. »Warum wollten Sie plötzlich, dass er sie abholte?«, wollte ich wissen.

»Nun … Sehen Sie, wir sind jetzt für immer zurückgekommen. Andy hat letztes Jahr dieses Haus gekauft, wir sind kurz vor Weihnachten eingezogen, und Andy sagte, wir müssten jetzt all unsere alten Sachen aus dem Lager holen; also wurden sie mitgebracht. Ich verstaute Franks Zeug in einer Ecke im Keller, aber ich dachte, ähm, Andy würde es früher oder später doch sehen und nachgucken, also rief ich ihn an. Frank kam am Sonntag, aber er brauchte einen Wagen, um das Zeug wegzuschaffen, daher lieh ich ihm meinen, nur für einen Tag, damit er die Kisten irgendwohin schaffen konnte. Aber er kam nicht zurück. Als Andy mich fragte, wo mein Wagen sei, behauptete ich, ich sei im West End shoppen gegangen und wegen unerlaubten Parkens abgeschleppt worden, und ich sagte, ich würde ihn heute Nachmittag oder morgen abholen, sobald ich Zeit hätte. Eben habe ich Andys Wagen genommen. Er mag es nicht, wenn ich damit fahre, also müssen Sie es ihm nicht unbedingt sagen, oder?«

Ich hörte nur halb auf das, was sie daherplapperte. Sie log. Ich konnte immer noch den panischen Unterton in ihrer Stimme auf dem Band hören. Ich bedachte die Möglichkeit, dass sie Frank lediglich gebeten hatte, vorbeizukommen und ein paar alte Klamotten abzuholen. Es war lächerlich.

»Sie haben ihn nicht wiedergesehen? Und er hat nicht angerufen?«

Sie schüttelte langsam den Kopf.

»Was wollte er denn tun? Wohin wollte er die Kisten bringen?«

»Weg«, sagte sie verdutzt. »Ich dachte, in seine Wohnung. Vielleicht hat er sie weggeworfen. Ich weiß nicht, was es war, aber wichtig kann es nicht gewesen sein.«

Ich schüttelte den Kopf. Dann fragte ich mich plötzlich, ob es in der Power Street noch eine Art Lagerraum gab, den Phyllis nicht erwähnt hatte. Dumm von mir, dass ich nicht früher daran gedacht hatte! Auf der anderen Seite hatte Phyllis Frank nicht wiedergesehen, und wenn er mit ein paar Kisten zurückgekommen wäre, hätte sie das doch bemerkt, oder? Ich gab es auf.

»Das war am Sonntag?«

Sie zögerte nur kurz, bevor sie nickte.

»Wo war er dann am Montag?«

Sie blinzelte. »Nicht zu Hause?«

Nein, nicht zu Hause. Mit einem Wagen und vierundzwanzig Stunden Zeit konnte er das Zeug überall im Land versteckt haben. Die Geschichte war voller Löcher, aber ich wusste nicht, wo ich ansetzen sollte.

»Franks Verurteilung.« Das zumindest konnte sie mir erklären. »Was hatte er getan?«

Sie schüttelte den Kopf. »Wir waren während des Prozesses nicht da. Andy baute die spanische Niederlassung der Firma auf, und wir zogen für ein paar Jahre dorthin, während der Prozess lief. Es gab keinen Grund zurückzukommen. Wir hätten nichts tun können.«

»Aber Sie müssen doch wissen, wie die Anklage lautete!«

»Es hatte mit etwas Geschäftlichem zu tun. Mit Leuten, für die er arbeitete. Es steckten noch andere mit drin, aber ich glaube, sie kamen davon; ich bin nicht sicher, wir bekamen nicht viel mit, außer wenn wir irgendwo ein paar englische Zeitungen auftreiben konnten. Andy hatte viel in der Firma zu tun, sehr viel, und Frankie schrieb mir, ich sollte nicht zurückkommen, das wäre nicht gut.«

»Was für eine Firma hat Ihr Mann?« Ich versuchte mich vorzutasten.

»Timesharing«, antwortete sie prompt. »Andy und mein Dad haben vor Jahren eine Firma für Timesharing gegründet, unten an der Küste von Marbella. Andy ging runter und baute dort eine Art Wohnsiedlung für alte Engländer, Pensionäre. Dann erweiterten sie ihr Angebot um Transporte. Es gibt eine Menge Briten, die sich nach Marbella zurückgezogen haben, Sie wären überrascht. Also zog Andy ein Geschäft auf, bei dem er ihr Zeug transportierte, und es ist ständig gewachsen. Clever. Wir haben ein großes Lager am Lea Valley, irgendwo hinter Walthamstow. Vielleicht haben Sie es schon mal gesehen? *Black-Cat-Trans-*

porte? Schwarze Katze für Glück. Außerdem LKWs in ganz Nordlondon – Sie müssen sie gesehen haben. Andy ist sehr erfolgreich.«

»Ist es sein eigenes Geschäft?«, fragte ich höflich. Wenn ich sie über Familienangelegenheiten am Reden hielt, würde sie sich möglicherweise entschließen, mir etwas zu erzählen, was ich noch nicht wusste, was aber wichtig war.

»Er führt es ganz allein. Die Familie hat vor einer ganzen Weile mit dem Timesharing angefangen. Damals lebte sie natürlich noch in Hoxton.« Der Gedanke brachte sie zum Lachen. »Wir sind ganz schön rumgekommen.«

»Lal, als ich Ihnen das von Frank erzählte, warum sagten Sie, es sei alles Ihr Fehler gewesen?«

Ihr Gesicht erstarrte plötzlich. »Wie viel Uhr ist es?« Sie schob einen Ärmel ihrer Strickjacke hoch, um auf ihre Uhr zu sehen. »Dido, es ist nach zwölf! Andy kommt jede Minute zum Mittagessen und ich habe nichts vorbereitet. Hören Sie, Sie müssen jetzt gehen.«

Aber ich hatte ja noch nicht mal richtig angefangen. Ich hatte keine Möglichkeit gehabt, das Gespräch wieder auf ihren Anruf bei Frank zurückzubringen und sie zu fragen, warum sie wegen ein paar Pappkartons so nervös war. (*Frank, du musst mir helfen. …* Sie log das Blaue vom Himmel herunter. Sie hatte nicht nur über alten Trödel geredet.) Aber etwas Kindliches und Ängstliches war in ihren vom Weinen geröteten Augen zu sehen; und ich hatte die blauen Flecken bemerkt, Abdrücke von Daumen und Zeigefinger, direkt über ihrem Uhrenarmband. Ich stand langsam auf und fragte mich, was ich jetzt machen sollte, wusste aber gleichzeitig, dass ich ihrem Ehemann nicht begegnen wollte.

»Was ist mit Ihrem Wagen?«, fragte ich sie. »Als man Frank fand, hatte er die Schlüssel in der Tasche. Die Polizei muss den Wagen finden, aber sie hat keine Ahnung, wo er jetzt ist oder wo man suchen könnte.«

»Er ist golden«, sagte sie. »Ein goldener Toyota Saloon, ein Neuwagen vom letzten Jahr, mit Sitzen aus echtem schwarzem Leder.« Plötzlich lächelte sie gekünstelt, zuckte leicht mit den Achseln und sprach wieder mit ihrer Kleinmädchenstimme. »Andy hat ihn mir geschenkt, als wir zurückkamen. Ich schätze, er wird irgendwo auftauchen. Ich erzähle Andy besser, dass er nicht abgeschleppt worden ist, wie ich glaubte, sondern dass er gestohlen wurde.«

Lügen, alles Lügen. »Wenn Sie mir das Kennzeichen nennen«, sagte ich und ließ mich zur Tür führen, »dann gebe ich es der Polizei durch.«

Sie tat so, als würde sie angestrengt nachdenken. »Oh, Gott! Ich bin so dumm, dass ich mir noch nicht mal meine eigene Telefonnummer merken kann.« Sie kicherte entschuldigend. »Aber ich sage immer, man ruft sich ja nicht selbst an. Gehen Sie jetzt, seien Sie lieb. Ich möchte mit dem Kochen anfangen. Und keine Sorgen wegen meines Wagens, die Polizei findet ihn schon, und wenn sie sich hier meldet, sage ich, dass Frank ihn sich geliehen hat.« Ein trüber Ausdruck huschte kurz über ihr Gesicht, das sich sofort darauf wieder glättete. Wir standen an der Haustür; sie öffnete sie und trat so nah an mich heran, dass ich fast nach draußen gedrängt wurde. »Bitte erzählen Sie niemandem davon, außer Phyllis natürlich. Andy würde es nicht gefallen. Keine schlafenden Hunde wecken, nicht wahr? Sagen Sie Phyllis, es tut mir sehr Leid wegen Frank. Und passen Sie auf sich auf. Es wird sich schon alles lösen, nicht wahr?«

Ich öffnete den Mund, um etwas zu sagen, um zu protestieren, um sie zu fragen … und starrte in ihr Gesicht und kapitulierte erneut.

»Ich sehe Sie dann später. Werden Sie …?«

Sie unterbrach mich: »Bis später« und knallte mir die Tür vor der Nase zu.

Ein LKW fuhr mit überhöhter Geschwindigkeit vorbei. Ich lauschte dem leiser werdenden Motorengeräusch und dann dem Schwarm Krähen, der in den Bäumen auf der gegenüberliegenden Straßenseite einen Krächzwettbewerb veranstaltete. Es sah so aus, als könnte ich im Moment hier nichts mehr ausrichten.

Ich hatte schon fast die Hauptstraße erreicht, als ich mich fragte, ob ich nun mehr wusste als zu Anfang des Tages, als ich eine Liste auf die beschlagene Scheibe meines Badezimmerspiegels geschrieben hatte. Ich bremste, hielt am Straßenrand und saß mit laufendem Motor da, während ich meinen Besuch überdachte.

Ich wusste jetzt die Adresse der Fishers. Meine Annahme, dass Frank am Sonntag verschwunden war, um eine Familienangelegenheit zu regeln, von der seine Schwester wahrscheinlich wusste, war nun bestätigt worden. Aber Lal würde mir nichts davon berichten. Ich hatte eine Beschreibung des Wagens. Das schien alles zu sein.

Oder vielleicht doch nicht ganz …

Ich rief mir die blauen Flecken auf ihrem Handgelenk in Erinnerung. Dies und ihr Kleinmädchengetue neben der ständigen Bitte, ihrem Mann nichts von allem zu erzählen, legten nahe, dass sie vor Andy Fisher Angst hatte, und das aus gutem Grund. Dann waren da noch die Kartons, von denen sie behauptet hatte, Frank hätte sie in ihrem Wagen weggeschafft, doch ich war nicht sicher, wie ernst ich diese Geschichte nehmen durfte. Ihr Wagen jedenfalls schien wirklich weg zu sein, das konnte ich glauben.

Wenn man annahm, dass einige Kisten, die Frank Brunton ein paar Jahre zuvor seiner Schwester zur sicheren Verwahrung gegeben hatte, für jemanden immer noch wichtig waren, was konnten sie dann enthalten? Angenommen, die Polizei fand den Wagen, würden die Kisten sich noch immer darin befinden? Nicht, wenn Frank umgebracht worden war, weil er zu Lal nach Hause gekommen war und sie fortgeschafft hatte …

Aber verdammt noch mal, warum denn dann?

Und genau da erkannte ich, dass ich verschaukelt worden war. Lal hatte den ganzen Morgen damit verbracht, sich als Klischee darzustellen, als Karikatur einer verrückten, dummen Blondine aus einer Arbeiterklassenseifenoper.

Es war eine sehr breite Straße, und fast hätte ich den Wagen in einem großen Bogen gewendet und wäre zurückgefahren, aber ich tat es nicht. Ich wünschte, ich hätte es getan. Stattdessen fuhr ich nach Hause, um noch einmal mit Phyllis zu sprechen und herauszufinden, ob wir aus dem Wenigen, was ich erfahren hatte, einen Sinn entnehmen konnten. Ich dachte auch, dass der verstorbene Frank Digby eine Schwester hatte, die um einiges klüger war, als zu sein sie vorgab. Und eingeschüchtert – das war mein Eindruck.

Kapitel 13

Verbindungen

Als ich langsam am Schaufenster meines Ladens vorbeifuhr, entdeckte ich, dass die Schreibtischlampe im Hinterzimmer brannte. Zum Hochsicherheitsschloss des Ladens gehören nur zwei Schlüssel: meiner, der ganz sicher an meinem Schlüsselring hing, und der meines Vaters, der in seiner Tasche im Zeitungsarchiv stecken sollte. Folglich bedeutete das Licht, dass sich ein unerlaubter Besucher in meinem Laden befand. Am hinteren Ende des Anwohnerparkplatzes waren noch knapp zwei Meter frei; ich schob so viel wie möglich von meinem Citroën dort hinein, um meinen guten Willen zu zeigen, falls eine Politesse auftauchte, dann sprang ich hinaus und stürmte über die Straße.

Dort fielen mir die Arrangements ein, die ich selbst so sorgfältig getroffen hatte. Die Tür war nicht verschlossen, als ich sie aufdrückte und rief: »Ernie? Tut mir Leid, ich habe dich ganz vergessen! Wie bist du reingekommen …?« An der Tür zum Büro blieb ich abrupt stehen.

Ernie saß an meinem Schreibtisch, wo ein unbekannter Kabelwust demonstrierte, dass er es geschafft hatte, Franks Laufwerk an meinen Computer anzuschließen. Ben blickte zu mir auf, er lag neben dem Schreibtisch flach auf dem Rücken auf dem Boden, der mit Zeitungen ausgelegt worden war, umrundet von Essensresten, die aussahen wie angekaute Brotkrusten in Ketchup. Er hatte etwas nicht zu Identifizierendes in seinem Fäustchen und saugte daran.

»Was ist passiert? Alles in Ordnung mit ihm? Wo ist Phyllis?«

»Hey, Dido!« Ernie sprang grinsend von seinem Stuhl und reckte sich leicht, um mir einen dicken Schmatz zu geben. »Mrs Digby sagte, sie müsste noch mal kurz nach Hause und ein paar Klamotten holen. Also sagte ich, ich würde auf ihn aufpassen. Aber ich schätze, sie ist aufgehalten worden, und Ben wollte sein Abendessen, also bestellten wir etwas bei einem Pizzaservice.«

Ich warf einen Blick auf das Chaos. *»Pizza?«*

»Na klar. Babys lieben Pizza«, behauptete Ernie mir mit dem Nachdruck eines erfahrenen älteren Bruders. »Nur Pizza, Tomaten und Käse, nichts Scharfes. Wir haben auch etwas Milch aufgetrieben, aber er wollte unbedingt meinen Shake probieren, und dann schmeckte er ihm so, dass ich ihm das meiste davon überließ. Das ist alles gut für Babys. Ihm geht es gut, nur konnte ich ihm nicht die Windeln wechseln, weil deine Wohnung abgeschlossen ist, aber ich glaube …«

Ich roch an Ben und dachte, ich glaubte es auch.

»Wie lang ist Phyllis schon weg und wie bist du in den Laden gekommen?«

Ernie schnippte mit den Fingern. »Fast vergessen! Ich stand vor dem Laden rum und sprach mit Mrs Digby, da tauchte der Professor in einem Taxi auf und öffnete die Tür. Er konnte nicht bleiben, hat aber eine Nachricht und noch etwas hier gelassen, auf das du einen Blick werfen sollst.« Er zögerte. »Ich weiß, es klingt verrückt, aber ich habe es wirklich genau verstanden. Er sagte, ich sollte dir ausrichten: ›Dido, diese Angelegenheit könnte wirklich heikel sein. Vielleicht ist es besser, du nimmst Ben mit nach oben, schließt die Tür ab und gehst ins Bett oder so; rühr dich nicht, bis ich zurück bin.‹ Machst du das also bitte? Denn es klang, als würde er es ernst meinen. Ich habe mir schon Sorgen gemacht, als du nicht auftauchtest.«

»Ich soll mich nicht rühren, bis er zurück ist?«

Ernie versicherte, er hätte Barnabas' Wortlaut korrekt wiedergegeben.

Möglicherweise knurrte ich: »Sehr komisch.«

Ernie musterte besorgt mein Gesicht und sagte dann: »Er hat das auch noch hier gelassen.«

»Das« war ein großer brauner Umschlag. Ich warf ihn auf den Schreibtisch, als ich um ihn herumging, um einen Blick auf den Monitor zu werfen. Er zeigte das reinste Durcheinander: Zahlen, Buchstaben, Symbole.

»Ernie, haben wir einen Virus?«

»Verschlüsselte Datei«, verkündete Ernie. »Sie sind nicht alle so. Manche sind auch ganz normal. Warte 'ne Sekunde, dann zeig ich's dir.«

Er warf sich zurück auf den Stuhl, drückte ein paar Tasten und produzierte ein Bild voller Kästchen und Zahlen auf dem Monitor. »Das sind Bilanzen«, verkündete er. »Formulare. Ganz normales Zeug. So was mach ich im College. Außerdem sind da ein paar Briefe an Firmen, für die er arbeitete; die kann ich dir auch zeigen, ist aber alles langweiliges Zeug. Dann sind da eine Menge Steuerveranlagungen. Außerdem Dateien, die nur aus Zahlenreihen bestehen – und dann noch dies hier. Es ist verschlüsselt; im College hat man uns so was gezeigt. Du musst ein Programm haben, um die Symbole in Wörter umzuwandeln, und außerdem ein Passwort.«

»Wo kriegst du das her?«, fragte ich.

Er zeigte auf den Monitor. »Siehst du das? Das Stück am Ende des Dateinamens, ›.xpt‹? Das gibt uns einen Hinweis auf die Dateiart, also das Programm. Ich kann es aus dem Netz runterladen, aber das Passwort ist das Problem an der Sache.«

»Wie lange wird es dauern?« Ich hörte, dass ich lauter wurde.

»Ich werde erst mal zur Sicherheit die Diskette kopieren«, verkündete Ernie. »Ich habe dafür eine leere aus der Schule mitgebracht. Dann kann ich ein bisschen rumspielen.« Er runzelte die Stirn. »Könnte schon etwas dauern, vor allem mit deinem Computer, Dido, du brauchst wirklich mehr Speicherkapazität. Meinst du nicht ...?«

Ich unterbrach ihn streng. »Wie viel Zeit denn noch? Stunden? Tage?«

Ernie grinste geheimnisvoll. »Könnte sein.«

Das war im Augenblick zu hoch für mich, und ich dachte, vielleicht würde es sich auch als zu hoch für Ernie erweisen, so gut er auch ist. Also beendete ich die Sache kurzerhand mit der Frage: »Wo ist mein Vater?«

»Er ist nicht hier geblieben. Er sagte, er würde zur Fleet Street und sich ein paar Bänder anhören.«

Barnabas? In der Fleet Street? In einem Musikladen? Ganz offensichtlich waren während meiner Abwesenheit alle verrückt geworden. Oder Ernie hatte etwas falsch verstanden. Er wirkte nervös.

»Dido, der Professor sagte, du solltest dir das Zeug sofort ansehen.«

Ich kapitulierte. Mit einem Auge auf Ben, dessen Schnupfen versiegt zu sein schien und der keinerlei unmittelbare Krankheitsanzeichen zeigte, auch wenn er voll gestopft war mit Pizza und Schokoladenshake, riss ich den Umschlag auf und fischte ein einzelnes Blatt Papier heraus. Es war eine Fotokopie von einem Teil einer Seite aus einer

Boulevardzeitung. Der Kontrast ließ etwas zu wünschen übrig, und Barnabas hatte die Fotokopie ohne Rücksicht auf den Text gemacht, der in der Mitte der Zeilen abgeschnitten war, so dass es sich als schwierig erwies, einen vernünftigen Satz zu lesen. Sein eigentliches Interesse hatte einem großen Foto von einer Straßenszene gegolten. Ich hielt das Blatt nahe an die Leselampe und starrte auf eine Aufnahme, die aus mittlerer Distanz sechs, sieben Männer zeigte, welche die Stufen zu einem großen Gebäude hinaufgingen. Einer war in Uniform. Die beiden Personen in der Mitte waren offensichtlich Häftlinge. Einer hatte sein Gesicht von der Kamera abgewandt; der andere hatte hastig eine Hand mit der Fläche nach außen und gestreckten Fingern zwischen sich und das Objektiv geschoben, aber ich konnte noch genug von seinem Gesicht sehen, um ihn zu erkennen. Und dies war ganz sicher das, was Barnabas beunruhigt hatte. Die Überschrift lautete: *Angeklagte werden zu Beginn der heutigen Anhörung ins Old Bailey gebracht.* Es waren keine Namen angegeben, und er sah auch jünger aus, aber Frank Digby hatte sich in fünf Jahren nicht sonderlich verändert. Ich fragte mich, wer der andere Angeklagte war, aber die Überschrift gab keinerlei Hinweis. Also gut, mein Vater hatte den Beweis dafür gefunden, dass Frank Digby wegen einer größeren Strafsache angeklagt worden war. Aber das war Jahre zuvor gewesen, und ich konnte nicht sehen, dass es einen wirklichen Grund zur Panik gab. Ich wollte meinen Blick schon abwenden, als ich noch jemanden bemerkte, den ich kannte. Hinter dem uniformierten Beamten ging, mit steinernem Gesicht in Richtung Gefangene, DI Moore. Oh.

»Stimmt was nicht? … Dido?«

Ich hielt den Atem an. »Ich weiß es nicht genau. Vielleicht ist alles in Ordnung.« Nein, irgendwas stimmte definitiv nicht daran. Ich warf einen Blick auf das kleinere Foto und hielt zum zweiten Mal den Atem an. Dort lautete die Überschrift *»Big Andy Fisher hat vermutlich das Land verlassen.«* Es war ein schlechter Abzug und das Original war wahrscheinlich ein Familienschnappschuss, aber ich konnte ohne Mühe das gefurchte Gesicht des Mannes erkennen, der in der Wohnung der Digbys aufgetaucht war und sich als »Sergeant Andrew« vorgestellt hatte. *Lals Ehemann.* Wenn sie ihm erzählte, dass ich sie angerufen hatte …

»Schwierigkeiten?«, fragte Ernie.

Ich entdeckte, dass ich sprechen konnte, wenn ich mir nur richtig Mühe gab, und flüsterte: »Das ist noch milde ausgedrückt. Hör mal, wenn Phyllis zurückkehrt, wird sie vermutlich wegen Ben hier hereinkommen. Sag ihr, dass ich ihn nach oben gebracht habe. Bitte sie, zweimal zu klingeln, bevor sie den Schlüssel benutzt, damit ich weiß, wer kommt. Ich glaube, es ist besser, dass Ben und ich ins Bett gehen und die Decke über den Kopf ziehen, so wie Barnabas vorgeschlagen hat.«

Ernie starrte mich alarmiert an. »Soll ich irgendwas machen? Du musst es nur sagen, Dido.«

»Ja«, sagte ich. »Im Moment wäre ich unendlich dankbar, wenn du heute so lange wie möglich bleiben könntest, um ein Auge auf alles zu haben.« Ich hielt für eine Sekunde inne und versuchte, an alles zu denken, was zu arrangieren war. »Ich werde die Ladentür abschließen, wenn ich gehe. Außerdem hänge ich unser ›Bin gleich wieder da‹-Schild an die Tür. Hatten wir bis jetzt überhaupt einen Kunden?«

Ernie schüttelte den Kopf. Es war nicht das Wetter zum

Bücherkaufen. Darüber konnte ich mir später Sorgen machen, aber die Buchmesse am Wochenende hatte für den wöchentlichen Umsatz gesorgt, und ich hatte zu viel anderes im Kopf, um mich ernstlich darüber aufzuregen. Denn Tatsache war, wenn man Andy Fisher und Barnabas' geheimnisvolle Vorsichtsmaßnahmen neben Paul Grants Warnung stellte, dass ich mich langsam fragte, ob das Ganze nicht eine Nummer zu groß für mich war.

Frank Digby. DI Moore. Andy Fisher. Lal. *Verbindungen.*

»Sieh zu, ob du irgendwie mit dem Zeug auf der Diskette weiterkommst«, sagte ich langsam. »Das ist wichtig. Und wenn irgendjemand auftaucht oder wegen mir anruft, sag bitte, du weißt nicht, wo ich bin. Schreib den Namen und die Telefonnummer auf und sage, ich würde zurückrufen.«

Ernies Grinsen hatte sich verbreitert. »Klingt wie echte Schwierigkeiten«, stellte er fest.

Ich nahm meinen klebrigen, schläfrigen Sohn hoch und beschied beiden gleichermaßen, dass dem tatsächlich so war. »Und wenn du Phyllis siehst, wenn sie zurückkehrt, bitte sie, sofort in die Wohnung zu kommen, weil ich wieder fort muss. Und Ernie, jetzt, da ich darüber nachgedacht habe, könntest du bitte bleiben, bis Barnabas oder ich zurück sind? Egal, um welche Zeit? Ich versuche mich zu beeilen, aber ich möchte definitiv nicht, dass Phyllis und Ben allein sind.«

Ernie sah entzückt aus. Er liebt Schwierigkeiten. Ich versuchte, etwas Beruhigung aus dem Wissen zu gewinnen, dass ich mich immer auf ihn verlassen kann, wenn ich mal in der Klemme sitze; diese Beruhigung wurde aber gemindert durch das Wissen, dass Barnabas entsetzt wäre, dass ich mich in eine Position manövriert hatte, in der ich Ernie brauchte. Nein! Es war zu spät, darüber nachzudenken, ob ich nicht vorsichtig sein sollte, denn ich hatte gerade beschlossen, was als Nächstes zu tun war.

Zuerst würde ich noch ein Wörtchen mit Lal Fisher reden müssen, und zwar so schnell, wie es mir möglich war. Sie war meine einzige Chance, in dieses Durcheinander zu dringen, und dieses Mal würde ich ihr die richtigen Fragen über ihren Mann und ihren Bruder stellen, und darüber, was sie 1991 oder 1992 zusammen gemacht hatten, ganz zu schweigen davon, warum Andy wirklich das Land verlassen und was ihn dazu gebracht hatte zurückzukommen. Dies nur mal so für den Anfang. Ich hatte nicht vergessen, dass sie gesagt hatte, Franks Tod sei *ihr Fehler* gewesen. Es war vollkommen klar, dass sie mehr wusste, als sie zugab, und ganz gewiss schuldete sie der Witwe ihres Bruders ein paar Antworten. Ich wollte sie vor die Wahl stellen: Entweder würde sie alle Fragen beantworten, die mir bis zu Phyllis' Rückkehr eingefallen waren, oder ich würde die Polizei rufen und so lange bei ihr bleiben, bis sie kam. All das konnte etwas Zeit in Anspruch nehmen, denn ich musste sie erst von ihrem verbrecherischen Ehemann weglotsen, bevor wir miteinander sprechen konnten; und das bedeutete wahrscheinlich, dass ich vor ihrem Haus herumlungern musste, bis einer von ihnen es verließ.

Wenn ich die nötigen Antworten hatte, würde ich zurückkommen und Phyllis davon erzählen. Danach würde ich Paul Grant anrufen, denn ungeachtet all dessen, was er zu mir gesagt hatte, war er doch im Augenblick der einzige Cop, zu dem ich genug Vertrauen hatte. Bis ich einen Blick auf das Zeitungsfoto geworfen hatte, hatte ich immer noch der Vorstellung angehangen, dass keiner von Phyllis' Besuchern wirklich zur Polizei gehört hatte. Nun, da ich wusste, einer von ihnen war echt und der andere eine Art Gangster, war mir dieser Trost genommen.

Schließlich, wenn ich das alles erledigt hätte, würde ich eine volle Nacht durchschlafen und mich ab morgen um meine eigenen Angelegenheiten kümmern.

Als ich Ben sauber, zufrieden und müde in sein Bettchen gelegt hatte, ging ich in die Küche. Ich füllte den Wasserkessel und stellte ihn an, dann suchte ich in meinem Kühlschrank nach etwas Essbarem. Ein Apfel und ein Stück Cheddar mit bröseligen Ecken schienen mir das einzig Adäquate für diesen Zweck. Ich stippte den Käse in ein Glas Zwiebelchutney und hängte einen Teebeutel in einen sauberen Becher. Das würde reichen müssen. Mr Spock kam an, sprang auf das Spülbrett und legte mir bedeutsam eine Pfote auf den Arm, weil er mir anzeigen wollte, dass er jetzt Milch wollte. Ich spendete einen Spritzer für jeden von uns, meinen in den Becher und seinen in das angeschlagene Suppenschüsselchen. Dann schluckte ich den Käse herunter und steuerte genau zu dem Zeitpunkt mit Apfel und Tee das Wohnzimmer an, als das Telefon klingelte.

Ich erstarrte und wartete darauf, dass der Anrufbeantworter ansprang. Es war Phyllis' Stimme, die blechern klang: *»Dido, ich bin aufgehalten worden, ich erzähle es dir, wenn ich da bin, aber es könnte noch eine Stunde dauern.«*

Ich stürzte zum Telefon, doch als ich es erreichte, hatte sie schon aufgelegt; also ließ ich mich aufs Sofa sinken, nahm einen Schluck Tee, verbrannte mir die Zunge und fing an, über Lals Befragung nachzudenken.

Kapitel 14

Ort einiger Taten

Was auch immer Phyllis aufhielt, es schien sie nicht freigeben zu wollen. Am Ende musste ich Ernie allein zurücklassen, der Babysitten mit Kaffeetrinken und Zeichentrickfilmgucken kombinierte. Der Nachmittagsverkehr war moderat und dieses Mal waren mir alle Ampeln die Archway Road hinauf geneigt. Ich legte die vier, fünf Meilen, die meine chaotische Wohnung von Lal Fishers Villa mit sechs Zimmern trennte, in weniger als zwanzig Minuten zurück.

Vor ihrem Gartentor zögerte ich, als ich entdeckte, was drinnen auf mich wartete: Ein Streifenwagen stand leer und mit geöffneter Fahrertür auf der Einfahrt. Ich schoss über die Straße und parkte genau an der Stelle, die ich schon einmal besetzt hatte, wobei ich die Stimme in meinem Innern ignorierte, die da sagte: *Alles klar, Dido. Verschwinden und dich um deine Angelegenheiten kümmern, wäre jetzt ein kluger Schachzug* … Ich umrundete den Streifenwagen, beschloss, die Besorgte-Freundin-Nummer zu versuchen, und schaffte es ohne große Mühe, meinem Gesicht einen ehrlich alarmierten Ausdruck zu verleihen. Abgesehen davon, würde ich improvisieren müssen.

Auf halber Strecke zur Haustür entdeckte ich, was der große silberne Wagen vor mir verborgen hatte: Der uniformierte Beamte stand beim Garagentor, das im Augenblick nur eine Öffnung von etwa einem halben Meter zwischen seinem unteren Ende und dem Boden zeigte. Der Beamte und ich sahen einander im selben Moment. Er hob wie ein Verkehrspolizist die Hand, öffnete den Mund und trat einen Schritt vor. Ich stürzte zu ihm.

»Was ist los? Ist mit Lal alles in Ordnung? Wo ist sie? Was ist passiert?« Er zögerte. Ich nutzte die Gelegenheit und verlieh meinem Tonfall mehr Autorität. »Warum sind Sie hier? Wo ist Mrs Fisher? Ich bin eine Freundin von ihr, sie erwartet mich.« Ich entschied, dass es fürs Erste genug war. Als besorgte und reife Freundin der Familie würde ich geduldet werden, aber kaum als Hysterikerin.

Er zögerte immer noch. »Ich glaube nicht …«

Ich stellte mich vor ihm auf und sagte: »Sergeant, bitte: *Ist mit Mrs Fisher alles in Ordnung?* Wo ist sie?« Im selben Moment roch ich etwas Süßlich-Metallisches, wie die Abgase an einem windstillen Sommertag mitten in London; mein Blick wanderte zur Öffnung unter dem Garagentor, und mir wurde klar, dass der Rauch drinnen undurchdringlich sein musste.

»Constable Angus, Madam. Die Dame, die hier wohnt, rief uns telefonisch um Hilfe. Ihr geht es gut, sie ist mit einem anderen Constable im Haus. Ich denke, Sie sollten …«

Ich durfte ihn unmöglich diesen Satz beenden lassen. Also unterbrach ich ihn: »Dann gehe ich hinein und bleibe ein bisschen bei ihr. Ist es ihr Ehemann? Ist es Andy? Sie wird mich brauchen.«

Ich musste zutiefst besorgt gewirkt haben. Und es entsprach ganz gewiss auch meinen Gefühlen. Der Constable fasste einen Entschluss. Er führte mich weiter und läutete. Nach einem Augenblick ging die Haustür auf und ein älterer Polizist erschien. Sie wechselten leise ein paar Worte.

Ich stellte neben meinem Constable einen Fuß zwischen

die Tür und blickte beiden abwechselnd ins Gesicht. »Wir wollten heute Nachmittag zusammen shoppen gehen«, sagte ich ernst. »Sie wartet auf mich. Wo ist sie? Ist Andy bei ihr? Ihr Mann, wissen Sie.«

Der Ältere traf die Entscheidung. »Sie ist in der Küche«, sagte er. »Sie hat einen Schock erlitten. Ich glaube, sie sollte nach oben gehen und sich hinlegen, aber sie will sich nicht vom Fleck rühren. Vielleicht können Sie mit ihr reden.«

Ich sagte warm: »Natürlich werde ich das. Arme Lal! Nur ... können Sie mir nicht sagen, was passiert ist? Ich möchte nichts Falsches sagen.«

Der Constable zögerte nicht länger. »Offenbar«, sagte er, »ging sie zur Garage und entdeckte, dass der Motor lief und jemand im Wagen saß.«

»Jemand?« Wenn sie nicht sicher gewesen wären, dass dieser Jemand schon tot war, hätten sie ihn wohl kaum allein gelassen. »Ist es Andy?«

»Das weiß ich nicht. Es ist ein etwa sechzigjähriger Mann.«

»Und war es Lals Wagen?«, fragte ich, als ich dem Constable Richtung Küche folgte, weil ich der Meinung war, das wenigstens könnte ich noch erfahren. »Der goldene Toyota?«

»Das ist richtig«, sagte er und trat für mich beiseite.

Aus tiefstem Herzen sagte ich: »Ach, herrje« und stürzte mich in die Küche.

Sie saß sehr aufrecht am Küchentisch und starrte ins Leere. Ihre Augen waren trocken, doch tiefe Furchen zogen sich von ihren Mundwinkeln herab, und ihre sorgfältig frisierten Locken hatten sich in ein formloses Durcheinander verwandelt, so als wäre sie mit den Fingern hindurchgefahren. Jemand, vermutlich der Constable, hatte einen

Becher Tee vor sie hingestellt, doch der war unberührt. Weder regte sie sich, noch blickte sie mich an.

Ich nickte dem Constable auf eine Weise zu, die beruhigend und abwimmelnd wirken sollte, und flüsterte: »Es ist schon gut, ich kümmere mich jetzt um sie.« Dann umrundete ich den Tisch und legte ihr einen Arm um die steifen Schultern. »Lal? Ich bin's, Dido, Kann ich dir helfen? Soll ich dir einen Drink holen?« Sie rührte sich nicht. Ich sagte, immer noch sanft: »Soll ich jemanden für dich anrufen? Möchtest du, dass Phyllis kommt?«

Ich spürte, wie sie erschauerte, doch sie sagte immer noch nichts. Da zog ich einen Stuhl zu ihr herüber, setzte mich und nahm ihre Hände in meine. Sie waren eiskalt, also fing ich an, sie zu reiben. In der Ferne konnte ich Sirenen hören. Hilfe war auf dem Weg. Ich nickte dem Constable zu, der zurücknickte und dann den Flur hinunterging. Die Haustür ging auf und wieder zu.

»Sie werden jeden Moment hier sein«, sagte ich. »Es kommt Hilfe.«

»Nein.«

Ich war mir nicht sicher, was ich gehört hatte. Ich war mir auch nicht sicher, was ich sagen sollte. Versuchsweise äußerte ich: »Ich kann Sirenen hören. Einen Rettungswagen. Ist es Andy?«

»Tot.« Sie sprach jetzt lauter. »Tot. Als ich ihn fand. Ich hörte das Motorengeräusch, als Sie hier waren, aber ich hätte nie gedacht …« Ich unterdrückte ein Keuchen, denn ich hatte das Geräusch auch gehört, und auch ich hätte nie gedacht … Wenn ich doch nur etwas gesagt hätte, vielleicht … Sie sagte dumpf: »Als ich hineinging, wusste ich es schon, es war alles voller Rauch. Ich öffnete das Tor. Machte den Motor aus. Er war noch warm, aber er war tot.«

Ich musste es einfach fragen: »Warum?«

Da sah sie mich zum ersten Mal an. »Wie bitte?«

Ich zögerte, aber es half nichts. Ich war mir eigentlich sicher, sie richtig verstanden zu haben, musste aber trotzdem fragen: »Warum hat er das getan?«

Kleine rote Flecken erschienen überraschend über ihren Wangenknochen. »Er? Nie!«

»Aber …«

»Er nie! Was sagen Sie denn da?«

Ich schüttelte den Kopf. »Lal, ich sage gar nichts. Es ist nur einfach so, wenn sich jemand in der Garage einsperrt und den Motor anstellt …« Ich zog die innere Bremse und schaffte es gerade noch, nicht zu sagen: *Den Motor Ihres Wagens, des Wagens, den Sie vermissten, erinnern Sie sich noch?*

Sie nahm den Becher mit dem abgekühlten Tee und trank ihn in einem Zug leer. Dann knallte sie ihn auf den Tisch. »Sie wollen damit sagen, so bringt man sich nun mal um, oder? Nun, aber Andy hätte das nicht getan. Es war alles in bester Ordnung.« Doch ich hatte den Eindruck, dass plötzlich ein Schatten über ihr Gesicht zog, als sie den letzten Satz hervorbrachte. Die Sirenen erreichten ihr Haus und erstarben.

Lal stand mühsam auf. »Ich gehe besser nach oben.«

Ich sagte: »Geht es Ihnen nicht gut?«

»Mit mir ist alles in Ordnung. Ich muss mich nur ein wenig hinlegen. Sie können ein Weilchen mitkommen, wenn Sie möchten, und sich überzeugen, dass es mir gut geht. Sie stören mich nicht.«

Wer störte sie dann? Früher oder später würde sie der Polizei erzählen müssen, wie sie ihn gefunden hatte – die würde nicht einfach verschwinden. Früher oder später würde sie eine Menge erklären müssen. Aber ich hielt immer noch den Mund und folgte ihr über die breite Eichentreppe ins obere Stockwerk. Auf dem Treppenabsatz zögerte sie und steuerte dann die Tür eines großen Schlafzimmers auf der Vorderseite des Hauses an. Wir traten in den Teenagertraum eines glamourösen Hollywoodschlafzimmers. Offensichtlich war es Lals Zimmer; es bestand aus massenhaft Pink, cremefarbenem Teppichboden und Spiegeln. Ich versuchte, möglichst nicht zu starren. Abgesehen von einem Männerbademantel, der über der Rückenlehne eines chintzbezogenen Sessels hing, und einer spartanisch aussehenden Haarbürste auf einer der Kommoden gab es keinerlei Anzeichen für einen männlichen Bewohner.

Lal warf sich auf die blumenbedruckte Tagesdecke und machte entschlossen die Augen zu. Ich wartete eine Sekunde, dann setzte ich mich in den Sessel neben dem Bett und schob dabei heimlich den Männerbademantel auf den Boden. Außer dem Ticken einer altmodischen, vergoldeten Uhr auf dem Frisiertisch war nichts zu hören. Die Geräusche zunehmender Aktivitäten im Vorgarten prallten vom Kokon der Stille um uns herum ab – Motorengeräusche, die Ankunft einer Menge Leute, Stimmen.

»Dido?« Das war nur ein Flüstern.

Ich lehnte mich vor. »Was ist?«

»Dido, Sie sind doch auf meiner Seite, oder?«

Seite? Mit Bedacht antwortete ich: »Ich bin mir nicht sicher, was Sie damit meinen, aber ich bin Phyllis' Freundin – das wissen Sie doch, oder nicht?«

Ich betrachtete sie genau und sah den Hauch eines Lächelns. »Das weiß ich. Ich hoffe es zumindest. Und Sie haben wirklich einen Buchladen?«

Mir dämmerte es. »Sie meinen, ob ich wirklich nicht von

der Polizei bin?« Fast hätte ich gelacht. »Wenn sie raufkommen und mich wegschicken, weil ich nicht hier sein sollte, werden Sie es ja sehen.«

Dieses Mal lächelte sie definitiv, aber sie hielt ihre Augen geschlossen. »Dann müssen Sie etwas für mich tun. Und für Phyllis. Ich weiß nicht, was passiert ist, ehrlich, weil Andy mir nie etwas von seinen Geschäften erzählte. Verstehen Sie? Alle in dieser verdammten Familie waren der Meinung, sie müssten ihre Frauen da raushalten! Sie sind zu jung, um das zu verstehen, aber Phyll weiß das, Frankie war auch so. Es mag so aussehen, als hätte Andy es selbst getan, aber ich werde es niemals glauben. Mein Gott, was für ein Scheißdurcheinander!«

Ich hörte, wie unten die Haustür geschlossen wurde. »Woher ist Ihr Auto aufgetaucht, Lal?«

»Weiß nicht. Ehrlich. Frankie hat es weggefahren, wie ich schon sagte. Wenn Andy es zurückgebracht hat, während ich mit Ihnen da unten war, möchte ich gar nicht daran denken, was ...«

Unten waren Stimmen zu hören.

Ihre Worte kamen nun leiser und rascher. »Ich werde ihnen nichts von Frankie oder so erzählen. Hören Sie, können Sie etwas für mich tun? Gehen Sie in das kleine Schlafzimmer auf der anderen Seite des Hauses – draußen nach links, die rechte Tür. Machen Sie ... machen Sie, dass alles ganz harmlos aussieht. Rasch, bevor sie raufkommen.«

Ich dachte nicht im Traum daran, ihr zu widersprechen. Die Tür zu ihrem Schlafzimmer ließ ich angelehnt, lauschte auf die zwei, drei Stimmen, die unten in der Eingangshalle hörbar waren, sauste quer über den dicken Teppich zur rechten Tür auf dem Treppenabsatz und schlich mich hindurch. Das Zimmer war in Lals typischem Pink möbliert und diente offensichtlich als Gästezimmer. Jemand hatte die Tagesdecke über das Bettzeug gezogen, doch ich hatte den Eindruck, dass jemand in dem Bett geschlafen hatte. Ich zog die Tür fast ganz hinter mir zu und trat auf der Suche nach dem, was ich finden sollte, weiter ins Zimmer, wobei ich das Bettende umrundete.

Ein kleines Nachttischchen war zu einer Seite gezogen worden, und darunter stak etwas zwischen den Volants der rosafarbenen Decke hervor, etwas, was dort nicht hingehörte, eine scharfe Ecke ... die Ecke eines Kartons, der so unter das Bett geschoben worden war, dass man ihn von der Tür aus nicht sehen konnte. Ich kniete auf dem Teppich nieder, zog die Volants hoch und entdeckte einen vom Alter vergilbten Pappkarton. Einen ganz normalen Karton, wie man ihn im Supermarkt bekommt – mit einer grünen Aufschrift: *Hereford Farms Cox's Orange Pippins.* Ich zog daran, doch eine Lasche war aufgeklappt und hatte sich in den Bettfedern verhakt. Ich presste sie herunter, bis ich in den Karton sehen konnte und den weinroten Einband eines Buches entdeckte, eines altmodischen Hauptbuches. Ich hob die Lasche wieder ein wenig. Darunter befanden sich weitere Hauptbücher. *Verdammt!*

Etwas Glänzendes lag ganz oben, etwas, was dort nicht hingehörte; also schob ich meine Hand hinein und zog einen Schlüsselbund heraus. Es waren drei Schlüssel, befestigt an einem einfachen Metallring, zwei normale Hausschlüssel und ein kleiner, der zu einem Koffer oder einer Aktentasche passte, dazu ein Schlüsselanhänger mit einem rot-weißen Emailleschild, das die Aufschrift *Arsenal FC* trug. Ich konnte nicht sagen, ob ich die Schlüssel vorher schon einmal gesehen hatte; es war jedoch möglich, und mir kam das ansonsten eher unwichtige Informationsfragment in den Sinn, dass Frank Digby ein Anhänger von Arsenal, dem Londoner Fußballverein, gewesen war. Ich ließ die Schlüssel zurück in den Karton fallen und schob sie tief in eine Ecke, bevor ich die Lasche wieder hinunterdrückte. Dann erkannte ich: Als Frank in Lals Wagen dieses Haus verlassen hatte, war er nicht heimgefahren. Er hatte den Wagen direkt zurückbringen wollen. Es sei denn …

Unten schlug die Haustür. Es sei denn, sein Mörder hatte die Schlüssel und seine restlichen persönlichen Dinge aus seinen Taschen genommen, um die Identifizierung zu erschweren, und sie dann hierher gebracht. Und dieser Karton? War das einer der Kartons, die Frank weggeschafft hatte?

Ich schob den Karton noch ein paar Zentimeter tiefer unter das Bett, so dass die Volants gerade herunterhingen. Ich konnte es nicht riskieren, das Nachttischchen zurückzuschieben, das wäre zu laut gewesen, aber ich strich die Tagesdecke glatt. Wenn man nicht allzu genau hinsah, wirkte das Bett jetzt unberührt.

Die Stimmen kamen näher. Ich schlich zur Tür zurück und spähte durch den Spalt. Von dort aus konnte ich die Treppe erkennen. Noch war niemand in Sicht, aber sie kamen herauf. Ich flitzte hinaus und stand vor der Badezimmertür, als zwei Polizisten in Uniform, ein Mann und eine Frau, den Treppenabsatz erreichten und fragend ihre Köpfe in meine Richtung wandten.

Ich kam ihnen zuvor und sagte: »Es geht ihr jetzt ein wenig besser. Sie hat sich hingelegt. Aber ich glaube trotzdem, dass ein Arzt nach ihr sehen sollte.« Kaum hatte ich das gesagt, wusste ich, dass ich alle Brücken hinter mir abgebrochen hatte, ohne lange darüber nachgedacht zu haben. Jetzt brauchte ich ein Gespräch unter vier Augen mit Lal. Ein Gespräch, das mit den Worten begann: »Jetzt möchte ich aber wissen, was hier vor sich geht, sonst reiße ich Ihnen Ihre blond gefärbten Haare einzeln vom Kopf ...«

Die Frau sagte: »Können Sie mir zeigen, wo sie ist? Dann übernehme ich.«

Ich nickte zuvorkommend und ging auf Zehenspitzen zum großen Schlafzimmer. Ich warf einen Blick hinein, wandte mich um und flüsterte: »Sie ist eingenickt.« Dann führte ich meinen Zeigefinger an den Mund, öffnete die Tür und war, bevor sie mir folgen konnte, schon am Bett, wo ich mich über Lal beugte. Ihre Augen sprangen auf.

Ich lehnte mich vor, streifte scheinheilig mit meinen Lippen ihre Wange und flüsterte: »Franks?«

Sie nickte fast unmerklich.

Ich sagte: »Alles in Ordnung. Und hier ist eine Polizistin. Sie bleibt bei dir, bis du dich besser fühlst. Sie wird einen Arzt holen, damit der einen Blick auf dich wirft.«

Lal schloss die Augen und murmelte: »Ich will mit niemandem sprechen.«

»Das weiß ich doch«, antwortete ich zustimmend. »Ich werde Phyllis erzählen, was passiert ist. Versuche jetzt zu schlafen.«

Als ich mich wieder aufrichtete, sah ich, dass die Polizistin mich zwar mit Interesse, doch, wie mir schien, ohne Argwohn anblickte. Ich fragte: »Werden Sie sich jetzt um sie kümmern? Ich wollte eigentlich nicht so lange fortbleiben, und jetzt schaue ich besser nach, ob mein Babysitter alles im Griff hat.«

Sie nickte und nahm meinen Platz im Sessel ein. Ich lächelte und verließ das Haus, allerdings hielt mich der ältere Constable, der mich hineingelassen hatte, auf und fragte mich nach Namen und Adresse. Ich war klug genug, ihm wahrheitsgetreue Angaben zu machen.

Und das war ein Glück, denn als ich meinen Weg durch die Einfahrt bahnte, die nun von einem zweiten Streifenwagen, einem Rettungswagen und einer Reihe Schaulustiger versperrt war – dem Anschein nach meist ältere Schüler auf dem Heimweg –, kam ich gerade rechtzeitig, um die Ankunft eines großen Rovers zu beobachten, dem gemächlich Diane Lyon entstieg. Unsere Blicke trafen sich. Eine Sekunde lang dachte ich daran, zum Citroën zu fliehen. So nah und doch so fern.

»Miss Hoare«, sagte sie. Ihre Stimme war trocken.

»Inspector Lyon«, erwiderte ich. »Hallo. Ich wollte gerade gehen.«

»Einen Augenblick«, sagte sie. »Nehmen Sie bitte kurz im Wagen Platz.«

Kapitel 15

Rotes Licht

Ungefähr die Hälfte der Archway Road fuhr ich über rote Ampeln, ohne es auch nur zu bemerken, bis plötzlich ein Lieferwagen neben dem Citroën heranzog, die Lichter aufblitzen ließ und hupte. Der Fahrer, ein graugesichtiger Glatzkopf, sagte etwas, was ich nicht hören konnte. Ich fletschte die Zähne und knurrte ihn an, bis er sein Gesicht abwandte und sich davonmachte. Dann erwachte meine Vorsicht, und ich fuhr auf einen Kurzparkplatz vor einer Reihe kleiner Läden und schaltete den Motor aus.

Ich stand neben einem kleinen Lebensmittelladen, dessen Schild *Europäische und Orientalische Lebensmittel* anbot, und mir kam in den Sinn, dass ein Eckchen Cheddar und ein Apfel nicht besonders weit reichen. Drei Minuten später kletterte ich wieder ans Steuer, bewaffnet mit einer Plastikflasche voll frischem Orangensaft und einer köstlich fettigen Papiertüte, die zwei warme Gemüsesamosas enthielt: Vitamine und Trost. Die Samosas waren frisch, und wo der knusprige Teig hinunter auf meine Jacke fiel, tupfte ich die Stückchen einfach mit dem Finger auf und aß sie. Als ich mich mit einem Feuchttuch aus meinem ständigen Vorrat säuberte, erlaubte ich mir einen Moment der Besinnung und entschied, dass ich wohl noch ein paar Stunden überleben würde. Im Interesse vollständiger Erholung lehnte ich mich vor, um meine Stirn auf dem kalten Plastikreifen des Lenkrads abzustützen, schloss die

Augen und versuchte, die Komplikationen zu überdenken.

Als ich auf dem Rücksitz von DI Lyons Wagen in der Verwood Avenue gesessen hatte, hatte ich sie mir vollständig bewusst machen können.

Sie hatte mich lange genug dort allein gelassen, dass ich mich von der Funktionstüchtigkeit der Kindersicherung hatte überzeugen können, was mir die Wahl ließ, entweder alles geduldig mit anzusehen oder über die Rückenlehne des Fahrersitzes zu klettern und durch die vordere Tür zu entkommen. Ich hatte beschlossen zu warten und wurde durch die Ankunft zweier weißer Lieferwagen belohnt, die, wie ich aus Erfahrung wusste, zur Spurensicherung gehörten; des weiteren durch die Ankunft eines zweiten Rettungswagens, der wendete und sofort wieder abfuhr, sowie durch das Eintreffen einiger Zivilfahrzeuge, deren Passagiere forsch ausstiegen und sich der Menge vor der Garage anschlossen. Kisten mit Gerätschaften wurden von den Lieferwagen entladen und vier Männer mit weißen Overalls trugen sie zur Garage hinauf. Dann wurde die Garagentür abrupt geschlossen. Offensichtlich war nun ausreichend gelüftet worden und die eigentliche Arbeit konnte beginnen.

Zu diesem Zeitpunkt gesellte sich Ms Lyon zu mir. Das folgende Gespräch hätte man als informelle Befragung bezeichnen können. Es war natürlich nicht sehr angenehm. Aber die kleine Pause hatte mir zumindest die Möglichkeit gegeben, zu überdenken, wie viel von der Wahrheit nun opportun war, und zu entscheiden, dass ich wohl eher mit Fakten als mit Spekulationen aufwarten sollte. Wenn sie denn gefragt wären. Ich lieferte ihr die Fakten: dass mir Lal Fisher als Franks Schwester bekannt war; dass Phyllis und ich natürlich beschlossen hatten, uns mit ihr in Verbindung zu setzen; dass ich verwirrt gewesen sei, als sie in ihrem Schock weggefahren sei; dass ich ihr nach Hause gefolgt sei, um sicherzugehen, dass alles in Ordnung war. Ein bisschen weniger natürlich war es, dass ich zuerst zum Mittagessen nach Hause gefahren und am Nachmittag dann zurückgekommen war, weil ich angefangen hatte, mir Sorgen um sie zu machen.

Das alles klang vernünftig. Jedenfalls meinte ich das. Dann beantwortete ich eine ihrer Fragen mit der Versicherung, dass ich Andy, Lals Ehemann, nie gesehen oder gar kennen gelernt hätte; an diesem Punkt hatte sie gezögert, mich seltsam angesehen und mir die Information geliefert, dass es sich dabei um den Mann gehandelt hätte, den Phyllis und ich als »Sergeant Andrew« identifiziert hätten. Es schien mir nicht notwendig, ihr zu sagen, dass ich das bereits wusste; also äußerte ich lediglich: »Oh!« und versuchte, verwirrt auszusehen.

Ich weiß nicht, was ich noch gesagt hätte, wäre da nicht einer der Männer im weißen Overall aus dem Haus und in unsere Richtung gekommen, woraufhin sie aus dem Wagen stieg und die Tür für mich aufhielt. »Ich rufe Sie an«, hatte sie gesagt und sich abgewandt, um ihm entgegenzugehen, und ich war ausgestiegen und hatte mich gereckt, woraufhin mir die Tasche von der Schulter glitt; eine leichte Drehung des Handgelenks, während sie flog, und sie schlitterte über das nasse Pflaster zu Lyon und dem Spurensicherer, wo sie ein paar Dinge wie meine Brieftasche und meine Haarbürste ausspuckte. Ich stürzte hinüber und erhaschte meine Habseligkeiten sowie ein paar Sätze. Er hatte gesagt: »Der Katalysator ist zertrümmert und wir haben den Abdruck eines Handschuhs auf dem Klebeband entdeckt …«

Lyon erwiderte daraufhin etwas, was ich nicht verstand, und dann sahen mir beide zu, wie ich meine Haarbürste aufhob.

Ich winkte ihnen leicht zu. Ging zu meinem Citroën, schaltete den Motor ein und wollte gerade abfahren, als ich im Rückspiegel die Ankunft eines weiteren Wagens beobachtete. Dieser Wagen war mir vertraut, doch wusste ich gleich, dass ich besser losfuhr. Ich fand eine Lücke im Verkehrsstrom, wendete den Wagen ohne große Eile und war schon ein paar Meter entfernt, als Paul Grant ausstieg und hinter mir herstarrte, bevor er die Einfahrt hinaufging. Man hätte meinen können, dass dies doch seltsam war für einen Polizeibeamten, der gerade wegen eines Disziplinarverfahrens suspendiert worden war.

... und den Abdruck eines Handschuhs auf dem Klebeband. Bis dahin hatte ich mich noch nicht wirklich von der Vorstellung verabschiedet, dass Andy Fisher Selbstmord verübt hatte, indem er einen Schlauch vom Auspuff in den Wagen gelegt, sich dann eingeschlossen und den Motor angestellt hatte. Ich versuchte mir auszumalen, welche Gründe er wohl gehabt hatte, und brachte sie mit Franks Tod in Verbindung. *Der Abdruck eines Handschuhs,* hatte der Mann gesagt, und um dies Lyon mitzuteilen, war er mitten in der Untersuchung hinausgerannt.

Jemand klopfte an mein Fenster. Ich hob den Kopf und fand mich Aug' in Aug' mit einem Mann mittleren Alters wieder, der die Uniform der städtischen Verkehrsbehörde trug und mir durch das Glas etwas sagte. Ich kurbelte die Scheibe hinunter.

»Alles in Ordnung?«

»Ich glaube schon«, antwortete ich. »Ich fühlte mich einen Moment lang schwach, aber jetzt geht es mir besser.«

»Nun, wenn Sie sicher sind, dann fahren Sie jetzt besser weiter. Es ist vier Uhr und bis halb sieben herrscht in dieser Straße jetzt Halteverbot. Sie könnten die nächste Straße links abbiegen und dort den Wagen parken, wenn Sie sich noch ein wenig ausruhen müssen.«

Ich erwiderte, er sei sehr freundlich, und schaltete den Motor ein. Der Verkehr hinter mir war wegen der Ampeln, die ich so unbesonnen überfahren hatte, einen Augenblick zum Stillstand gekommen; also zog ich den Wagen in die entstandene Lücke, um gemächlich nach Hause zu fahren.

Ungefähr neunzig Sekunden später, als ich gerade in die Holloway Road einbog, schlich sich eine Antwort so selbstverständlich in meine Gedanken, als wäre sie schon immer dort gewesen.

Warum trug man Handschuhe, wenn man Selbstmord verüben wollte? Etwas anderes war es allerdings, wenn man jemanden umbringen und keine Fingerabdrücke auf Lal Fishers schönem goldenen Wagen hinterlassen wollte, während man ihren bewusstlosen Ehemann auf den Fahrersitz hievte und einen diskreten, kleinen Mord arrangierte.

Kapitel 16

Geschichten

Es wurde schon dunkel, als ich die George Street erreichte, und aus jedem Fenster, das ich mein eigen nannte, ergoss sich Licht auf das nasse Straßenpflaster. Es sah aus, als wäre eine Party im Gange. Ebenfalls ungewöhnlich war das Licht in meinem Laden, doch konnte ich das graue viereckige Schild an meiner Ladentür sehen und auch einen Blick von Ernie erhaschen, der im Hinterzimmer über dem Computermonitor hockte. Sein Gesicht wirkte konzentriert. Beruhigt ging ich am Laden vorbei, steckte meinen Schlüssel in die Tür an der Seitenwand des Gebäudes und stieg die Treppe hinauf, immer in Richtung Stimmengewirr.

An der Tür zum Wohnzimmer blieb ich stehen. Ich war mitten in einen Vortrag geraten. Mein Vater legte Papiere in kleinen Häufchen aus, tauschte sie hin und her und lieferte dabei eifrig Erklärungen. Die anderen Anwesenden äußerten sich ebenfalls; Phyllis widersprach gerade einem der Punkte in Barnabas' Darlegung und Ben gab energisch seine eigenen Ideen kund. Die Papiere waren Fotokopien. Dutzende von Fotokopien. Ein Schwindel erregender Anblick von Zeitungen, Überschriften und Fotos bot sich mir dar. Offensichtlich hatte mein Vater einen äußerst produktiven Tag gehabt.

Ich stürzte mich auf Ben, hob ihn aus dem Laufstall und wurde mit einer feuchten Umarmung begrüßt. Die anderen beiden beruhigten sich. Als es ganz still geworden war, sagte ich: »Lals Mann ist tot.«

»Andy ist tot?«, wiederholte Phyllis langsam. Sie war bleich geworden. »Er auch?«

Mein Vater blickte erst prüfend zu ihr, dann rasch zu mir. »Ich glaube«, sagte er bedächtig, »nun ist ein Whisky angezeigt, für alle – mit Ausnahme natürlich meines Enkels. Dürfte ich …?«

Ich versicherte ihm, dass er durfte, und dann sahen wir ihm dabei zu, wie er die Flasche *Bushmills* holte, die ich für ihn immer vorrätig habe, drei kleine Gläser aus der linken Hälfte meiner Anrichte entnahm, sie skeptisch auf Staub überprüfte, und dann zwei für Damen bemessene Mengen und eine etwas größere für sich selbst einschenkte. Danach setzten wir uns und starrten einander an.

»Nun?«

Ich erzählte ihm alles, immer mit einem Auge auf Phyllis, die am hinteren Ende des Sofas saß und den Kopf gesenkt hielt. Sie schien sehr daran interessiert zu sein, wie sich das Licht auf der Oberfläche der Flüssigkeit in ihrem Glas brach.

Am Ende meiner Erzählung zögerte mein Vater und schüttelte dann den Kopf. »Warum zum Teufel«, fragte er scharf, »sollte dieser Mann sich ausgerechnet jetzt umbringen wollen?«

Ich nahm einen Schluck von meinem Whisky und ließ die Bombe platzen. »Er wurde ebenfalls umgebracht.«

Barnabas sah mich mit erhobenen Augenbrauen an und wartete.

Ich erzählte ihm, was ich über den Handschuhabdruck gehört hatte und was dies meiner Meinung nach bedeutete.

»Warum?« Das fragte Phyllis, mit einer Stimme, die vor

Anspannung heiser war. »Es muss doch irgendeine Verbindung geben. Oder drehe ich jetzt durch?«

Daraufhin erzählte ich ihr, dass Lals Mann der große Sergeant mit dem faltigen Gesicht gewesen sei, der in ihre Wohnung gekommen war. Es war nicht unbedingt eine Antwort auf ihre Frage, mit Gewissheit jedoch von Bedeutung.

»Das war *Andy Fisher*?«, sagte sie langsam. »Ja … Tja – tja, vielleicht ist das die Erklärung. Vielleicht war er derjenige, der zurückkam, um mir das Telefon zu geben, bevor sie verschwanden. Ja … und … und …« Sie erschauerte.

Barnabas und ich hatten uns gleichzeitig ihr zugewandt und warteten nun. Sie blickte uns an und versuchte ein Lächeln. »Es ist alles so verrückt. Ich meine – ich bin heute zur Wohnung zurückgegangen, um ein paar Kleider und andere Sachen zu holen. Dido, hat Ernie …?«

Ich bestätigte, dass ihre Nachricht mich erreicht hatte.

»Während ich dort war, kam der junge Constable noch einmal. Sie hatten ihn geschickt, um mich zur Wache zu fahren; sie wollten meine Fingerabdrücke, um sie und Franks mit denen zu vergleichen, die sie in der Wohnung gefunden hatten. Sie hatten welche von einem Türgriff, den Andrew … Andy … berührt hatte. Dido weiß schon darüber Bescheid. Als wir im Wagen waren, fragte er mich, ob ich noch etwas über gestern sagen wollte, und ich sagte, es gäbe nichts mehr, was ich dazu sagen könnte, aber auf der Wache beantwortete ich seine Fragen und wartete, während er sie in die Maschine eingab, und dann unterschrieb ich. Das dauerte eine ganze Weile. Dann kamen die Fingerabdrücke. Doch wie ich da auf den dafür Zuständigen wartete, kam der Constable noch einmal und sagte, sie würden jetzt nicht mehr gebraucht, sie hätten die von Andrew identifiziert ... aus seiner Strafakte, und sie würden meine Hilfe im Moment nicht mehr benötigen. Er konnte mich gar nicht schnell genug loswerden.«

»Um wie viel Uhr war das?«

Phyllis zuckte die Schultern. »Ich habe nicht darauf geachtet. Vielleicht zwei, halb drei?«

»Dann müssen die Neuigkeiten über Andy Fisher sie genau zu diesem Zeitpunkt erreicht haben«, kalkulierte ich. »Es war ungefähr drei, als Inspector Lyon in der Verwood Avenue eintraf, und ich hatte das Gefühl, sie hätte in irgendeiner Weise damit zu tun. Du weißt doch, wie es ist, wenn der Chef ein bisschen zu spät kommt? Alle wandten sich ihr zu und erstatteten Bericht. Außerdem hat sie gestern Superintendent Paige aufgesucht, und sie war heute Vormittag in der Wache in Islington, als ich dorthin fuhr. Sie gab vor, sich um eine Anzeige gegen Paul zu kümmern, aber jetzt sind sie beide mit einer Untersuchung beschäftigt, die eine Verbindung zwischen Andy Fisher und Frank herstellt, und die muss man schon vor Franks Tod bei Scotland Yard entdeckt haben.«

»Franks Tod ...« Barnabas hielt inne und dachte noch einmal nach.

»... steht in Verbindung mit dieser Untersuchung«, ergänzte ich. »Wurde vielleicht dadurch verursacht?«

»In der Tat.«

»Und nachdem wir mit der Polizei gesprochen und diese computergenerierten Bilder von Andrew und Moore erstellt haben, muss jemand auf der Wache sie zu Scotland Yard oder einer nationalen Datei geschickt haben, und dort erkannte jemand Fisher. Wahrscheinlich auch Moore. Barnabas, ich habe Moore im Hintergrund des Fotos entdeckt, das du für mich hier gelassen hast. Ich wollte, ich hätte die

Möglichkeit, Inspector Lyon nach Moore zu fragen, wenn das sein richtiger Name ist.«

»Das ist er«, versicherte mein Vater knapp. Ich starrte ihn an und sah, dass er zurückstarrte. »Und wenn du nicht vernünftiger bist als üblich, wird er auch meine nächste Aussage bestätigen: Hier geht es um etwas *außerordentlich* Gefährliches, in das keine von euch beiden Damen länger verwickelt sein darf.«

Ich explodierte. »Ich habe dich schon verstanden! Barnabas, hör endlich auf, es ist vorbei! Ich soll vernünftig sein? Ich mache doch gar nichts! Wir bedrohen niemanden! Ich weiß ja noch nicht mal, was eigentlich vor sich geht!« Ich hielt lange genug inne, um wieder zu Atem zu kommen. »Wenn jemand in Gefahr ist, dann ist es meiner Meinung nach Lal. Barnabas, was hast du herausgefunden, als du im Zeitungsarchiv warst? Weißt du, worum es wirklich geht? Wer Moore ist? Ich dachte, er wäre nicht wirklich von der Polizei, bis ich ihn auf dem Bild entdeckte, das du mir hier gelassen hast. Er muss irgendwie mit Franks Prozess zu tun gehabt haben. Aber Andrew – ich meine Andy Fisher – war kein Polizist, er war ein Verbrecher ... Barnabas, warum warst du heute Nachmittag in einem Musikgeschäft?«

Mein Vater starrte mich verwirrt an. »Musikgeschäft?«

Ich wiederholte Ernies Nachricht, und die feierliche Miene meines Vaters bekam für einen Augenblick Risse.

»Bänder«, sagte er. »Keine Musik. Es gibt ein Unternehmen in der Fleet Street, das Aufnahmen von Gerichtsprozessen herstellt. Glücklicherweise traf ich im Archiv auf eine junge Frau, die bei einer Anwaltskanzlei angestellt ist, und sie war so freundlich, mir davon zu erzählen. Ich dachte, wenn ich hören würde, was wirklich beim Prozess passiert ist, würde es etwas Licht auf die höchst seltsamen Informationslücken in den Zeitungsberichten werfen. Ich rief von Colindales aus an und arrangierte einen Termin, um mir die Aufzeichnungen anzuhören. Dann fuhr ich direkt dorthin – hielt nur kurz bei dir an, um dich wegen des Ausmaßes der Dinge zu warnen und zu entdecken, dass du nicht da warst. Ich hatte erwartet, ein paar Stunden in der Fleet Street zuzubringen, aber das Ganze erwies sich als weniger zeitraubend, als ich gedacht hatte. Es sollte eindeutig ein langer Prozess werden, der Höhepunkt einer riesigen polizeilichen Untersuchung. Aber tatsächlich endete er, kurz nachdem er begonnen hatte. Was natürlich an sich schon erhellend war, wenn auch nur in begrenztem Umfang.«

»Dann erhelle auch uns«, flehte ich ihn an. »Was ist passiert?«

»Nichts, den Aufzeichnungen nach, außer den Eröffnungsformalitäten. Kurz gesagt, Frank und ein zweiter Angeklagter namens Barry White wurden beschuldigt, verschiedene Straftaten begangen zu haben, die ich später erklären werde. Sie behaupteten beide, ›nicht schuldig‹ zu sein; und dann, bevor noch der Staatsanwalt sein Eröffnungsplädoyer hielt, wurde die Jury aus dem Gerichtssaal geschickt und die Aufzeichnung unterbrochen. Als der Prozess weiterging, bekannten sich beide in einer Strafsache ›schuldig‹ und wurden zu zwei beziehungsweise drei Jahren verurteilt. Die restlichen Anklagen wurden fallen gelassen. Die Einzelheiten stehen im Bericht der *Times* – ich glaube, es ist dieser Stapel. Das ist im Wesentlichen alles.«

»Zwei Jahre?«, fragte ich und rechnete nach.

»Frank bekam vollständigen Straferlass«, sagte Phyllis schroff, »und er war eine ganze Weile in Untersuchungshaft. Er wurde direkt nach seiner Operation entlassen.«

Barnabas überblickte seine Unterlagen. »Hier steht es.

Ich wollte, ich könnte sagen ›alles‹, aber die harten Fakten sind begrenzt. Man bekommt fast den Eindruck, dass auch die Journalisten nicht herausgefunden haben, was eigentlich los war. Alles ging unter merkwürdiger Geheimhaltung vonstatten. Oder ich bin einfach nur naiv.«

»Aber du weißt doch etwas.«

»*Etwas*«, bestätigte Barnabas vorsichtig. »Erinnerst du dich an den Hatton-Carriers-Goldraub im Frühjahr 1987?«

Ich schüttelte den Kopf und ersparte mir, ihn daran zu erinnern, dass ich in diesem Jahr als Nachwuchslektorin in einem der großen Verlage in New York gearbeitet hatte – mir nach dem Examen die Hörner abgestoßen hatte, sozusagen.

»In diesem Fall«, sagte mein Vater mit zufriedener Miene, »werde ich wohl mehr oder weniger ganz von vorne anfangen müssen, was bedeutet: zwanzig, dreißig Jahre zuvor.« Barnabas' größte Schwäche ist seine Neigung, wann immer es möglich ist, anschauliche Vorträge zu halten: eine alte Gewohnheit aus seinen Tagen als Professor.

Von den Häufchen mit Fotokopien, die sich zu seinen Füßen auf dem Teppich befanden, wählte mein Vater drei Blätter und gab sie mir. Ich brachte sie in die richtige Reihenfolge und entdeckte, dass es sich dabei um vier etwa fünfzehn Zentimeter hohe Spalten Zeitungstext handelte, der auf der unteren Hälfte einer der großen Zeitungen erschienen war. Überschrieben war der Artikel mit der mittelgroßen Schlagzeile: *Das Ende von Old East End* und es handelte sich um einen Hintergrundbericht über den Goldraubprozess. Das Ganze musste über tausend Wörter lang sein.

Ich blickte ihn an. »Hast du eine Zusammenfassung?«

Barnabas seufzte. »Als ich noch nicht ganz trocken hinter den Ohren war – in den Vierzigern und Fünfzigern, meine ich –, war Soho voller kleiner Clubs, die zum Teil Zentren für illegales Glücksspiel, Prostitution und all die verschiedenen kriminellen Aktivitäten im entsprechenden Umfeld waren. Sie florierten über Jahrzehnte hinweg.«

»Sex, Drugs and Rock 'n' Roll?«, schlug ich frivol vor und lehnte mich gegen die Stuhllehne.

»Drogen waren in jener Zeit nicht so weit verbreitet«, erwiderte Barnabas knapp, »und wir hatten Jazz, Pop, Swing und so weiter, nicht Rock 'n' Roll. Aber abgesehen davon, hast du Recht. Außerdem ging es um Raub, Geldwäsche, Schutzgeld … Einer der Clubs war der *Black Cat Club*.«

Ich öffnete den Mund, doch er hob die Hand und sagte: »Lass mich ausreden. Er wurde im Großen und Ganzen von zwei weit verzweigten Familien geführt, die ursprünglich aus Hoxton stammten: den Bruntons und den Whites. Die Oberhäupter waren Jimmy Brunton und zwei Brüder namens Pete und Vinnie White.«

Phyllis richtete sich auf. »Ich glaube, der Name von Franks Vater war ›Jimmy‹. Aber ich dachte, er sei tot.«

Barnabas sah sie an. »Das ist er auch. Er starb 1989 an Krebs. Die Familien hatten eine ganze Anzahl von Unternehmen, die sie von den Geschäftsräumen über dem Club aus führten, und sie waren viele Jahre recht erfolgreich damit, zum Teil, weil sie Verbindungen zur Polizei von West End hatten.«

Seine Stimme hatte langsam den beruhigenden Rhythmus angenommen, der zu »Es war einmal vor langer, langer Zeit« passte, und Ben, der Geschichten liebt, machte es sich auf meinem Schoß bequem, ließ sich an meine Brust sinken und steckte einen Daumen in den Mund, um sich besser konzentrieren zu können.

»Freunde?«

»Und Verbündete. Schutz. Der Club wäre niemals so erfolgreich gewesen, hätte man nicht in ein paar Polizisten des Viertels investiert.

Natürlich gingen sie am Ende zu weit. 1987 planten und realisierten sie den Überfall auf einen Panzerwagen, der Goldbarren im Wert von etwa fünfundzwanzig Millionen Pfund mitten in der Nacht durch die Stadt transportierte. Es war ein eher unübliches Unterfangen: Die beiden Familien hatten bei ihren sonstigen Unternehmungen mit Einschüchterung und kleineren Gewaltdelikten zu tun, aber sie waren niemals in so etwas wie einen größeren bewaffneten Raubüberfall verwickelt gewesen. Zumindest war es bis dato nicht bekannt geworden. Es hieß« –, er wies auf die Zeitungsartikel –, »dass sie sich mit einer anderen Gang zusammengetan hätten. Aber anscheinend sind keine Namen genannt worden.

Es ging schief. Der Panzerwagen wurde von zwei Streifenwagen begleitet. Sie stoppten den einen hinter dem Panzerwagen, indem sie in einen gestohlenen Zeitungslieferwagen hineinfuhren; daraufhin verlor der Fahrer des ersten Wagens den Kopf und hielt an, anstatt mit voller Geschwindigkeit weiterzufahren und über Funk Hilfe herbeizurufen, wie meines Erachtens seine Instruktionen lauteten. Als Nächstes sahen sie Männer vor sich, die Schusswaffen durch ihre Wagenfenster steckten. Trotzdem griff der Fahrer nach dem Funkgerät; einer der Täter feuerte, der Fahrer bekam lediglich einen Streifschuss ab, aber sein Partner wurde getötet. Da entschieden die Sicherheitsbeamten im Panzerwagen, dass Vorsicht besser sei als Nachsicht, und ergaben sich. Die Gang übernahm den Panzerwagen und den unbeschädigten Streifenwagen, fuhr weiter und verschwand dann.

Der tote Polizist hatte kurz vor seiner Pensionierung gestanden. Die Boulevardzeitungen machten eine Rührstory daraus. Vor zehn, zwölf Jahren gab es noch nicht so viele Waffen in London und ein bewaffneter Raubüberfall war noch seltener als heute. Und es ging um Gold – das ist immer eine Attraktion. Es war eine gute Zeitungsstory. Also hatten alle großes Interesse daran, die Täter zu finden.«

»Vergeblich?«, riet ich.

Barnabas nickte. »Der Panzerwagen wurde ein paar Tage später in einem Wäldchen in Kent gefunden; der Streifenwagen einige Meilen davon entfernt, beide ausgebrannt. Das Gold wurde nie gefunden. Die Verbrecher jedoch konnte man schließlich ausfindig machen. Die Zeitungen berichteten, dass irgendein Insider ›sang‹. Die Leute vom *Black Cat* wurden 1991 identifiziert, der Club wurde geschlossen. Zwei von ihnen – Barry White und Frankie Brunton – wurden verhaftet. Franks Vater war zwei Jahre zuvor friedlich in seinem Bett gestorben, und Pete, Vinnie und ein paar andere verschwanden einfach. Vinnies Spur wurde bis nach Brasilien verfolgt, aber dort starb er vor ungefähr drei Jahren unter ungeklärten Umständen. Es hieß, er wäre von einem bewaffneten Raubmörder umgebracht worden, der allerdings nie identifiziert wurde. Dazu spare ich mir jeden Kommentar. Sein Bruder, Pete, zog sich nach Spanien zurück, wo er vermutlich eine Touristenkneipe aufzog und die nächsten zehn Jahre Poker mit seinen Freunden spielte. Er wird jetzt ein alter Mann sein. Sagen wir, in meinem Alter. Damals gab es noch keine Auslieferungsverträge.«

»Aber jetzt gibt es welche«, sagte ich, weil ich mich an etwas erinnerte, was ich in der Zeitung gelesen hatte. »Ein paar neue Verträge der Europäischen Gemeinschaft. Die

Fishers waren bis vor ein paar Monaten auch in Spanien. Lal erzählte mir, sie hätten eine Art Familienunternehmen in Marbella gehabt, wahrscheinlich so eine Timesharing-Scheinfirma, vielleicht sogar mit Pete White als Partner. Ich nehme an zum Geldwaschen. Den Erlös vom Goldraub. Doch warum ist jetzt alles aufgeflogen?«

Barnabas zuckte die Achseln. »Meine Recherche war eher in die Vergangenheit gerichtet. Vielleicht haben die neuen Auslieferungsverträge alles geändert. Du solltest mal einen deiner Freunde von der Polizei fragen.«

»Und dann werden alle meine Fragen beantwortet und Schweine können fliegen«, entgegnete ich in bester Barnabas-Manier.

Er hob wieder die Augenbrauen und beschloss dann ziemlich offensichtlich, sich jeden Kommentars zu diesem kindischen Ausbruch zu enthalten. Ben dachte, die Märchenstunde sei vorbei, und fing an zu zappeln. Ich umarmte ihn und er beruhigte sich wieder. Das Telefon klingelte. Da ich verhindert war, ging Phyllis dran. Sie lauschte einen Augenblick.

»Ich werde es ihr ausrichten.« Sie wandte sich um. »Ernie sagt, er hätte etwas gefunden, ob du mal runterkommen könntest.«

»Ich denke schon.« Ich sah die Besorgnis auf ihrem Gesicht und lachte. »Ich glaube, ich habe schon eine Überdosis an Informationen. Nein, nein, sag ihm, dass ich natürlich komme.«

»Gib mir Ben, dann kümmere ich mich um seinen Tee«, erbot sich Phyllis. Sie war ebenfalls nahe dran, zu lachen. Und das war etwas, was ich schon eine ganze Weile nicht mehr an ihr gesehen hatte. Jetzt fiel mir das Atmen ein wenig leichter.

Kapitel 17

›******‹

Ich schaltete die Frontleuchter des Ladens aus, als wir hindurchgingen, und hüllte die Regale in Dunkelheit. Es war ein bisschen wie das Geschäft selbst in dieser Woche, wenn ich darüber nachdachte – was ich immer noch tunlichst zu vermeiden suchte.

Ernie blickte vom Computer zu uns herüber. Er sah selbstgefällig aus. »Ich habe noch etwas herausgefunden!«

Barnabas und ich stellten uns hinter seinen Stuhl und starrten über seinen Kopf hinweg auf den Monitor.

»Was«, fragte Barnabas leise, »ist das?« Der Monitor war übersät von dem Durcheinander aus Zeichen und Buchstaben, das ich schon kannte. Als Ernie erklärte, dass es sich um eine verschlüsselte Datei handelte, glomm in den Augen meines Vaters professionelles Interesse auf. Er murmelte: »Habe ich dir je erzählt, dass ich gegen Ende des Krieges an einem der ersten Computer mitgearbeitet und deutsche Codes dechiffriert habe? Sie nannten den Computer ›Colossus‹ – er war größer als dieser hier, eher so groß wie das ganze Zimmer und ungefähr zwei-, dreihundertmal weniger leistungsstark. Aha! Verschlüsselung?«

Ernie nahm diese geschichtliche Information mit Respekt auf und stürzte sich dann in seine Erklärung.

Ich ging hinüber zu meiner Post, die ungeöffnet auf dem Aktenschrank lag, und legte die großen Umschläge, die offensichtlich Kataloge enthielten, beiseite; es war schon zu spät am Tage, um noch erwarten zu können, an eines der möglicherweise dort versteckten wundervollen Sonderangebote zu kommen, und deshalb konnte ich sie auch morgen noch lesen. Der Rest bestand aus einem Rundschreiben, in dem die Mitglieder meiner Buchhändlervereinigung wegen ein paar gestohlener Bücher gewarnt wurden, und aus Umschlägen, die zwei kleine Schecks und eine unbedeutende Bestellung enthielten. Ich ließ den Stapel liegen und kehrte zum Schreibtisch zurück, wo Ernie sich seinen Weg durch eine Reihe von Fenstern tippte und klickte, um seine Methode zu demonstrieren.

Gerade, als ich ihm wieder zuhörte, sagte er: »Also gibt es zwei Arten von Dateien, klar? Diese hier sind nur Auflistungen von Konten. Und dann sind da noch die anderen. Das hier ist eine verschlüsselte Datei …«

»Und wie entschlüsselt man sie?«, fiel Barnabas ihm ins Wort.

»Das hier ist nur ein Standardprogramm«, erklärte Ernie. »Wir brauchen immer noch das Passwort.« Er klickte an der Maus und das Durcheinander verschwand. »Sehen Sie, was passiert, wenn ich versuche, diese Datei zu öffnen? Hier.« Er klickte wieder und produzierte damit ein kleines Fenster und die Wörter: *Enter password.* »Wir müssen hier das Passwort eingeben«, schloss Ernie. »Irgendeine Idee, Dido?«

Ich hatte keine. Aber vielleicht hatte Phyllis eine. »Wie soll das Passwort denn aussehen? Ist es ein Wort? Und wie lang?«

Ernie zuckte mit den Schultern. »Wörter, Zahlen, vielleicht auch nur eine Ansammlung von Buchstaben. Normalerweise hat man keine Lust, lange zu überlegen; daher nehmen die meisten ihren zweiten Vornamen oder ihr Geburtsdatum.«

Geburtsdatum?

Ich sagte zuversichtlich: »Versuch es mal mit: 141052.«

Ich sah, wie er die Tasten drückte, die auf dem Bildschirm als eine Reihe Sternchen erschienen, und dann die Returntaste betätigte. Der Bildschirm zeigte, dass ich falsch geraten hatte.

»Was war das?«, fragte mein Vater, und ich erzählte ihm von der Kombination in Franks Safe. Er lächelte breit. »Dann besteht tatsächlich die Möglichkeit, dass er hier etwas Ähnliches genommen hat. Die Leute sind normalerweise nicht sehr einfallsreich. Sein eigenes Geburtsdatum scheint das wahrscheinlichste. Und das wäre …?«

Ich erklärte, dass ich keine Ahnung hätte.

»Dann lauf hoch und schick Phyllis runter«, kommandierte mein Vater. »In der Zwischenzeit«, er hatte sich wieder Ernie zugewandt, »könnten wir seinen Namen versuchen, Phyllis' Namen …«

»Vergiss nicht ›Hatton‹!«

»Man muss es in der richtigen Reihenfolge schreiben, mit denselben Zwischenräumen und so weiter, die er eingegeben hat«, warnte Ernie.

»Und vermutlich sind all die bisherigen Wörter zu offenkundig. Wir müssen es einfach versuchen«, verkündete Barnabas und blickte sich nach einem Stuhl um, was anzeigte, dass er über Nacht bleiben würde.

Ich sagte: »Ernie ist schon seit Stunden hier. Er wird wahrscheinlich bald nach Hause müssen.«

Mein Schützling warf mir einen vorwurfsvollen Blick zu.

»Ernie, wenn du mir bitte einfach nur zeigst, was ich tun muss …«, sagte mein Vater, ohne mir überhaupt zuzuhören.

Ich überließ sie sich selbst und ging, um Phyllis von Ben zu befreien. Ich hatte beschlossen, dass es mehr Spaß machen würde, Ben zu füttern und zu baden, als mich der Computersession anzuschließen. Aber ich dachte auch an die Papierstapel in meinem Wohnzimmer. Reihen mit Sternchen erschienen mir weniger interessant als die Geschichte vom *Black Cat Club* und seiner kriminellen Leitung.

Kapitel 18

Papierkram

»Du erinnerst mich frappierend an einen meiner Studenten in einer Hausarbeitskrise«, bemerkte mein Vater. »Darf ich annehmen, dass du gerade dabei bist, eins und eins zusammenzuzählen und vierzehn herauszubekommen?«

Ich machte ein kleines Häkchen in die obere rechte Ecke einer weiteren Kopie, verlagerte sie vom großen Haufen auf der rechten Seite zum kleinen auf der linken und legte dann meinen Stift auf den Notizblock, den ich aus einer Schublade meines Schreibtischs gegraben hatte. »Ich bin noch nicht bis vierzehn gekommen«, sagte ich. »Nur etwa bis eineinhalb.« Dann schaute ich meinen Vater genauer an. Ich hatte gehört, wie er und Phyllis die Treppe heraufgestiegen waren, und jetzt sah ich, dass er im Türrahmen lehnte, eine Hand voll Computerausdrucke hielt und blass wirkte. »Geht es dir gut? Du hast doch nicht vergessen, dein Aspirin zu nehmen?« Mein Vater nimmt täglich eine geringe Dosis Aspirin, und zwar seit seiner Herzattacke von ein paar Jahren.

»Mir geht es gut«, antwortete er barsch, »obwohl etwas Essen jetzt nicht fehl am Platze wäre, möglichst gefolgt von einer Bettruhe, wenn man meinen Frühstart heute Morgen in Betracht zieht. Ich habe Ernie vor einer halben Stunde nach Hause geschickt und seitdem vor der Tastatur gehockt und sinnlose Kombinationen in ein kleines Rechteck eingegeben. Es scheint, dass ich mit den Jahren etwas ungeduldig geworden bin. Ich habe mir ein paar Ausdrucke mitgebracht, um sie hier in größerer Bequemlichkeit zu sichten.«

Also hatten sie kein Glück gehabt. Ich konnte hören, wie Phyllis im Wohnzimmer hin und her ging; es klang, als würde aufgeräumt.

»Hast du unten abgeschlossen?«

Barnabas warf mir einen Blick zu und sagte, dass er im Gegenteil die Ladentür weit auf und die Lichter an gelassen hätte, nicht zu vergessen das Transparent, das er über dem Schaufenster befestigt hätte und auf dem stünde »Immer nur herein – heute Nacht ist alles kostenlos!«. Ich entschuldigte mich und erklärte, dass ich ebenfalls ein wenig müde sei.

»Und du?«, fragte er. »Du hast die Zeitungsberichte gelesen. Ausgezeichnet. Es könnte interessant sein, ein Register aller Namen und Daten zu erstellen, die darin erwähnt werden. Vielleicht könnte das die wichtigen Fakten hervorheben. Oder uns zumindest bei der Entscheidung helfen, welche davon wirklich wichtig sind.«

Ich streckte mich und nickte. »Ich habe nur versucht, eine Vorstellung davon zu bekommen, was wirklich passiert ist. Das Problem ist, dass jeder gelogen hat und die Polizei nicht mehr sagte, als sie unbedingt musste. Wir brauchen mehr Informationen über die Untersuchung des Goldraubs. Ich habe den Eindruck, dass sie lange Zeit absolut nichts herausgefunden haben; allerdings könnte es in anderen Zeitungen noch weitere Details geben. Als der Prozess begann, waren die meisten, die damit zu tun hatten, schon ins Ausland verschwunden, wie Lal und ihr Mann. Sie erzählte mir, sie seien im Jahr davor nach Spanien gegangen, um ein Timesharing-Unternehmen aufzuziehen. Bei ihr klang es wie eine ganz normale Geschäftsgründung, aber ich schätze, sie wussten, dass ihnen sonst die Verhaftung drohte. Vermutlich kamen sie vor ein paar Monaten nach London zurück, als Fisher zu der Überzeugung gekommen war, dass sie jetzt nicht mehr strafrechtlich verfolgt werden konnten.«

»Oder weil er genau wusste, dass das, was den Prozess 1992 vorzeitig beendet hatte, immer noch in Kraft war. Hast du entdeckt, warum das Ganze ein solcher Reinfall war?«

Das hatte ich. Zumindest teilweise. Ich hatte einen Leitartikel im *Telegraph* gefunden, in dem voller Empörung kommentiert wurde, dass der entscheidende Beweis aus der Polizeiwache verschwunden war, und in dem gegen polizeiliche Inkompetenz gewettert wurde. Ich war mir ziemlich sicher, dass ein stärkerer Begriff als »Inkompetenz« hier angebracht gewesen wäre, um zu beschreiben, was wirklich passiert war.

»Gibt es irgendwelche Spuren von dem geheimnisvollen Inspector Moore?«

»Durchaus«, sagte ich grimmig. »Er war damals zwar nur Sergeant, aber er war tatsächlich dabei: Er war der panische Polizeifahrer, dessen Partner erschossen wurde. Sein Name taucht sonst nirgendwo auf, aber er hatte bestimmt mit dem Prozess zu tun. Ich glaube, er sollte als Zeuge vorgeladen werden.«

»Wie alt ist er deiner Meinung nach jetzt?«, fragte Barnabas plötzlich.

Ich dachte nach und zögerte. »Fünfzig?«

»Offensichtlich ist er nicht mehr bei der Polizei.«

Ich blickte ihn an. »Oh. Du meinst, er wurde entlassen?«

»Vorzeitig pensioniert«, präzisierte mein Vater. »Ist dir noch nicht der heilige Brauch aufgefallen, der Polizeibeamten erlaubt, sich aus ›gesundheitlichen Gründen‹ zurückzuziehen, wenn sie etwas verbrochen haben? Und jetzt möchte ich wirklich vorschlagen, dass wir etwas essen. Du siehst müde aus. Phyllis sieht müde aus. Und ich bin ganz entschieden müde. Ich könnte uns vier in ein passendes Familienrestaurant einladen.« Barnabas klang, als wäre er darüber ganz und gar nicht begeistert – höchst untypisch für ihn.

Ich sagte: »Ein Essen auswärts pro Woche ist das Maximum für Ben, mehr erlaube ich in seinem Alter nicht; und außerdem habe ich ihn schon gefüttert und ins Bett gesteckt. Wir könnten beim Chinesen anrufen …«

»Mach das«, stimmte Barnabas etwas überraschend zu. »Geh und ruf an. Während wir warten, setze ich mich an den Tisch und sehe mir noch einmal diese Ausdrucke an. Vielleicht fällt mir etwas noch nicht Bemerktes daran auf.«

Wir wechselten die Plätze. Als ich mich vom Flur aus noch einmal umblickte, konnte ich sehen, wie er mit verdrießlicher Miene das Durcheinander auf den Ausdrucken anstarrte. Ich fand Phyllis auf dem Sofa, sie hatte die Füße hoch gelegt und die Augen geschlossen. Ich fragte sie, ob sie Chinesisch süß-sauer wollte. Als ich nach einer Diskussion über gebratenen Reis versus Nudeln in den Flur zurückkehrte und unsere Bestellung per Telefon durchgab, sah ich, dass Barnabas immer noch in die Unterlagen vertieft war. Insgeheim fürchtete ich, dass die Wunder der modernen Computerverschlüsselung die Methoden meines Vaters, welche vor einem halben Jahrhundert während des Krieges entwickelt worden waren, vollkommen überholt hatten.

Nach einer Weile vernahm ich ein kratzendes Geräusch hinter mir. Jemand wollte mein Küchenfenster stürmen.

Ich stürzte mich darauf und hob es ein Stück an, damit Mr Spock, der geflissentlich meinen Blick mied, zwischen den Gittern hindurchstolzieren konnte. Er ging steifbeinig zur Arbeitsplatte, setzte sich und begann demonstrativ sein nasses, schmutziges Fell zu säubern. Er war wohl den ganzen Tag ausgeschlossen und dem Regen ausgesetzt gewesen. Hatte ich ihn am Morgen überhaupt gefüttert? Nein, aber bestimmt hatte Phyllis es getan. In einem Anfall von schlechtem Gewissen goss ich ihm etwas Milch ein und öffnete als Friedensangebot eine Dose feinsten Thunfisch. Er ließ sich mit einem dumpfen Aufschlag neben die Fressnäpfe fallen und widmete sich seiner Aufgabe.

Als die Türklingel ertönte, kam Barnabas zu einer Entscheidung. Er nahm den Ausdruck, legte ihn zu den Zeitungsstapeln und verkündete: »Wir sollten jetzt essen. Dann gehen du und Phyllis zu Bett, und ich kehre nach Hause zurück, nehme etwas Natron und sehe, was ich durch ein wenig Nachtarbeit herausfinden kann.«

»Oder du begibst dich gleichfalls zur Ruhe«, ermahnte ich ihn, als ich zur Haustür hinunterging und nur kurz stehen blieb, um in meiner am Haken neben der Tür hängenden Schultertasche zu graben, in der Hoffnung, dort genug Bargeld zu finden, um den Mann vom Essens-Service zu bezahlen. Es wäre nett gewesen, wenn ich einfach mein Leben hätte weiterleben können. Am nächsten Morgen, so versprach ich mir, als ich die Treppe hinunterstürzte, Knoblauchduft und *Hoi Sin* entgegen, würde ich mir den Luxus erlauben, zum Geldautomaten zu gehen, etwas Milch und Kaffee zu kaufen, Ben zu fragen, was er vom Leben hielt, den Laden zu öffnen, mein Geschäft zu führen, und, und, und …

Kapitel 19

Dunkle Punkte

Ich lauschte, wie sich das Taxi meines Vaters in Richtung der Hauptstraße entfernte, und fragte: »Wie fühlst du dich?«

Phyllis musste nach einer Antwort suchen. Sie sagte schließlich: »Tendenz fallend.«

Ich zögerte. »Was willst du tun?«

Sie grinste schwach. »Zu Bett gehen. Oder meintest du etwas anderes?«

Ich hatte eigentlich über ihre Zukunftspläne sprechen wollen, doch empfand ich Mitleid. Mein Problem war nur, dass trotz meines Gefühls, der Tag hätte schon ewig gedauert, so viele Fragen aufgetaucht waren, dass ich im Bett wahrscheinlich nur immer weiter über sie grübeln würde. Ich erklärte, dass ich nicht die folgenden Stunden, sondern den folgenden Tag gemeint hätte. Und den Tag darauf.

»Es ist eine Menge passiert, nicht? Alle möglichen dunklen Punkte sind ans Tageslicht gekommen. Ich fühle mich immer noch ganz leer. Es ist, wie man immer sagt: Ich weiß, dass er tot ist, aber ich vergesse es immer wieder und denke weiterhin so, als wäre er nicht tot. Aber er ist *tot*, und irgendwann werde ich das begreifen.«

»Und dann?« Ich wartete.

»Ich habe nachgedacht. Ein Grund, warum ich heute in die Wohnung zurückging, war der, dass ich meinen Bruder in Perth anrufen wollte. Er meint, ich solle nach Hause kommen, und ich schätze, er hat Recht. Ich lass dich nicht mit Ben im Stich, Dido, und ich fliege auch nicht vor Franks Beerdigung, aber ich werde das Flugticket so schnell wie möglich benutzen.«

»Kommst du klar?«

Phyllis lachte. »Sprichst du von Geld? Nun, das kleine Bündel, das Frank im Safe hatte, wird ganz hilfreich sein, und ob du es glaubst oder nicht, es gibt auch noch eine alte Lebensversicherung. Er muss sie schon vor einer ganzen Weile abgeschlossen haben – schließlich hat er nicht gerade risikoarm gelebt. Jedenfalls gibt es ein Testament und einige Dokumente in der Bank; Frank hat mir das vor ein paar Monaten erzählt. Aber ich hatte auch nie Schwierigkeiten, einen Job zu finden.«

»Du kannst die Wohnung verkaufen.«

»Sie gehört uns nicht. Wir haben zwar nie Miete bezahlt, aber nichts davon war unser Eigentum. Es ist alles Staatsbesitz, selbst die Möbel. Also kann ich meine Sachen packen und verschwinden, wann immer mir der Sinn danach steht.«

»Auch wenn sie noch nicht herausgefunden haben, wer ihn umgebracht hat?«

Unverblümt sagte Phyllis: »Das interessiert mich wirklich nicht sonderlich. Welchen Unterschied würde das jetzt noch machen? Ich weiß nicht, ob du das verstehen kannst, Dido, denn seit ich dich kenne, warst du noch nie in der Lage, die Dinge einfach auf sich beruhen zu lassen; und du meinst es auch immer gut. Aber ich glaube nicht, dass ich herausfinden muss, was passiert ist.«

Ich schüttelte den Kopf. Sie redete weiter. »Sieh mal, ich habe jemanden verloren, der mir wirklich am Herzen lag, aber das kann ich jetzt nicht mehr ändern. Ich glaube auch, dass es nicht mehr wirklich wichtig ist, denn eine Weile war sein Krebs zwar zurückgegangen, aber wir beide wussten, dass er wiederkommen würde. Dann hätte er durch mehr Chemotherapie vielleicht ein weiteres Jahr gewonnen, aber ich glaube es eigentlich nicht. Ich hatte mich an den Gedanken gewöhnt, hatte akzeptiert, dass er sterben würde. Und wie Frank schon sagte, als wir von dem letzten Test hörten, er hatte eine Menge Spaß gehabt. Also werde ich bald nach Hause fliegen und mein Leben weiterleben. Ich werde wahrscheinlich niemanden mehr finden, nicht in meinem Alter, und ich weiß auch nicht, was ich tun will, aber ich habe dort Familie. Jetzt, da Frank gegangen ist, sollte ich meiner Meinung nach so schnell wie möglich wieder etwas Neues anfangen und nicht herumsitzen und Trübsal blasen. Findest du, dass ich hart bin?«

Ich kam einfach nicht von der Frage los: »Warum hat er sich versteckt? Das muss er dir doch erzählt haben.«

»Nur dass er in Gefahr war, als er aus dem Gefängnis kam. Er hat während des Prozesses eine Art Deal mit der Polizei gemacht. Ich bin ziemlich sicher, dass er nicht darüber sprechen durfte. Ich weiß nicht, ob er deshalb nur eine so kurze Haftstrafe bekam oder wegen seiner Gesundheit. Wahrscheinlich aus beiden Gründen. Dein Vater hat das schon ganz richtig eingeschätzt. Ich weiß nur, dass Frank mir irgendwann einmal verriet, er hätte ihnen die Namen von ein paar Polizeibeamten genannt, die bei einem Raubüberfall beteiligt waren. Er sollte das bei ihrem Prozess bezeugen, sobald man sie gefasst haben würde. Da war etwas im Gange, etwas Übles, aber er konnte mir nichts darüber berichten.«

»War es ein Goldraub?«

Phyllis zuckte mit den Schultern. »Das hat Frank nie

erzählt. Aber als dein Vater es erwähnte, klingelte es bei mir, also werde ich es wahrscheinlich irgendwann doch einmal gehört haben. Ich weiß jedenfalls, dass es mit Franks Familie zu tun hatte, und mit Lals Andy. Und den korrupten Polizisten, von denen ich sprach. Frank war nicht selbst in den Raubüberfall verwickelt – er war nicht der Typ, der mit einer Waffe herumrannte und Leute verletzte. Ich dachte immer, dass er nur darin verwickelt war, weil … es etwas mit seiner Familie zu tun hatte. Ich konnte es nicht wirklich verstehen, weil er ein anständiger Mensch war. Oder vielleicht doch. Ich würde sagen, er war nur der Buchhalter: der Mann, der die Bücher führte und die Löhne und Rechnungen bezahlte. Und die Steuern, die er nicht vermeiden konnte. Und wenn du meine Meinung hören willst, so glaube ich, dass er wahrscheinlich auch wusste, was mit der Beute geschah, die nie gefunden wurde. Was immer also mit ihm passierte, hatte seine Anfänge vor langer Zeit, und ich kann nichts daran ändern. Versteh mich nicht falsch: Ich werde mich besser fühlen, wenn es aufgeklärt und beendet ist. Ich hoffe, sie machen den Verantwortlichen ausfindig und stecken ihn dahin, wo er für den Rest seines Lebens hingehört; aber ich kann nichts dazu beitragen. Es wird auch dann geschehen, wenn ich nach Hause fliege. Dido, ich muss jetzt wirklich ins Bett, wenn du nichts dagegen hast, weil ich glaube, allmählich rede ich wirres Zeug. Es tut mir Leid, dich aus deinem eigenen Wohnzimmer zu vertreiben.«

Ich erklärte, ich würde ein langes, heißes Bad nehmen und dann ebenfalls zu Bett gehen. »Aber«, sagte ich, »ich frage mich die ganze Zeit, ob es Lal auch gut geht. Würde es dir etwas ausmachen, noch eine Minute länger aufzubleiben, während ich versuche, sie ans Telefon zu bekommen?«

»Ich werde ihr gute Nacht wünschen«, sagte Phyllis langsam, und ich wählte die Nummer von dem Papierfetzen, die ich am selben Morgen unter dem Telefon gelassen hatte, und lauschte auf das Freizeichen. Ich war nicht überrascht, dass niemand ans Telefon ging; sie hatte wahrscheinlich keine Lust gehabt, allein zu Hause zu bleiben.

Mir fiel nichts mehr ein, was ich noch hätte versuchen können. Alles stand still.

Aber ich kam nur bis zur Badezimmertür, da klingelte schon wieder das Telefon im Wohnzimmer. Ich erreichte es, bevor Phyllis oder der Anrufbeantworter den Anruf annehmen konnten, und hatte gerade den Mund geöffnet, als eine Stimme in mein Ohr fragte: »Dido, warum hast du Mrs Fisher angerufen?«

»Guten Abend, Paul. Woher weißt du, dass ich versucht habe, sie zu erreichen?«

»Weil wir alle Anrufe dieses Anschlusses abhören.«

Ich ohrfeigte mich im Geiste und sagte: »Natürlich. Ich entnehme deinen Worten, dass die Suspendierung rückgängig gemacht wurde. Gratuliere!«

»Du weißt genau, dass ich nicht suspendiert wurde.«

Ich gab zu, dass ich das geahnt hatte. Ich hatte bis jetzt Zeit gehabt, über Colleys Frage, ob Paul Fisher und Moore in der Wohnung gesehen hatte, nachzudenken und entschieden, dass die ganze Suspendierungsgeschichte eine Ausrede war, um ihn aus Islington wegzuschaffen. Inoffiziell war Paul versetzt worden, weil er über die beiden Fragen gestellt hatte; und entweder hatte jemand gedacht, er könnte sich nützlich machen, wenn er Diane Lyons Team zugeteilt würde, oder man glaubte, er wäre sicherer außer Sichtweite, falls Moore wusste, wer und wo er war.

Ich holte tief Luft. »Nun, wo ist sie? Phyllis und ich wollten nur kurz mit ihr reden und sie fragen, ob wir etwas für sie tun können.«

»Es geht ihr gut«, beschied mich Paul knapp. »Sie ist in einem Privatsanatorium unter Beobachtung. Wir werden ihr sagen, dass du nachgefragt hast. Wenn sie möchte, kann sie dich dann anrufen. Und was dich betrifft, so bin ich immer noch suspendiert.«

Was *mich* betraf? Ich sagte: »Na, dann tschüss.« Und wartete darauf, dass er auflegte.

»Dido …?«

»Ja?«

»Hast du schon zu Abend gegessen?«

Das war nicht gerade das, was ich erwartet hatte. Ich erklärte, ich hätte mir was vom Chinesen geordert.

»Nun, ich jedenfalls habe noch nicht gegessen. Können wir uns wie Erwachsene über diese Situation unterhalten? Ich glaube, du könntest mir helfen. Hast du Lust, dich mir auf ein Dessert oder einen Kaffee anzuschließen?«

Mir kam das Wort »sprachlos« in den Sinn, und ich glaube, dass man mich tatsächlich so beschreiben konnte. Aber ich brachte ein »Wo?« hervor.

»Warte eine Minute, ich will nachdenken.« Staunend ließ ich ihm die Zeit. »Ich hab's. Ich bin jeden Augenblick mit der Arbeit fertig. Dann brauche ich ungefähr zwanzig Minuten, um zu dir zu kommen, und ich werde auf der östlichen Seite der Upper Street parken, direkt nördlich von dir. Also um … sagen wir, zehn Uhr, verlässt du deine Wohnung, gehst nach rechts und wieder nach rechts, läufst dann die Upper Street hinunter und wendest dich nach Norden. Dort wirst du meinen Wagen sehen, aber bleibe nicht stehen. Gehe schnurstracks daran vorbei und halte erst bei dem spanischen Restaurant auf der Westseite der

Straße an. Gehe hinein und nehme einen vom Fenster entfernten Tisch. Du erinnerst dich doch an das Restaurant?«

Das tat ich. Wir hatten dort ein-, zweimal gegessen. Ich sagte: »Was soll der ganze Aufwand?«

»Nur für den Fall, dass dich jemand beschattet«, sagte er unverblümt. »Du weißt, warum. Ich habe dir das alles gestern Abend erklärt. Ich stelle sicher, dass dir niemand folgt, denn es wäre für uns beide nicht von Vorteil, zusammen gesehen zu werden.«

Ich entgegnete, meiner Überzeugung nach könne es für seinen Ruf nur von Nutzen sein, wenn man uns miteinander in Verbindung brächte, und legte auf. Ich hatte gerade genug Zeit, mich umzuziehen, mir die Haare zu kämmen, etwas von unten zu holen, das ich ihm besser gab, wenn ich mich an ein Versprechen gegenüber meinem Vater hielt, und mir eine Liste von Fragen auszudenken, die ich ihm stellen würde.

Kapitel 20

Sarabande

Es war genau die ruhige Zeitspanne zwischen der normalen Abendessenszeit und dem Schließen der umliegenden Theater und Pubs. Ich ließ mich an einem Tisch mit Glasoberfläche nieder, der sich im hinteren Viertel des lang gezogenen, halb leeren Raums befand, bestellte ein Glas Fino und heftete meine Augen auf die Eingangstür. Noch bevor mein Wein kam, trat Paul in so forscher Manier ein, dass ich unwillkürlich an eine FBI-Durchsuchung denken musste. Ihm fehlte nur noch die große Waffe, die er vor sich ausgestreckt halten musste, um den perfekten dramatischen Auftritt zu inszenieren. Er hatte den Tisch erreicht, den zweiten Stuhl ein Stück verrückt und sich darauf niedergelassen, bevor ich auch nur die Möglichkeit hatte, zu reagieren. Ich hätte dies alles für pure Nervosität gehalten, doch dann bemerkte ich, dass er sorgsam meine Sicht auf Tür und Fenster blockierte, und das hieß gleichermaßen, dass er etwaigen Passanten unmöglich machte, mein Gesicht oder etwas anderes zu sehen als seinen anonymen Rücken.

»Und was ist, wenn die Gangster mit Maschinengewehren durch die Tür brechen?«, fragte ich säuerlich.

Paul grinste mich an. »Du hast wohl nicht bemerkt, dass sich auf der Trennwand hinter dir ein Spiegel befindet? Ich werde sie rechtzeitig genug sehen, um uns beide hinter den umgekippten Tisch zu drücken und uns vor dem Kugelhagel in Sicherheit zu bringen.«

Ich glotzte ihn an. Er sah müde, aber sehr glücklich aus.

»Señor?«

»Dos Equis«, sagte Paul forsch und nahm die Speisekarte. Er blickte mich an. »Hast du wirklich schon gegessen?«

In Anbetracht meines aktuellen Nahrungs- und Vitaminmangels erklärte ich, dass ich wahrscheinlich noch einen kleinen Salat herunterbringen würde, und als die Getränke kamen, bestellte er rasch, gab die Speisekarten zurück und lehnte sich vor.

Ich stellte die nahe liegende Frage: »Was ist los?«

»Ich bin nicht sicher, ob ich dir das schon erzählen darf. Also sprich nicht darüber, ja? Diane Lyon hat mich gefragt, ob ich mich für eine bestimmte Stelle bewerben wolle, das ist alles. Es wäre eine Beförderung. Aber bis jetzt ist noch nichts passiert, und möglicherweise hängt alles davon ab, was in den nächsten paar Tagen geschieht.«

Er nahm einen Schluck von seinem Bier; ich nippte damenhaft an meinem Sherry und vorsichtig beäugten wir einander.

»Viel Glück, aber du hast mich doch sicher nicht herbeizitiert, damit ich mit dir feiere. Glaubst du wirklich, ich könnte verfolgt werden?«

»Nicht wirklich, aber ganz auszuschließen ist es nicht. Ich hoffe, dass sie an dich und Mrs Digby nicht einmal denken.« Ich öffnete schon den Mund, um ihm von den wortlosen Anrufen zu erzählen, da sprach er bereits weiter: »Im Grunde war ich mir sicher, dass du kommst, sobald ich dir sage, dass es gefährlich werden könnte.«

Touché. »Du hättest doch einfach vorbeikommen können«, entgegnete ich, nicht sicher, ob ich lachen sollte. »Paul …«

Er schüttelte den Kopf. »Du hast mich gestern auf dem

falschen Fuß erwischt. Ich habe bewusst einen anderen Ort gewählt, um mich zu entschuldigen. Und ich dachte, es wäre besser, wenn Mrs Digby nicht dabei wäre. Ich habe gehört, dass sie im Moment bei dir schläft.«

Ich nickte. »Auf dem Sofa. Und du hast Recht, viel Privatsphäre ist dort nicht. Aber jetzt erzähl mir mal, was sie nicht hören soll. Und wenn du schon dabei bist, berichte mir alles über Andy Fisher.«

Er lachte laut auf. »Sollte ich nicht derjenige sein, der hier die Fragen stellt? Schon gut, schon gut, was willst du wissen?«

Ich starrte ihn in schierem Unglauben an. Das Eintreffen meines Salats und seines Fleischtellers lenkten von meinem stillen Staunen ab. Wie auch immer sein neuer Job sich gestalten sollte, die Aussicht darauf hatte seine Stimmung vollkommen verändert. Ich schluckte eine schwarze Olive, gewann meine Selbstkontrolle wieder und fing an, die Gelegenheit zu nutzen.

»Wie ist Andy Fisher gestorben?«

»Die Tests sind noch nicht abgeschlossen« – er verstummte für einen Bissen Spanferkel. Ich folgte seinem Beispiel mit einem Stück Tomate, das von einer Sardelle gekrönt wurde – »aber kurz gesagt, jemand hat ihn mit einem Schlag auf den Hinterkopf betäubt, ihn zu seiner eigenen Garage gefahren, ihn hinter das Steuer gepackt, ein Stück Schlauch vom Auspuff ins Innere des Wagens geleitet, den Katalysator zertrümmert und den Motor laufen lassen. Oberflächlich betrachtet, sah es aus wie Selbstmord.«

»Was ist mit dem Handschuhabdruck?«

Er hielt eine Sekunde lang im Essen inne und starrte mich an.

»Ich war nach dem Gespräch mit Diane Lyon da, als jemand ihr das von dem Handschuhabdruck erzählte.«

Er bedachte mich mit einem leicht ironischen Grinsen und schüttelte den Kopf. »Ich weiß nicht, warum du so tust, als wüsste ich etwas, was du nicht schon weißt. Der Mörder trug Handschuhe. Auf dem Klebeband, mit dem er den Schlauch am Auspuff befestigte, war ein Handschuhabdruck.«

»Aber den kann man nicht identifizieren ...«

»In der Tat. Aber weder im Wagen noch in der Garage befanden sich Handschuhe, also hat Fisher es nicht selbst getan. Außerdem wissen wir, dass jemand bei ihm war. Doch natürlich hätte auch der Gerichtsmediziner die Selbstmordidee in Frage gestellt, sobald er die Kopfverletzung konstatiert hätte. Es hat uns nur ein paar Stunden Zeit erspart.«

»Also wusstet ihr sofort, dass es Mord war.« Dann fiel mir etwas ein: »Habt ihr irgendwas auf den Sicherheitskameras am Haus entdeckt?«

Paul machte eine säuerliche Miene. »Die über der Garage war im falschen Winkel angebracht und deshalb ohne irgendwelchen Nutzen. Die andere lieferte uns ein paar Bilder von einem Wagen, der heranfuhr und stehen blieb, während die Garagentür aufging, und der dann hineinfuhr.«

»Um welche Uhrzeit? Hat die Kamera auch die Zeit verzeichnet?«

Paul zuckte mit den Schultern. »Die erste Aufzeichnung ist von heute Morgen, als Fisher das Haus verließ, kurz nach neun Uhr vierzig. Jemand wartete am Bordstein, um ihn mitzunehmen. Aber es ist nichts Erhellendes auf dem Band zu sehen. Etwa fünfzehn Minuten später fuhr die Frau in seinem Wagen fort. Ungefähr Viertel nach zehn fuhr ein Toyota mit zwei Personen darin vor. Sie können nicht identifiziert werden. Man kann noch nicht mal sehen, ob der Beifahrer bei Bewusstsein war oder nur vom Sicherheitsgurt aufrecht gehalten wurde. Der Wagen blieb in der Einfahrt stehen, während das Garagentor sich öffnete – leider kann es mit einer Fernbedienung betätigt werden, also brauchten sie nicht auszusteigen. Dann fuhren sie hinein und das Garagentor schloss sich. Zehn Minuten später kam jemand zu Fuß heraus, blieb kurz stehen, um sicherzustellen, dass das Tor geschlossen war, und ging fort, ohne aufzusehen. Er trug eine Jacke, hatte sich die Kapuze über den Kopf gezogen und das Gesicht abgewandt, also wusste er von den Kameras.«

»Wen habt ihr in Verdacht?«

Dieses Mal zögerte er noch länger. Ich wusste, dass er mir auswich, als er schließlich sagte: »Der Ehegatte ist immer der Hauptverdächtige.«

Ich zeigte ihm deutlich, was ich davon hielt. Dann fügte ich hinzu: »Sie hat jedenfalls ein wasserdichtes Alibi.«

Damit hatte ich ihn verwirrt. »Wie das?«

»Ich habe kurz nach halb zehn mit ihr am Telefon geredet und da konnte sie nicht frei sprechen. Ich bin ziemlich sicher, dass jemand in Hörweite war – vermutlich ihr Mann, weil das mit der Zeit übereinstimmt. Sie wartete am Heath, als Phyllis und ich kurz nach halb elf dort eintrafen. Ich blickte auf die Uhr, als wir sie entdeckten, weil wir ein paar Minuten zu früh waren, aber sie war noch früher da. Als sie uns im Park zurückließ, war es ungefähr der Zeitpunkt, wo dein Kapuzenmann den Tatort verließ. Ich folgte ihr nach Hause. Es sah so aus, als führe sie einen Wagen, der ihr nicht vertraut war – sie sagte, es sei Andys Wagen –, und sie brauchte mindestens zwanzig Minuten, um nach Hause zu kommen, eher länger; also muss sie für die Herfahrt ebenso lange gebraucht haben. Übrigens hatte ich sie die ganze Zeit im Blick. Wenn du dir den entsprechenden Abschnitt des Bandes ansiehst, wirst du feststellen, dass ich an der Tür stehen blieb und die Klingel drückte und sie mich schließlich eintreten ließ. Aber sie brauchte eine Weile, um zu erkennen, dass ich nicht verschwinden würde und sie mich genauso gut hineinlassen konnte. Du wirst dich wahrscheinlich fragen, warum sie so lange brauchte, um mir die Tür zu öffnen, doch ganz gewiss war sie nicht die Person, die im Toyota vorfuhr.«

»Das heißt noch nicht, dass sie keinen Komplizen hatte. Wie du sagtest, brauchte sie lange, um dich hineinzulassen. Vielleicht ist ihr Gewissen schwarz wie die Nacht, und sie wollte dich nicht ermutigen, bei ihr zu verweilen.«

Ich dachte an meinen ersten Besuch in der Verwood Avenue. Er war wirklich sehr seltsam gewesen. Ich beschloss, nichts darüber zu erzählen. Außerdem …

Paul sagte: »Was ist?«

»Als ich noch darauf wartete, dass sie die Tür öffnete, hörte ich den Wagenmotor. Ich erkannte nicht, um was es sich handelte, vielleicht hätte ich aber auch … Ich denke die ganze Zeit nur daran, dass sie, wenn ich sie nur gefragt hätte …«

»Ja, hast du aber nicht und es gab auch keinen Grund dafür. Außerdem muss er da bereits tot gewesen sein. Tja … danke. Ich stimme dir zu, dass Mrs Fisher nicht die ausführende Mörderin gewesen ist, und sei es auch nur, weil sie es wohl kaum geschafft hätte, einen so großen Mann wie ihren Ehemann zu überwältigen; doch es besteht immer noch die Möglichkeit, dass sie Hilfe hatte. Es gibt an ihr eine Menge Dinge, die ich nicht verstehe.« Er zögerte einen Moment. »Hör mal, du behandelst das besser vertraulich, aber im Krankenhaus wurde uns gesagt, dass sie geschlagen wurde. Wahrscheinlich war das ihr Mann, und wir ziehen in Betracht, dass sie jemanden angeheuert haben könnte, um ihn umzubringen.«

Ich bemerkte, ich würde mich an die blauen Flecken auf ihrem Handgelenk erinnern.

»Der Arzt sagte, jemand hätte sie vor ein paar Tagen verprügelt, aber so, dass man es kaum sehen würde.«

Als ich darüber nachdachte, spürte ich, wie ich mich bemühte, irgendwie eine Art Überblick zu gewinnen. »Hat sie dir gesagt, dass es Andy war?«

»Sie hat uns gar nichts gesagt. Sie behauptet, sie weiß nichts, hat nichts bemerkt, kann sich nichts vorstellen. Wie dir vielleicht aufgefallen ist, ist sie sehr routiniert in der ›Arme-Hascherl-Tour‹.«

Hinterhältig fragte ich: »Also würdest du sie unkooperativ nennen? Vielleicht möchtest du sie am liebsten auch ein bisschen schlagen?«

Er schnaubte nur.

Ich legte meine Gabel auf den Teller, nahm mein Glas und versuchte zu entscheiden, wie viel ich sagen sollte.

»Paul, ich sehe es so: Lal Fisher hatte die typische Laufbahn als Frau, Tochter und Schwester eines Kriminellen hinter sich. Sie hat ihr ganzes Leben lang den Mund gehalten. Sie mag keine Bullen, und irgendwie habe ich den Eindruck, dass sie Diane Lyon vom ersten Moment an gehasst hat. Ihre Vergangenheit … kennst du ihre Vergangenheit?«

»Ist wie die ihres verstorbenen Ehemannes: das East-End-Verbrechermilieu der alten Zeiten.«

»Genau. Auf eine Art altmodisch …«

»Das stimmt wohl«, bestätigte Paul, »doch wenn sie ihn nicht umgebracht hat, warum sollte sie uns dann nicht helfen, seinen Mörder zu finden? Vor allem, weil man sich gut vorstellen kann, dass derjenige, der ihn umbrachte, auch Frank umbrachte, und das Einzige, was wir aus ihr herausbrachten, war, dass sie ihren Bruder sehr mochte.«

Ich erzählte ihm, dass Phyllis das auch gesagt hätte.

»Was also macht ihr Angst?«

Ich hatte einen Großteil des Tages damit zugebracht, über dieses Problem nachzudenken, und war zu einigen vorläufigen Antworten gekommen. »Es gibt drei Möglichkeiten. Entweder ist sie gegenüber ihren alten Verbindungen loyal und es gibt einen Interessenskonflikt: Sowohl Andy als auch Frank wurden von jemandem umgebracht, den sie nicht an euch verraten will.«

Paul zuckte die Achseln. »Verrate *nie* etwas den Bullen.«

»Ich denke, es ist aber auch möglich, dass sie selbst etwas Illegales getan hat, obwohl mir versichert wurde, dass altmodische Patriarchen wie Andy und Frank nicht im Traum daran denken würden, ihre Frauen in eines ihrer Verbrechen zu verwickeln. Auf der anderen Seite sagte sie, als ich ihr von Frank erzählte, als Allerestes, es sei *ihr Fehler* gewesen. Ich weiß nicht, ob sie das wirklich so meinte.« Ich bemerkte, dass Paul schon den Mund öffnete, um mich zu unterbrechen, es sich dann aber anders überlegte. Stattdessen wurde seine Miene ironisch. Ich ignorierte das. »Die letzte Möglichkeit, und die ist für mich die wahrscheinlichste, ist, dass sie ganz einfach Angst hat. Sieh mal, ich weiß, warum du sagtest, es müsste Fisher gewesen sein, der sie schlug. Was aber, wenn nicht? Natürlich gibt es Frauen in ihrer Generation, die anscheinend glauben, ihre Männer hätten das Recht dazu. Was aber, wenn es jemand anderer war – jemand, der ihr Angst macht?«

Paul legte langsam sein Besteck nieder und schob den

Teller von sich. Jetzt wirkte er schon ein bisschen weniger selbstzufrieden.

Ich holte tief Luft. »Unser Problem ist demnach: Wer von den Leuten, die beim Hatton-Carriers-Goldraub beteiligt waren, lebt noch und wo?«

»Wie zum ...?«

»Ich dachte, du wüsstest darüber Bescheid.«

Ich erhaschte einen Anflug seiner schlechten Laune vom Vorabend. »Was hat Mrs Digby dir anvertraut und warum hast du es nicht weitererzählt?«

Der Kellner näherte sich uns. Ich blickte Paul mit hochgezogenen Augenbrauen an, der sich daraufhin beherrschte.

»Ich bin fertig mit dem Salat«, sagte ich laut, »aber ich hätte gerne noch einen Sherry, bitte.«

Paul nickte, bestellte seinerseits ein weiteres Bier und schwieg, solange der Tisch abgeräumt wurde. Als wir wieder allein waren, sagte er: »Tut mir Leid.« Wir musterten einander vorsichtig über den Tisch hinweg und warteten darauf, dass der andere anfangen würde zu sprechen. Das Ganze erinnerte mich plötzlich an einen dieser komplizierten, langsamen Tänze, wo man den Partner umkreist, seine Schritte beobachtet, sich nähert und dann wieder zurückzieht.

Ich senkte die Stimme. »Verdammt, Paul, Phyllis weiß gar nichts. Es stand damals alles in der Zeitung!«

»Barnabas?«

»Hat heute die meiste Zeit im Archiv verbracht und die Geschichte recherchiert.«

»Vielleicht sollte ich mal mit ihm sprechen.«

»Vielleicht solltest du mir zuhören! Wir haben entdeckt, dass irgendwas zu Beginn des Prozesses von 1992 schief lief. Für dich wäre es doch nicht schwierig herauszufinden, was es war, wenn du es nicht bereits weißt. Und die Leute, die direkt an dem Überfall beteiligt waren, konnten das Land verlassen, bevor sie verhaftet wurden. Meine erste Frage lautet: Wie haben sie es geschafft, zu entkommen, bevor sie geschnappt wurden? Meine zweite lautet: Was geschah, nachdem der Prozess angefangen hatte und Frank und der andere sich plötzlich bezüglich eines minderen Anklagepunktes ›schuldig‹ bekannten und alle anderen fallen gelassen wurden? Bekommt man nicht ›lebenslänglich‹ für einen bewaffneten Raubüberfall, bei dem jemand getötet wurde? Meine dritte Frage lautet: Warum wurde Frank Digby so früh entlassen, als hätte er nichts wirklich Ernsthaftes verbrochen, und bekam dann auch noch Polizeischutz und eine neue Identität?«

Paul dachte über meine Fragen nach. »Gut, ich wüsste nicht, warum du es nicht erfahren solltest. Es ist alles Geschichte. Die Leute, die entkamen – die Brüder White, Andy Fisher und ein paar andere –, konnten das Land verlassen, weil ihre Freunde bei der Polizei sie warnten, dass sie geschnappt werden würden. Frank Brunton und Barry White, Vinnies Bruder, konnten nicht rechtzeitig entkommen, und am Ende mussten sie entweder angeklagt oder freigelassen werden; also wurden sie angeklagt, obwohl einige Untersuchungsbeamte dafür waren, sie laufen zu lassen, in der Hoffnung, sie würden uns zu dem Gold führen oder zu den Leuten, die es ins Ausland geschmuggelt hatten. Damals war eine der obersten Prioritäten, es zurückzubekommen. Es war eine Menge Geld und die Polizei gab kein gutes Bild ab.

An dem Tag, als der Prozess begann, ich meine, als die Geschworenen vereidigt wurden, entdeckte jemand, dass die meisten Beweise, die auf einer Polizeiwache im West End unter Verschluss gehalten werden sollten, verschwunden waren. Irgendein Witzbold hatte stattdessen wohl verpackte Bündel mit Zeitungspapier hinterlegt. An diesem Punkt schienen alle in Panik zu geraten. Bruntons Anwalt hat offenkundig gar nicht bemerkt, wie wenig die Staatsanwaltschaft noch in der Hand hatte. Jedenfalls wurde Brunton ein Geschäft angeboten, und er bekam eine kurze Haftstrafe, als er sich einverstanden erklärte, zu kooperieren; er hatte eine Menge nützlicher Informationen in seinem Kopf und in den Büchern des Tarnclubs, den sie damals führten. Aber mir wurde gesagt, dass das Ausschlaggebende die Lungenkrebsdiagnose war, die ihm in der Untersuchungshaft bescheinigt wurde. Ich nehme an, er wollte nicht im Gefängnis sterben. Das kann man ihm nachfühlen. Barry White wurde zu drei Jahren verurteilt. Es hieß, er hätte sich ein paar Monate später im Gefängnis von Lewes erhängt. Zwar war nicht ganz eindeutig, dass es wirklich Selbstmord war, aber es gab auch keine gegenteiligen Beweise. Solche Dinge passieren eben im Gefängnis. Oh – und ein Sergeant Doug Moore wurde frühpensioniert und zog ins Ausland.«

»Mit Unterstützung der Polizei?«

»Vielleicht, aber die Staatsanwaltschaft mag es eigentlich gar nicht, wenn Polizeibeamte Beweise zerstören. Wahrscheinlicher ist also, dass sie meinten, nichts gegen ihn in der Hand zu haben, und es vorzogen, ihn lieber gehen als bei der Truppe bleiben zu lassen.«

»Das wäre nicht das erste Mal«, lästerte ich. Er schwieg. Wir beide lesen Zeitung.

»Was war mit Franks ›Kooperation‹?«, fragte ich nach einer Weile.

»Er sollte die Bilanzen vom so genannten *Black Cat Club*

aushändigen. Sie waren verschwunden, als der Club ein, zwei Jahre zuvor dichtgemacht hatte, doch es war für uns offensichtlich, dass er bis ins letzte Jahrzehnt dazu genutzt worden war, für halb London schmutziges Geld zu waschen. Irgendwie müssen sie über die Kontakte des Clubs das Geld aus dem Goldraub losgeworden sein. Brunton erklärte, er hätte genügend Beweise versteckt, um die Hälfte aller ungelösten Verbrechen der letzten zehn Jahre aufzuklären. Dann wurde er krank. Es gab eine Notoperation, die erfolgreich war, aber ich vermute, einige fanden, dass sie das nicht hätte sein sollen. Als Diane Lyons Vorgänger die Bücher holen wollte, waren sie verschwunden. Brunton überzeugte sie davon, dass er keine Ahnung hätte, was passiert war, also blieben sie bei dem Deal, den sie mit ihm abgemacht hatten. Im Grunde nahmen sie an, dass nur ein Angehöriger von Franks Sippe, den sie noch nicht kannten, oder ein Polizist von den Aufzeichnungen gewusst haben konnte; und das war in jedem Fall ein Problem mehr für sie. Sie hofften, sie könnten mit Franks Hilfe herausfinden, wer alles beteiligt gewesen war. Er war das einzig verbliebene Verbindungsglied, und nach kurzer Diskussion entschieden sie sich, ihn nicht fallen zu lassen, damit er sich nützlich machen konnte.«

Ich sagte: »Aber ihr habt doch heute die Bücher im Haus der Fishers gefunden, oder nicht?« Ich sah, wie sich seine Miene verdüsterte, und einen Moment lang war ich froh, dass wir uns in einem öffentlichen Etablissement befanden. Ich fuhr fort: »Ich wusste nicht, worum es sich handelte, sonst hätte ich es dir erzählt. Lal verriet mir, wo sie waren, und ich konnte nur einen kurzen Blick darauf werfen. Ich habe gerade erst erkannt, worum es ging. Ihr habt sie doch gefunden?«

»Unter einem Bett.« Sein Tonfall war kalt.

»Ich glaube, dass Frank vergangenen Sonntag in diesem Zimmer schlief. Lal sagte, er hätte vor dem Prozess einige persönliche Dinge bei ihr untergebracht und sie hätte sie mit ihren eigenen Sachen in Fishers Depot gelagert, und von dort aus seien sie ohne Andys Wissen wieder ins Haus gekommen. Sie hat Frank letzte Woche angerufen und ihn gebeten, sie abzuholen.« Ich erzählte ihm von ihrer ersten Nachricht auf dem Anrufbeantworter der Digbys. »Dann hat sie gestern eine zweite Nachricht für Frank hinterlassen und ihn gebeten, ihren Wagen zurückzubringen – das ist der Toyota, in dem Andy umgebracht wurde. Die Schlüssel in Franks Tasche müssen ihre Ersatzschlüssel gewesen sein. Deshalb haben wir uns heute Vormittag mit ihr in Verbindung gesetzt. Wir wollten herausfinden, was schief gegangen, was überhaupt passiert war. Und wir wollten ihr von Frank erzählen; sie wusste ganz offensichtlich nicht, dass er tot war.«

Paul starrte eine Minute lang in sein leeres Glas. Dann sagte er: »Die Karosserie des Toyota war beschädigt.«

»Inwiefern?«

»Einer der vorderen Kotflügel.«

»Du meinst also, Frank wurde von diesem Wagen überfahren?«, fragte ich.

»Nein, das meine ich nicht. Es sieht eher aus, als hätte es einen Zusammenstoß mit einem anderen Wagen gegeben. An den Beulen ist schwarzer Lack.«

Ich dachte darüber nach. »Wenn Frank einen Unfall hatte, während er mit dem Wagen fuhr, hätte jemand das doch gemeldet. Dadurch könnte man herausfinden, wohin er fuhr, nachdem er Lals Haus verließ. Du weißt doch, dass er den ganzen Tag unterwegs war?«

»Nur hat niemand einen Unfall gemeldet, bei dem der Toyota beteiligt war.«

»Heißt das«, ich dachte angestrengt nach, »jemand hat den Zusammenstoß absichtlich herbeigeführt? Hat Frank aufgelauert?«

Paul blickte auf sein halb leeres Glas und schob es fort. »Das alles ist bloße Spekulation.«

»Bedeutet das nicht …?«

»Sprich weiter.«

»Lal sagt, er hätte sich ihren Wagen geliehen, um das fortzuschaffen, was er bei ihr gelagert hatte. Er kümmerte sich nicht um die Bücher, die ich im Schlafzimmer entdeckt habe, also können sie so wichtig nicht gewesen sein. Aber bei ihnen war etwas anderes, das er wollte. Vermutlich weitere Bilanzen. Oder noch etwas anderes …«

»Und?«

»Doch jemand erfuhr, was er vorhatte, und beschloss, es ihm wegzunehmen. Das – oder derjenige wollte etwas anderes von ihm. Paul …«

Er sagte: »Ja?« in einem Ton, der verriet, dass er mich nicht ganz ernst nahm.

Ich beherrschte mich. Das Ganze lief nicht sehr gut. Und doch war ich der Meinung, ich wüsste etwas Wichtiges.

»Nachdem sie Frank umgebracht hatten, kamen sie zu seiner Wohnung und durchsuchten sie. Entweder hatte er ihnen erzählt, dass da etwas war, oder sie dachten es nur. Jedenfalls nahmen sie seinen Computer mit.«

Paul rutschte unruhig auf seinem Stuhl hin und her. Ich ignorierte das. Ich war jetzt in Fahrt.

»Sie müssen von ihm erfahren haben, dass das, was er bei sich hatte – sagen wir, irgendwelche Aufzeichnungen –, auf der Festplatte gespeichert war. Deshalb nahmen sie den Computer mit.«

»Das ist schlecht für uns. Das heißt, wenn du Recht hast. An ihrer Stelle würde ich jetzt irgendwo ein Freudenfeuerchen entfachen.«

»Sie sind aber zur Wohnung zurückgekommen.«

»Und dann?«

Ich sagte: »Sie suchen natürlich nach der Sicherungsdiskette.« Ich kramte in meiner Tasche und ertastete das harte Quadrat, das Phyllis und ich in dem kleinen, feuerfesten Safe gefunden hatte. Ich übergab es Paul, ohne ihn anzublicken. »Es sind eine Menge verschlüsselter Dateien darauf. Ihr habt doch bestimmt einen Computerspezialisten, der was mit ihnen anfangen kann. Ich glaube, du gibst dies am besten ganz schnell weiter, weil die Antworten auf unsere Fragen da drauf sein müssen.«

Und da war noch etwas, das, was ich ihm zu sagen versucht hatte, bevor er mich mit einer unwahrscheinlichen Menge an Informationen abgelenkt hatte. »Noch eines: Gestern Nachmittag hat Phyllis eine Unmenge von Anrufen bekommen, bei denen der Anrufer sich nicht meldete. Deshalb hat sie ihre Wohnung verlassen und ist zu mir gezogen. Die Telefonnummer des Anrufers war ›verdeckt‹, deshalb konnten wir ihn nicht zurückverfolgen. Aber offensichtlich versucht jemand, sie einzuschüchtern.« Ich blickte ihn an. »Deshalb glaubte ich dir auch, als du mir sagtest, wir könnten in Gefahr sein. Wer auch immer es ist, er hat wahrscheinlich herausgefunden, wo Phyllis zurzeit wohnt. Also wäre ich dir dankbar, wenn du dies mitnehmen würdest, denn ich werde jetzt jedem, der mir über den Weg läuft, erzählen, dass ich es der Polizei übergeben habe. Offen gestanden, ich habe schon daran gedacht, eine diesbezügliche Nachricht im Schaufenster anzubringen. Wenn Barnabas herausfindet, was passiert ist …«

Doch da war Paul schon aufgestanden, mit der Diskette in der Hand. »Ich muss ein paar Anrufe tätigen.«

Ich antwortete: »Ich weiß, aber warte bitte noch eine Minute. Ich habe über noch etwas anderes nachgedacht. Denn ich frage mich, was eigentlich vor kurzem passiert ist.«

Paul war nervös, wandte sich bereits zum Gehen. »Wann genau?«

»Das weiß ich eben nicht. In jüngster Vergangenheit. Denk doch mal nach, Paul. Moore hatte sich ein paar Jahre lang im Ausland ›zur Ruhe gesetzt‹. Frank war ebenso lange aus dem Gefängnis entlassen, und die Fishers kamen im letzten Jahr nach England zurück, wo Andy offenbar sein Transportunternehmen weiterführte. Es sieht so aus, als hätte alles monatelang friedlich seinen Gang genommen. Oder gibt es etwas, von dem ich nichts weiß?« Ich hatte plötzlich einen Einfall und fragte: »Wohin ist Moore nach seiner Pensionierung gegangen?«

Paul runzelte die Stirn und starrte auf den Tisch. Ich wartete, aber er sagte kein Wort.

»Jedenfalls hat Phyllis nichts Ungewöhnliches bemerkt. Und auf einmal, im Laufe der letzten Woche, gerät Lal wegen ein paar alter Hauptbücher in Panik, vielleicht aber auch wegen etwas anderem; Frank hat Phyllis erzählt, dass er geschäftlich fort müsse, was meiner Meinung nach vorher noch nie passiert ist; jedenfalls fand Phyllis es seltsam. Dann wurden er und Andy ermordet, und Franks Wohnung wurde von Leuten auf den Kopf gestellt, die in den alten Überfall verwickelt waren. Also scheint mir die Frage angebracht: Weißt du, ob es in jüngster Vergangenheit etwas gab, das die gesamte Situation für sie alle veränderte?«

Paul sah mich an. »Möchtest du noch etwas? Dann bestell es. Wenn du willst. Bestell auch etwas für mich. Ich dachte, ich würde jetzt nach Hause ins Bett gehen, aber das werde ich wohl noch ein paar Stunden aufschieben müssen. Bestell mir ein Dessert und einen doppelten Mokka.«

Ich fragte: »Stecke ich in Schwierigkeiten?«

Er antwortete: »Das hast du doch selbst schon bemerkt. Langsam ergibt alles einen Sinn. Ich glaube, ich schulde dir etwas. Nimm einen Karamellpudding – der ist gut hier. Ich bin in einer Minute zurück.«

Kapitel 21

Botschaft angekommen

Als ich in meine Straße einbog, ertönte die Glocke im Turm von St. Marys, und ich sah, dass in meinem Wohnzimmer noch Licht brannte. Die schweren Vorhänge waren zwar schon Stunden zuvor zugezogen worden, doch in der Mitte des nächstgelegenen Fensters war ein schmaler Lichtstrahl zu sehen, und ich setzte mich in Trab, weil ich mich fragte, ob Ben wohl aufgewacht sei. Oder ob etwas Schlimmeres geschehen sei. Ich schloss die Tür auf, glitt hinein und legte lauschend die Kette vor. Von oben kam kein Geräusch, weder ein beruhigendes noch ein anders geartetes.

Auf der Schwelle zum Wohnzimmer blieb ich stehen. Von Ben gab es keine Spur, aber Phyllis saß hellwach und stocksteif auf dem Sofa und hatte den Blick auf das Telefon geheftet. Ich blickte ebenfalls dorthin, fand aber keinerlei Hinweis für ihre Aufmerksamkeit.

»Phyllis …?«

»Warte. In einer Minute kommt es wieder.«

»Was denn?«

Das Telefon läutete. Sie rief leise: »Nicht!«, aber ich griff nach dem Hörer, nahm ihn und sagte: »Ja?« Noch bevor ich etwas gesagt hatte, entdeckte ich jedoch, dass das Lämpchen auf dem Anrufbeantworter blinkte. Es hatte noch weitere Anrufe gegeben. *»Hallo?«*

Es war jemand in der Leitung, doch konnte ich nichts

hören. Plötzlich fand ich die Vorstellung, jemand könnte wirklich sprechen, Furcht erregend und beschloss, aufzulegen.

Aber die Verbindung wurde unterbrochen, bevor ich meinen Entschluss umsetzen konnte.

Ich blickte vom Telefonhörer zu Phyllis. »Wie lange geht das schon so?«

Auf ihrem Gesicht zeigte sich wieder Anspannung. »Er ist wieder da. Es ist derselbe, der auch in unserer Wohnung angerufen hat. Er ruft alle fünfzehn Minuten an und sagt kein Wort ... Man fängt allmählich an, auf den nächsten Anruf zu warten.«

Ich wählte die Servicenummer zur Anruferidentifizierung und wieder teilte mir die elektronische Stimme mit, mein letzter Anrufer hätte eine Nummer, die nicht zurückverfolgt werden könne. Phyllis hatte Recht – es musste derselbe sein, der diese Masche schon in der Wohnung in der Power Street angewandt hatte. Jemand, der meine Privatnummer herausgefunden hatte. Oder versuchte er, jetzt *mich* einzuschüchtern? Ich wählte die Nummer von Pauls Handy und bekam keine Antwort.

»Ich kann nicht schlafen«, sagte Phyllis. »Ich muss immer auf den nächsten Anruf warten.«

»Altbekannte Foltermethode«, versicherte ich ihr strahlend und legte auf, »aber das darfst du dir nicht bieten lassen.« Ich ließ mich auf die Knie nieder und langte unter die Anrichte, um den Stecker herauszuziehen. Wenn mich jemand in der Zwischenzeit sprechen wollte, konnte er mich über Handy erreichen.

Phyllis sah mir zu und sagte dann, als wäre es ihr gerade eingefallen: »Ben ist vor einiger Zeit aufgewacht. Ich habe ihm die Windel gewechselt und jetzt schläft er wieder. Er war ziemlich fröhlich. Es scheint, als hätte er den Schnupfen überwunden.«

Ich probierte, ob meine Nase frei war, und erkannte, dass ich gar keine Zeit gehabt hatte, über eine Erkältung nachzudenken. Jetzt war es wahrscheinlich vernünftig, die Alarmanlage anzustellen und etwas zu schlafen. Zumindest, es zu versuchen. Aber obwohl meine Telefonleitung jetzt stillgelegt war, stellte ich mir immer noch vor, wie eine dunkle Gestalt wieder und wieder meine Nummer wählte und auf das Freizeichen lauschte, das sie noch hörte, obwohl wir nichts mehr hörten. Oder wie sie draußen auf der Straße stand und zu meiner Wohnung hinaufblickte …

Ich schüttelte mich.

Phyllis beobachtete mich. »Hast du herausgefunden, wie es Lal geht?«

Ich umriss kurz, was Paul mir über den Verbleib ihrer Schwägerin erzählt hatte, und beließ es dabei. Es war zu spät, den Rest zu erklären. Morgen würde ich ein wenig wacher sein. Und Barnabas …

Barnabas würde auch auf den neuesten Stand gebracht werden wollen. Ich gähnte.

Phyllis sagte leise: »Ich mache jetzt das Licht aus. Wir sind beide müde.«

»Ich bin zu müde zum Schlafen. Ich glaube, ich nehme jetzt ein Bad und versuche mich zu beruhigen. Alles in Ordnung mit dir?«

Sie sagte »ja«. Und dann »gute Nacht«. Das Licht ging aus, als ich das Zimmer verließ.

Ich lief zum Badezimmer und drehte den Wasserhahn auf. In meiner Badeschaumflasche war noch eine kleine Pfütze. Auf dem Etikett stand *Eukalyptus beruhigt die Sinne und belebt den Organismus.* Das hoffte ich auch. Ich füllte die Flasche mit heißem Wasser und schüttelte sie, um noch das letzte Molekül zu erwischen, denn Beruhigung und Belebung waren genau das, was ich jetzt brauchen konnte. Als die Wanne voll und einigermaßen schaumbedeckt war, drehte ich den Wasserhahn zu, atmete den Geruch ein und stellte mir vor, dass mir schon die Augenlider schwer wurden.

Dann hörte ich ein nicht zu identifizierendes Geräusch. Einen Moment lang dachte ich, Ben sei aufgewacht und hielte Selbstgespräche, doch als ich genauer hinhörte, konnte ich nichts aus seiner Richtung vernehmen. Stattdessen war die Abendluft draußen voller Getöse. Es musste genau die Zeit sein, in der die Gasthäuser schlossen; das Pub an der Ecke leerte sich und einige Gäste gingen in lärmenden Gruppen die Seitenstraße entlang zur Essex Road. Der Verkehr war immer noch als stetes Grollen zu hören. Nach einer Weile schüttelte ich mich kurz. Ich schlief fast im Stehen ein. Ich gähnte und fing dann an, mir den Pullover über den Kopf zu ziehen.

Dann hörte ich Sirenen … mehrere Sirenen drüben auf der Hauptstraße. Als sich die Lautstärke veränderte, erkannte ich, dass sie in meine Seitenstraße einbogen. Dann auf einmal war das Geräusch vor meinem Laden und hallte zwischen den Mauern der schmalen Straße hin und her. Ich zerrte meinen Pullover wieder herunter und rannte durch den Flur ins Wohnzimmer, wo Blaulicht gegen die Vorhänge fiel.

Phyllis saß aufrecht auf dem Sofa. Ich sagte: »Bleib hier und kümmere dich um Ben.« Dann rannte ich die Treppe hinunter, fummelte ungeschickt an der Türkette und konnte sie einfach nicht lösen. Als sie schließlich gegen den Türrahmen schlug, öffnete ich die Haustür und stürzte hinaus auf den Bürgersteig.

Die Löschfahrzeuge hielten mitten auf der Straße, gerade vor der Ladenfront, und dann strömte die Mannschaft hinaus in den Lärm, der die Straße entlanghallte und widerhallte, bis jemand daran dachte, die Sirene abzustellen. Sie machten sich am anderen Straßenende zu schaffen. Der am nächsten stehende Wagen versperrte mir die Sicht, also ging ich zum Ende des Hauses und presste mich an die Mauer. Irgendwas war mit einem Wagen auf einem Anwohnerparkplatz auf der gegenüberliegenden Straßenseite. Meinem Wagen. In ihm war ein Lichtschein, der aufflackerte und verblasste und dann inmitten von schwarzen Rauchwolken glühte, die hinter den geschlossenen Fenstern aufwallten. Ich hörte Glas springen. Die Feuerwehrmänner umrundeten den Citroën mit tragbaren Feuerlöschern und ich dachte ungerührt: *Oh, es ist Benzin. Sie nehmen kein Wasser.* Wahrscheinlich war es unwichtig, was sie benutzten, denn die Flammen und der schwarze ölige Rauch stiegen mittlerweile hoch über dem Dach empor, nun, da die Fenster zerborsten waren.

Eine Stimme rief: »Treten Sie zurück, Miss!« Ich wich zurück, wandte mich dann zur Wohnung und sah dort ebenfalls ein blaues Licht, das vor den Backsteinmauern aufblitzte. Ein Polizeiwagen war in die Straße eingebogen, und allmählich bildete sich eine Menschenmenge, die den ganzen Spaß mitbekommen wollte. Deshalb bemerkte ich einen Moment lang auch nicht das zweite Feuer.

Zwischen der Seitenmauer meines Hauses und der hinteren Wand meines Ladens, an der Ecke, wo mein Besitz in einem Winkel begrenzt wird, gibt es eine kleine, gepflasterte Fläche in Form eines Dreiecks. Diese Fläche scheint niemandem zu gehören, und sie bietet Platz für einen herrenlosen Mülleimer und Abfallreste, die dorthin geweht oder geworfen wurden. Als ich mich darauf zubewegte, bemerkte ich das Feuer. Jemand hatte die alte Mülltonne an meine Häuserwand gezogen und darin flackerte es. Einen Augenblick lang stand alles still, und ich verharrte dort, sah jedes einzelne Detail, bis einer der Feuerwehrmänner hinter mir es ebenfalls sah und ein paar von ihnen sich auf die Fläche drängten. Einer trat gegen den Mülleimer, so dass er auf die Straße kippte, und bekämpfte das auseinander stiebende Feuer mit einem Feuerlöscher. Ich sah ohne jede Gefühlsregung zu.

Der Streifenwagen blockierte jetzt das Ende der Straße. Einer der Männer hatte sich daran gemacht, die Schaulustigen zurückzuhalten, während der andere zu den Feuerwehrmännern hinüberging. Ich fing ihn ab und sagte: »Das Feuer wurde absichtlich gelegt. Das ist mein Wagen. Und es ist mein Haus.«

Der Polizist drehte sich um, rückte seine Schirmmütze zurecht und fragte: »Sie wohnen hier? Können Sie mir Ihren Namen geben? Haben Sie eine Ahnung, wer das getan haben könnte? Jemand, der einen Groll auf Sie hat?« Und dann: »Keine Sorge, wir werden der Sache auf den Grund gehen.«

Das schien mir unwahrscheinlich. Sein Gesicht war im Schatten seiner Schirmmütze verborgen, deshalb wusste ich nicht, ob er einfach nur übereifrig war. Ich vermutete es, riss mich aber zusammen und nannte ihm meinen Namen. Ich dachte, es wäre nicht übel, zu wissen, wer hier wen warnte und wovor. Wie auch immer: Es war eine Botschaft überbracht worden. Eine nicht besonders komplizierte, einfach nur *Ich weiß, wo du bist. Jederzeit. Gezeichnet DI*

Moore (im Ruhestand), und ich hatte sie empfangen. Als ich mit dem Constable sprach, blieb ich mit dem Rücken zu meinem Wagen stehen, denn ich konnte es nicht ertragen, ihn brennen zu sehen.

Kapitel 22

Schöne Aussichten

Ich schlug heftig nach der Gestalt, die sich über mich beugte, dann rief jemand: »Dido?«, und ich schaffte es, Phyllis zu erkennen, die rasch einen Schritt zurücktrat. Ein paar Tropfen Kaffee schwappten aus dem Becher, den sie mir hinhielt. Ich ächzte und zog mich in eine sitzende Position.

»Tut mir Leid. Tut mir Leid. Ich glaube, ich hatte einen Alptraum.« Ich versuchte, einen Blick aus dem Fenster zu werfen. Fahler, wolkenloser Himmel. Da draußen schien irgendwo die Sonne. »Wie viel Uhr ist es?«

»Kurz vor acht. Also hast du doch etwas schlafen können.«

Mir kam es wie eine ungeheure Anstrengung vor, mich nicht wieder flach auf den Rücken fallen zu lassen; ich nahm mit zitternden Händen den Becher und wimmerte: »Ich muss wohl ... Mir ist schwindlig.« Dann starrte ich trübe in Richtung des leeren Kinderbettchens.

»Er frühstückt gerade«, beruhigte Phyllis mich. »Du trinkst das jetzt besser und stehst dann auf. Dein Vater hat vor ein paar Minuten angerufen. Er ist auf dem Weg zu dir – und klingt, als wäre er fuchsteufelswild.«

Ich nippte vorsichtig an der dunklen Flüssigkeit, merkte, dass sie zwar heiß, aber ohne jeden Geschmack war, und konstatierte, dass mein Körper schlappzumachen drohte.

»Hast du ihm von letzter Nacht erzählt?«

»Ich dachte, es wäre besser, ihn zu warnen, bevor er hierher kommt. Und die Polizei hat angerufen, um anzukündigen, dass sie ebenfalls auf dem Weg ist.«

Meine Augen, die erneut zuzufallen drohten, gerieten plötzlich wieder unter meine Kontrolle, und der zweite Schluck schmeckte schon mehr nach Kaffee. Dergestalt gewappnet, stellte ich für den Augenblick keine weiteren Forderungen an die breiige Masse, die letzte Nacht mein Gehirn vertreten hatte, sondern bereitete mich auf einen möglichen Tagesbeginn vor.

Ich bewegte meine Beine und entdeckte, dass ich mir am Abend zuvor nicht mehr die Mühe gemacht hatte, vor dem Zubettgehen meine Kleider abzulegen. »Ich nehme wohl besser ein Bad.«

»Du hast nur etwa zwanzig Minuten«, gab Phyllis von der Türschwelle aus zu bedenken. Wir hatten beide gehört, wie ein Löffel auf dem Küchenboden aufschlug, und wussten, dass in Kürze weitere Gegenstände folgen würden. »Soll ich dir etwas zu essen machen?«

Ich dachte darüber nach und hatte den Eindruck, dass ich ein Toastbrot mit Marmelade für den raschen Energieschub schon runterbringen konnte. Dann stellte ich beide Füße flach auf den Bettvorleger und konzentrierte mich darauf, aufzustehen und in Richtung Badezimmer zu gehen.

Barnabas kam als Erster. Ich befand mich gerade mit angehaltenem Atem unter der Wasseroberfläche, als ich hörte, wie die Türglocke einen schrillen Warnton abgab, und als ich meinen mit Shampoo eingeschäumten Kopf zum Abspülen unter die Dusche hielt, war er bereits im Flur und rief durch die geschlossene Badezimmertür: »Ist alles in Ordnung mit dir? Was ist passiert?«

Ich sagte klar und deutlich: »Mir geht es gut.« Mittlerweile stimmte das sogar fast. Es geht doch nichts über ein Vollbad mit warmem Wasser. »Jemand wollte mir gestern Nacht eine Lektion erteilen, das ist alles.«

Mein Vater demonstrierte, dass Phyllis mit der Einschätzung seiner Laune Recht gehabt hatte, und knurrte: »Ich hoffe, er hatte dort Erfolg, wo ich so eindeutig versagt habe.« Doch mitten in diesem Satz ertönte erneut die Türklingel.

Ich sagte: »Das wird die Polizei sein. Könntest du sicherstellen, dass es wirklich die Polizei ist, bevor du sie hereinlässt, und dich dann um sie kümmern, während ich mich anziehe?«

Ich hörte ein Schnauben und sich entfernende Schritte; als ich meinen zweiten Becher Kaffee leerte, der auf einer Ecke der Badewanne balanciert hatte, und dann den Stöpsel zog, hörte ich nicht nur eine, sondern drei vertraute Stimmen auf der Treppe. Ich wischte einen Streifen Erdbeermarmelade von den Krümeln auf dem Teller, der die andere Ecke meiner Wanne eingenommen hatte, leckte mir den Finger ab und langte nach dem Handtuch. Als sich die Inhaber der Stimmen ins Wohnzimmer zurückgezogen hatten, gab ich ihnen einen Augenblick, um es sich bequem zu machen; dann wickelte ich mich ins Badetuch und schlitterte durch den Flur ins Schlafzimmer, wohin sich Ben, Phyllis und Mr Spock schon geflüchtet hatten. Der Tag hatte gerade erst begonnen, und ich konnte bereits absehen, dass er betriebsam, unerfreulich und wahrscheinlich voller gegenseitiger Schuldzuweisungen sein würde.

Ich wusste, dass irgendwo in meinem überfüllten Schrank ein respektabler marineblauer Hosenanzug hing. Wundersamerweise erwies er sich als sauber und praktisch faltenfrei. Ich holte ein Paar blaue Stiefel aus dem Gewirr auf dem Schrankboden, hielt inne, um mein feuchtes Haar etwas aufzuplustern, und erhaschte einen Blick von Phyllis, die geduldig wieder einmal *Goldlöckchen* durchblätterte. Ich zischte: »Diane Lyon ist da draußen.«

Phyllis und Ben blickten mich an. Einer von beiden sagte nachsichtig: »Du siehst sehr gut aus«, und der andere sagte: »Ammam« und lachte. Ich straffte mich und stellte mich den Dingen, die da kommen mochten.

Lyon saß kerzengerade auf dem Holzstuhl vor meinem Schreibtisch und wirkte sogar noch steifer als Barnabas. Ich warf einen prüfenden Blick auf Paul, der zusammengesunken gegen die Sofakissen lehnte. Er hatte Ringe um die Augen, die nahe legten, dass er nicht geschlafen hatte, doch raffte er sich auf und warf mir einen langen Blick zu, der offensichtlich bedeutsam sein sollte und bei mir den verschwommenen Eindruck hinterließ, dass er irgendwas von mir verlangte. Wahrscheinlich, dass ich diskret sein sollte. Möglicherweise bedauerte er es jetzt schon, am Abend zuvor so entgegenkommend gewesen zu sein. Ich ließ mich auf dem zweiten Sessel nieder, von wo aus ich beide Polizeibeamte sehen konnte, und sagte artig, ich hoffte, ich hätte sie nicht zu lange warten lassen.

Inspector Lyon neigte zweideutig ihren Kopf. »Wir sind wegen der Geschehnisse von gestern Nacht hier. Mr Grant meint, sie hätten etwas mit dem Fall zu tun, den wir gerade bearbeiten. Was ist passiert?«

»Nun, ich kam gegen halb zwölf nach Hause …«

»Mit dem Wagen? Zu Fuß? War jemand bei Ihnen?«, unterbrach sie mich scharf.

Ich zuckte zusammen und erklärte, ich sei zu Fuß und allein unterwegs gewesen. Als Reaktion weiterer Unterbrechungen fügte ich hinzu, ich hätte nichts Ungewöhnliches an meinem Wagen bemerkt, der auf der gegenüberliegenden Straßenseite geparkt gewesen wäre, und ich hätte auch niemanden herumlungern sehen, als ich meine Haustür erreichte. Während ich mit ihr sprach, behielt ich Paul im Auge; offensichtlich sagte ich das Richtige, und richtig war es wohl auch, zu verschweigen, dass ich auf dem Rückweg von unserem Treffen gewesen war. Lyon stellte weitere Fragen, und ich erzählte in groben Zügen die Geschehnisse der darauf folgenden halben Stunde, bis ich das Chaos verlassen und mich in meine Wohnung zurückgezogen hatte, mit verschlossenen Türen und Alarmanlage. »Ich glaube, ich sollte jetzt besser etwas wegen des Wagens unternehmen«, schloss ich unbehaglich.

»Er ist gerade weggebracht worden«, sagte Lyon. »Ich habe einen Abschleppwagen von der Polizei geschickt. Es sieht so aus, als wäre es Brandstiftung gewesen, aber wir müssen sehen, ob wir nicht noch etwas finden.«

Ich setzte mich aufrechter hin. »Ich teile meiner Versicherung wohl besser mit, dass es ein Totalschaden ist.«

»Wenn nötig, können Sie sich auf mich beziehen«, sagte sie. »Und jetzt: Können Sie sich erklären, warum das passiert ist? Das heißt, wenn es sich nicht um zufälligen Vandalismus handelte?«

»Wollen Sie damit sagen, es könnte ein Zufall gewesen sein, dass jemand letzte Nacht Feuer an meinen Wagen gelegt und meine Seitenwand abgefackelt hat?«

Barnabas rührte sich plötzlich, so dass wir alle unsere Augen auf ihn hefteten. Er sagte: »Ockhams Rasiermesser. Ökonomieprinzip.« Wir starrten weiterhin auf ihn, bis er ungeduldig erklärte: »Ich beziehe mich auf das wohl allgemein bekannte Prinzip, wonach die einfachste Erklärung aller Wahrscheinlichkeit nach die korrekte ist. ›Ziehe niemals mehr Annahmen heran, als zur Erklärung notwendig sind‹, ist die übliche Übersetzung. Es wurde eine Vielzahl von Versuchen unternommen – über den genauen Grund kann ich nur spekulieren –, meine Tochter und Mrs Digby einzuschüchtern. Die einfachste Erklärung lautet, dass dies der letzte Versuch war.«

Diane Lyon lächelte jetzt fast. »Ich weiß natürlich von den Aktionen der Männer, die sich Moore und Andrew nennen, und von ihrer wahren Identität. DI Grant sagt, dass Sie einige Untersuchungen angestellt haben, Professor, und dass Sie über die Situation im Bilde sind. Aber ich kann mir kein Motiv für die Geschehnisse vorstellen. Haben Sie seit Dienstagmorgen noch etwas von ihnen oder etwaigen Komplizen gehört?«

Komplizen? Ich riss mich zusammen und sagte entschieden: »Wir bekamen Drohanrufe. Die ersten erfolgten in der Wohnung der Digbys. Ich habe die Bänder von ihrem Anrufbeantworter hier – wenn Sie mögen, können Sie sie abhören. Gestern fingen sie dann hier an. Jemand rief uns an, sagte kein Wort und legte kurz danach wieder auf. Das ging ein paar Stunden so. Nach einer Weile haben wir das Telefon ausgestöpselt, seitdem war nichts mehr.«

Lyon nickte nachdenklich. »Sie wissen also von Ihnen, Miss Hoare, und vermutlich haben sie herausgefunden, dass Mrs Digby hier wohnt. Wie haben sie Sie gefunden?«

Ich ordnete meine Gedanken. »Als ich Dienstagmorgen von der Wohnung der Digbys hierher zurückfuhr, hatte ich eine Weile den Eindruck, mir würde ein Wagen folgen; ich habe sogar einen Umweg nach Hause genommen, meinte dann aber, ich hätte mir das Ganze nur eingebildet. Doch jetzt …«

Barnabas drängte: »Ja …?«

Ich beschloss, genau das auszusprechen, was mir gerade in den Sinn gekommen war. »*Sie* wissen, dass Phyllis hier ist, Barnabas. Die Polizei. Ich teilte es Superintendent Colley in Islington mit und Phyllis gab Superintendent Paiges Leuten diese Adresse. Moore war auch bei der Polizei, und selbst wenn er jetzt pensioniert ist, so zeigte er mir doch einen gültigen Ausweis. Wie ist er daran gekommen? Wird er von irgendjemandem bei der Polizei unterstützt?«

»Was noch?«, fragte Paul. Er war aufmerksamer, als er aussah.

Ich warf ihm einen hinterhältigen Blick zu. »Ich habe mich gerade daran erinnert, dass ich Lal Fisher erzählte, ich würde einen Buchladen in Islington besitzen. Ich dachte, sie würde eher hierher kommen und über Frank sprechen, wenn sie wüsste, wer ich bin. Und ich erzählte ihr, dass Phyllis bei mir wohnt.«

Paul und Lyon wechselten einen Blick, dem Barnabas mit der trockenen Bemerkung ein Ende machte: »Es gibt natürlich eine weitere Möglichkeit. Du sagtest doch, du hättest Moore und Andrew – Fisher – deinen Namen genannt. Es wird nicht ganz außerhalb ihrer Möglichkeiten gewesen sein, ein Telefonbuch zu Rate zu ziehen. Wenn sie hier anriefen und Mrs Digby abnahm, dann hätte Moore sofort gewusst, wo sie sich im Moment aufhält. Ökonomieprinzip.«

»Gut«, sagte Lyon scharf. »Sie versuchen, Sie einzuschüchtern. Wenn das der Fall ist, was wollen sie dann? Die Computerdateien? Ich weiß, Miss Hoare, dass Sie diesen Beweis DI Grant übergeben haben. Es ist nur schade, dass Sie das nicht früher getan haben.«

»Übergeben?«, wiederholte Barnabas scharf. »Dido!«

Ich warf ihm einen verdrießlichen Blick zu. »Ich habe ihm Franks Sicherungsdiskette gegeben. Willst du vielleicht sagen, das hätte ich nicht tun sollen?«

Dieses Mal hatte ich ihn erwischt. Überraschung, Verwirrung und komisch anzusehende Enttäuschung jagten über das Gesicht meines Vaters. Er antwortete kalt, natürlich hätte er das nicht gemeint, und wir beließen es dabei. (Jedenfalls so lange, bis ich ihm unter vier Augen erzählen konnte, dass ich Ernies Sicherungsdiskette nicht ebenfalls abgegeben hatte.) Ich verbarg mein Grinsen, indem ich rasch sagte: »Da ist noch etwas. Lal erzählte mir, sie hätte Frank ursprünglich angerufen, damit er ein paar von seinen persönlichen Sachen abhole, die sie für ihn aufbewahrt hatte: Er lieh sich ihren Wagen, um sie wegzuschaffen. Mir scheint, in diesem Punkt hat sie die Wahrheit gesagt. Wichtig jedoch ist, dass sie ständig von ›ihnen‹ sprach – mehreren Kisten, Plural. Frank Digby hat aber nur eine in der Verwood Avenue gelassen; ich weiß, dass Sie sie gefunden haben. Vielleicht sind die anderen das, wonach sie suchen, und sie nehmen an, Phyllis wüsste, wo Frank sie gelassen hat. Ich vermute, es befand sich nichts Derartiges in dem Toyota, als Sie ihn gestern entdeckten? Wissen Sie irgendetwas über diese fehlenden Kisten oder den Ort, an den Frank sie brachte?«

Inspector Lyon antwortete knapp: »Mrs Digby ist wohl im anderen Zimmer« und war schon aufgestanden und auf dem Weg dorthin, bevor ich irgendetwas anderes tun konnte, als mich zu fragen, ob ich einschreiten sollte. Wir drei, die im Wohnzimmer blieben, lauschten ungeniert auf die Stimmen im Schlafzimmer. Ich war mir sicher, bereits zu wissen, was Phyllis sagen würde: nämlich, dass sie auch keine Antworten auf diese Fragen hätte.

»Ich versuche, sie zu überreden, eine Pressekonferenz einzuberufen«, murmelte Paul. »Es ist jetzt ohnehin der richtige Zeitpunkt. Wir können nach Zeugen fragen – ob jemand etwas gestern an deinem Haus sah, ob jemand etwas über eine oder mehrere der fehlenden Kisten weiß, falls es wirklich darum geht. Wenn wir unser Interesse daran publik machen, wird ihnen zumindest aufgehen, dass du und Mrs Digby nur unschuldige Zuschauer seid.« Er sah mich ironisch an.

»Nach der Art und Weise zu urteilen, wie Lal sprach, bin ich ziemlich sicher, dass sie mehr darüber weiß, als sie zugibt.«

Paul nickte und zuckte die Achseln. »Wir müssen sie überzeugen, uns einzuweihen.«

Lyon kam zurück, sie hatte ihre Befragung offensichtlich ohne Erfolg abgebrochen. Sie blieb auf der Türschwelle stehen, sah uns alle prüfend an und konzentrierte sich schließlich auf mich.

»Ich muss weiter. Miss Hoare, gibt es noch irgendetwas, was Sie mir sagen können?«

Ich antwortete, soweit ich wüsste, wäre da nichts mehr. Sie schien das zu akzeptieren und verlagerte ihre Aufmerksamkeit auf Paul. »Ich fahre jetzt mal zum Devonshire Place. Ich denke, ich sollte persönlich mit Mrs Fisher sprechen. Vielleicht hat sie sich heute Morgen schon ein wenig beruhigt. In der Zwischenzeit sollten Sie zum Team fahren, das sich um das Lager kümmert. Sie wissen, wonach wir suchen – erklären Sie es Henderson. Ich werde ihm über Funk durchgeben, er solle vor der großen Schule südlich von Tottenham Hale auf Sie warten. Ich hoffe, es wird nicht zu lange dauern, aber ich möchte, dass Sie die Büros der Firma gründlich durchsuchen und die Lagerräume ebenfalls, wenn Sie das für nötig halten. Anscheinend waren die Kisten dort einige Zeit, bevor sie in die Verwood Avenue geschafft wurden, und vielleicht sind sie jetzt wieder dort. In jedem Fall müssen wir wissen, was sich dort abspielt und ob alles koscher ist.«

Sie durchsuchten das *Black Cat Transportunternehmen* – und das so rasch! –, obwohl ich mir nicht vorstellen konnte, dass Frank irgendetwas freiwillig dorthin zurückgebracht hatte. Ich konnte mir auch nicht vorstellen, warum er vierundzwanzig Stunden gebraucht haben sollte, um seine Sachen an einem Ort unterzubringen, der so nahe und so nahe liegend war, bevor sie ihn aufspürten. Er war den ganzen Montag vermisst gewesen, und es konnte ihn einfach nicht so viel Zeit gekostet haben, ein paar Kisten irgendwo abzustellen, danach ein Flugticket zu kaufen und es mit der Post aufzugeben.

»Was ist mit ihnen?«, fragte Paul.

Ich verstand seine Frage nicht, bis Lyon mich stirnrunzelnd ansah. »Sie haben Recht, wir lassen besser jemanden bei ihnen. Ich werde meinen Fahrer bitten, hochzukommen und sich vorzustellen. Sollte Ihr Brandstifter zurückkehren, ist es besser, wenn er ein Auge auf alles hat. Die Rückseite des Gebäudes ist gesichert? Dann rufe ich in Islington an und bitte sie, mir so schnell wie möglich jemanden rüberzuschicken, um meinen Fahrer abzulösen. Es könnte ein paar …«

Ein Trillern unterbrach sie. Ich blickte mich nach meinem Handy um und bemerkte erst dann, dass das Geräusch von Lyons Apparat herrührte. Sie zog ihn aus ihrer Tasche und klappte ihn auf. »Lyon.« Wir schützten aus Höflichkeit vor, taub zu sein, doch bemerkten wir alle, wie ihr Gesichtsausdruck wechselte. Nach einem Augenblick sagte sie

»Danke« und schaltete das Telefon aus. Als sie Paul anblickte, war ihre Miene ausdruckslos. »Das war die Klinik. Mrs Fisher ist weggegangen.«

Paul sprang auf. »Was ist passiert?«

»Sie scheint in den zehn Minuten Schichtwechsel einfach hinausspaziert zu sein. Hat sich selbst entlassen. Aus dem Staub gemacht. Wie auch immer man es nennen will. Ich fahre rüber, um ein Wörtchen mit dem Beamten zu reden, der sie bewachen sollte, und zu sehen, ob ich etwas von dem Personal dort erfahre. Jetzt schicke ich den Constable herauf.«

Sie war hinaus und die Treppen hinunterstolziert, bevor auch nur einer von uns sich bewegen konnte. Wir hörten, wie ihre Stimme auf der Straße erklang, wie dann eine Tür zugeknallt wurde und ein Motor ansprang. Die Haustür schloss sich leise und dann waren Schritte auf der Treppe. Ein leicht eingeschüchtertes Gesicht spähte um den Türrahmen herum.

Paul sagte: »Dies ist Constable Hart.«

Der Constable drückte sich herein. Er war ein vierschrötiger Mann mit dunklen Augen und dunklen Haaren, der etwas unsicher vom einen zum anderen blickte – unsicher für einen Polizisten, zumindest war das mein Eindruck. Paul sagte: »Sie halten ein Auge auf alles hier, bis Islington jemanden schicken kann. Dann gehen Sie zurück zum Yard, es sei denn, Sie bekommen bis dahin anders lautende Instruktionen von Ihrer Vorgesetzten. Sie gehen nicht, bevor Sie nicht abgelöst werden, auch wenn es den ganzen Tag dauert. Klar?« Er warf mir einen Blick zu. »Ich muss los.«

Der Constable sagte »Sir« und sah sich vorsichtig in meinem Wohnzimmer um, das vor lauter Spielzeug und Büchern zu bersten drohte.

Ich sagte: »Viel Glück« zu Pauls Rücken und wollte noch fragen: »Rufst du mich an, wenn …?«, doch da war er bereits gegangen.

Wir drei, die zurückgeblieben waren, starrten uns an.

Barnabas sagte: »Meine Güte. Klinik? Devonshire Place? Bringt Scotland Yard trauernde, aber verdächtige Witwen immer in der teuersten Privatklinik Londons unter?«

Constable Hart schien sich nicht sicher, ob von ihm die Beantwortung dieser Frage erwartet wurde. Ich lachte. Es war Lal zuzutrauen, dass sie darauf bestanden hatte.

Barnabas schwadronierte weiter: »Ich denke, wir alle würden eine Tasse Kaffee zu schätzen wissen. Ich frage mich, ob …«

»Ich kümmere mich schon darum«, sagte ich, denn es kam mir recht gelegen, ein paar Kaffeebohnen zu mahlen, während ich darauf wartete, dass das Wasser im Kocher zu sieden anfing.

Theoretisch hätte ich mich in dem glücklichen Wissen entspannen können, dass das Aufräumen der Polizei überlassen werden konnte, die sicherlich ein größeres Interesse als ich daran hatte, Moore zu finden – ganz zu schweigen von den beträchtlich größeren Möglichkeiten, dies ohne Gefahr zu tun. Theoretisch hätte ich erleichtert sein sollen. Praktisch wiederholte jedoch eine leise Stimme in meinem Kopf immer wieder: *Nein, das Ganze ergibt keinen Sinn.* Ich blickte auf meine Kaffeebohnen hinunter und entdeckte, dass ich sie zu einem feuchtbraunen Brei zerkleinert hatte. Ich stand immer noch mit der Kaffeemühle in der Hand da, als Phyllis im Türrahmen auftauchte.

»Ben schläft jetzt ein. Was war das? Ist etwas passiert?«

»Lal ist aus dem Sanatorium weg. Es klingt, als wäre sie

vor ihnen geflüchtet. Phyllis – wohin könnte sie gegangen sein?«

Phyllis runzelte die Stirn. »Um das zu sagen, kenne ich sie nicht gut genug. Nach Hause jedenfalls nicht ... Zu einer Freundin vielleicht?«

Das wäre das Nächstliegende gewesen, doch ich hatte da so meine Zweifel. Sie und ihr Mann waren eine lange Zeit nicht in England gewesen, und etwas an Lals Verhalten in dem großen, leeren, rosafarbenen Haus hatte bei mir den Eindruck von einer einsamen, selbstbezogenen Frau hinterlassen. Gab es noch Freunde in England, die ihr nahe genug standen, dass sie sich bei ihnen verstecken konnte? ... Oder Verwandte? In meinem Hinterkopf klingelte es. Ich durchforstete mein Gedächtnis und zog etwas hervor.

»Phyllis, sagte sie nicht, sie hätte einen erwachsenen Sohn?«

»Ja. Ich glaube, er lebt in London.«

Sie hatte Recht. Hampstead. Lal hatte irgendwas von einem »netten Haus in Hampstead« gesagt. Ich blickte Phyllis prüfend an und fragte sie, was daran so amüsant sei.

»Ich hörte, er sei Anwalt«, brach es aus ihr hervor. »Frank sagte immer, das sei doch das Komischste überhaupt ...« Sie hielt inne, wandte sich ab und schwieg. Ich umarmte sie. Der Wasserkocher schaltete sich zum zweiten Mal aus. Ich stellte die Kaffeebohnen endlich in den Kühlschrank, goss Wasser in den Filter und dachte fieberhaft nach.

Kapitel 23

Fischzug

Ich trat würdevoll nach draußen und lauschte, wie die schwere Tür der Klinik sich mit einem teuer klingenden Klicken hinter mir schloss. Von der Treppe aus hatte ich einen guten Blick über den Devonshire Place, und automatisch sah ich mich nach einer Politesse um, die sich meinem kleinen Mietwagen näherte. Dann erinnerte ich mich daran, dass ich auf meiner Parkuhr noch eine Menge Zeit hatte. Ich hatte genug Münzen für einen einstündigen Besuch eingegeben und war nur etwa eine Viertelstunde in der Klinik gewesen, bevor ich an Glaubwürdigkeit verlor.

Weil es schneller ging, hatte ich mir meinen Führerschein, meine Kreditkarte und ein Taxi geschnappt, das mich zum nächsten Autoverleih brachte, und dann einen kleinen roten Fiesta gemietet, um zu dem Privatsanatorium zu gelangen, wo Lal die Nacht verbracht hatte. Dort hatte ich mir Phyllis' Namen geliehen und mich an der Rezeption gemeldet, wo ich mich nach dem Befinden meiner Schwägerin erkundigte. Natürlich hatte die Empfangsdame geleugnet, Lal überhaupt zu kennen, doch ich hatte mich nicht vertreiben lassen. Offensichtlich hatte Diane Lyon nicht die Absicht gehabt, mir Lals Aufenthaltsort zu verraten, aber Barnabas hatte Recht: Der Hinweis war eindeutig gewesen. Als ich höflich, aber unnachgiebig blieb, hatte mich die Empfangsdame in das Büro der Verwaltung gebracht. Und dort hatte es Schwierigkeiten gegeben. Ich hatte verlangt, Lal Fisher zu sehen, doch die Frau hinter dem Schreibtisch hatte nur die Augen zusammengekniffen und sich laut gewundert, warum ich Mrs Elaine Fisher beim falschen Vornamen nannte. »Aber alle nennen sie bei ihrem Spitznamen«, hatte ich rasch protestiert und versucht, eine belustigte Miene aufzusetzen. »Sie hasst den Namen Elaine.« Ich dachte, mich gerettet zu haben, doch offensichtlich kam ich damit nicht durch. Da wusste ich so sicher, als hätte ich sie selbst gesehen, dass Diane Lyon bereits da gewesen war und strikte Instruktionen sowie eine Menge verletzter Gefühle hinterlassen hatte. Ich sagte, ich würde mich wieder melden, und versuchte den Eindruck zu erwecken, ich würde sie persönlich dafür verantwortlich machen, wenn meine Verwandte, ihre abhanden gekommene Patientin, zu Schaden käme. Dann ging ich, bevor jemand die Zeit fand, mich zu überprüfen.

Jetzt dachte ich über die Bemerkung nach, die die Frau in der Verwaltung geäußert hatte, als ich ging: »Wenn Sie Mrs Fisher finden, erinnern Sie sie bitte daran, dass wir immer noch ihre Tasche und ihren Mantel haben?«

Ich stand auf der obersten Treppenstufe, wahrscheinlich genau so wie Lal ein paar Stunden zuvor, und versuchte, mich an ihre Stelle zu versetzen. Vermutlich hatte sie die Gelegenheit genutzt, als ihr Wachposten gerade mal nicht aufpasste, und war ohne Mantel und sogar ohne Handtasche verschwunden, was bedeutete, sie war an einem frostkalten Februarmorgen hilf- und mittellos. Ich blickte auf der Suche nach einer Eingebung nach rechts und links, und tatsächlich bekam ich sie von der Mitte der Straße, wo ein Strom leerer und voller Taxis mir eine Erleuchtung bescherte: Schutz und Transport. Sie würde wohl kaum nach Hause gefahren sein, an einen Tatort, der wahrscheinlich überwacht wurde, und ich war sicherer denn je, dass sie bei ihrem Sohn Zuflucht gesucht hatte. Aber wie macht man einen Anwalt namens Fisher ausfindig, der in Hampstead wohnt – einem großen, dicht besiedelten Stadtteil mit unbestimmten Grenzen –, wenn man noch nicht mal seinen Vornamen weiß?

Doch plötzlich kam mir das Bild eines altmodischen Rasiermessers ungebeten in den Sinn. Genauer gesagt: Ockhams Rasiermesser. *Man könnte zum Beispiel für den Anfang ein Telefonbuch suchen.* Danke, Barnabas.

Ich trabte die Straße hinunter zu meinem Wagen, blickte auf meine Uhr und schob illegalerweise noch ein paar Münzen in die Parkuhr, nachdem ich mich vergewissert hatte, dass niemand zusah. Mein unmittelbares Ziel war das große Hotel am Russell Square, wo ich noch am Montag zuvor glücklich Bücher ge- und verkauft hatte, und ich bezweifelte, dass ich an einem Wochentag einen günstiger gelegenen Parkplatz würde finden können.

Die Bar des Hotels ist ein wundervoller Raum mit viel Holz, Leder, Spiegeln, Topfpflanzen und Kronleuchtern – die Nachahmung eines altmodischen Clubs mit Kellnern, die ein entsprechendes Gebaren kultivieren. Dort habe ich bereits viele glückliche Stunden mit meinen Buchhändlerkollegen verbracht, und zwar in unterschiedlichen Stadien der Trunkenheit. Innerhalb von fünfzehn Minuten saß ich bequem in einem Ledersessel an einem Tisch, auf dem sich ein doppelter Wodka, eine kleine Flasche Tonic und zwei Telefonbücher befanden. Stärkung und Recherchematerial. Ich kramte Stift und Notizbuch hervor und fing an, nach den Fishers zu suchen.

Das normale Telefonbuch verzeichnete acht Fishers mit unterschiedlichen Initialen, die im Postleitbereich Hampstead lebten, und fünf weitere, die nahe genug wohnten, um noch behaupten zu können, sie lebten in Hampstead. Ich zog die vier ab, die in Wohnungen wohnten. Ich hatte den Eindruck, Lals Satz vom »netten Haus« schlösse Wohnungen aus. Vom Rest schrieb ich die Initialen, die Adressen und die Telefonnummern heraus; wenn der junge Mr Fisher eine Geheimnummer hatte, musste ich mich geschlagen geben, doch wenn nicht … Eine Suchaktion unter den Anwälten im Branchenverzeichnis enthüllte, dass kein »Fisher« in Hampstead praktizierte und es auch keine Kanzlei unter diesem Namen in ganz London gab. Das überraschte mich nicht sonderlich: Mit dreißig arbeitete er wahrscheinlich in einer großen Kanzlei und war noch nicht notwendigerweise ein Partner. Ich nahm einen Schluck Wodka, zog mein Handy hervor und wählte »B. Fisher« ganz oben auf meiner Liste an. Es klingelte zweimal, dann wurde abgenommen. Ich öffnete schon den Mund, doch da sagte eine dünne, alte Stimme: *»Dies ist der Anschluss von Bernard Fisher. Leider kann ich zurzeit nicht ans Telefon …«* Ich unterbrach die Verbindung, ohne eine Nachricht zu hinterlassen, strich die Nummer von meiner Liste und versuchte die nächste, bei der ein Au-pair-Mädchen antwortete, dessen Englisch mit osteuropäischem Akzent gerade gut genug war, um mir mitzuteilen, dass ihr Arbeitgeber ein Restaurant betrieb, das »serr gutt, in Golders Green« war. Bis dahin hatte ich mir eine Ausrede zurecht gelegt. Allerdings hatte ich mich beim sechsten Anruf schon mit dem Gedanken vertraut gemacht, dass ich vielleicht nach einer Geheimnummer suchte.

Bei der Nummer von T. J. Fisher meldete sich eine Frauenstimme und ich spulte mein frisch ausgedachtes Sprüchlein ab. »Es tut mir schrecklich Leid, Sie zu Hause zu belästigen«, sagte ich (aufrichtig), »aber Mr Fisher bat mich, ihn dort wegen einer dringenden rechtlichen Angelegenheit anzurufen, die er für uns bearbeitet, nur sollte ich schon vor ein paar Stunden anrufen. Jetzt ist er nicht mehr da, oder? Könnten Sie mir dann vielleicht die Nummer seiner Kanzlei geben?«

»Null, eins, sieben, eins …«, begann die Stimme prompt und klang nur leicht überrascht.

Ich sagte: »Verzeihung, einen Augenblick.« Dann holte ich tief Luft und plapperte: »Verzeihung, mein Stift scheint nicht zu funktionieren. Ich habe jetzt einen anderen. Könnten Sie es noch mal wiederholen?« Ich schrieb für alle Fälle die Nummer, die sie mir nannte, in den Freiraum neben »T. J.«, dankte ihr und unterbrach die Verbindung. Die Straße, in der die Fishers wohnten, lag, soweit ich mich erinnerte, irgendwo am Westrand vom Heath, zwischen dem Zentrum und der Finchley Road. Mein Stadtplan war zusammen mit meinem Wagen in Rauch aufgegangen, aber ich konnte mir am Zeitungsstand in der Lobby einen neuen besorgen. Ich schenkte dem Kellner, der in meiner Nähe herumlungerte, mein schönstes Lächeln und zwei Pfund Trinkgeld und ließ meinen Wodka stehen.

Kapitel 24

Eine Gelegenheit

Die Adresse, nach der ich suchte, lag irgendwo in der Carrington Close, einer kurzen Sackgasse, die an einem Eisenzaun am Rand vom Heath endete. Ich überprüfte das Schild, bog nach links und zögerte in der Mitte der leeren Straßen. Die meisten Häuser vor mir waren dreistöckige, spätviktorianische Villen aus gelbem Backstein, die hinter dicken Steinmauern verschanzt waren. Ich legte ungeschickt und mit einem weiteren Stich der Trauer um meinen eingeäscherten Citroën den Gang ein und fuhr weiter.

Nach der Hälfte der Strecke sah ich auf der rechten Seite eine unerwartete Ansammlung von Nachkriegshäusern, die kleiner waren als die alten Villen und im einfachen, zeitgenössischen Stil gebaut waren, mit weiß gestrichenen Backsteinen und versiegeltem Holz, versehen mit Panoramafenstern und Doppelgaragen an der Seite. Ich fuhr langsam daran vorbei und entdeckte die Hausnummer der Fishers in der Mitte der Häusergruppe. Am Eisengitter wendete ich rasch und fuhr zurück.

Lal hatte Recht gehabt: Es waren nette Häuser. Vielleicht ein bisschen zu gleichförmig für meinen Geschmack, aber nett. Ein kleines rotes Auto stand vor der blau gestrichenen Haustür der Fishers. Es schien zu alt, um in diese teure Straße zu gehören, doch vielleicht war der junge Anwalt in einem eigenen, vermutlich respektableren Fahrzeug zur Arbeit gefahren und hatte den kleinen Fiat für seine Frau erworben, die mit mir am Telefon gesprochen hatte. Das hieß, sie war noch da, denn Bewohner solcher Straßen gehen normalerweise nicht zu Fuß einkaufen. Da der Wagen in der Auffahrt wartete, war Mrs Fisher wahrscheinlich gerade im Aufbruch begriffen. Ich musste mich also entscheiden, ob ich sie abfangen und nach Neuigkeiten von Lal fragen oder ob ich warten sollte, bis sie verschwand, und dann versuchte, zu Lal zu gelangen, solange sie allein war. Wenn sie überhaupt da war. Ich erinnerte mich daran, dass alles ja reine Spekulation war.

Ich war noch unschlüssig, als die Haustür aufging. Auf der Schwelle erschien ein dünnes, dunkelhaariges Mädchen in einem langen schwarzen Mantel. Während ich sie beobachtete, blieb sie im Eingang stehen und drehte sich halb zurück. Sprach sie zu jemandem im Haus? Sie schlug die Tür zu und ging zum Wagen. Ich rührte mich nicht, während sie sich anschnallte und auf die Straße zurücksetzte. Rasch fuhr sie davon.

Je länger ich darüber nachdachte, desto sicherer war ich, dass sie stehen geblieben war, um noch etwas zu sagen, als sie die Tür hinter sich zuzog. Außerdem hatte sie das Tor der leeren Garage weit offen gelassen. Das wäre riskant gewesen, wenn niemand sich im Haus befunden hätte, selbst wenn sie nur für ein paar Zigaretten die Straße hinuntergefahren war und vorhatte, rasch zurückzukommen.

Ich setzte mich besser in Bewegung.

Zum zweiten Mal wollte ich meine Tür öffnen, hielt jedoch abrupt wieder inne. Jemand tauchte am Rand meines Blickfelds auf. Mit einer großen Tasche. Der Postbote. Ich beobachtete, wie er das erste der modernen Häuser erreichte, den Eingangsweg hinaufging, verschwand, wieder auftauchte, über den Rasen abkürzte und über die niedrige

Hecke stieg, um dann zum nächsten Eingangsweg zu gelangen. Weder Lal noch ich wünschten einen Zeugen: Ich würde warten. Nun kürzte er über die Einfahrt vor der Garage der Fishers ab, schob etwas durch ihren Briefschlitz und zögerte dann. Er hatte noch etwas, etwas – das größer war als ein Umschlag – in seiner Hand und der Briefschlitz war dafür zu klein. Er langte nach der Türglocke, dann bückte er sich und legte ein Paket auf die Schwelle, bevor er sich entfernte. Ich wandte meine Aufmerksamkeit von ihm ab und konzentrierte mich auf etwas anderes. Die Front des Hauses war unterbrochen von der Haustür, welche von mehreren kleinen Fenstern und einem großen Panoramafenster mit zu öffnenden Seitenflügeln flankiert war. Eine geschlossene Jalousie versperrte den Blick über die gesamte Länge des Panoramafensters, doch konnte ich zwischen Scheibe und Jalousie eine Flasche Spülmittel sehen, welche nahe legte, dass der Raum hinter der Jalousie die Küche war. Ich starrte noch darauf, als die Jalousie sich bewegte. Ich hielt den Atem an. Kurz darauf öffnete sich die Haustür einen Spalt. Eine Hand glitt heraus. Das Paket verschwand. Die Tür knallte zu.

Ich ließ den Wagen unverschlossen zurück und ging rasch die Einfahrt hinauf. Die einzige Schwierigkeit, die nun drohte, war ein Nachbar, der mich herumschleichen sah. Am helllichten Tag verursacht so etwas in einer Straße wie dieser Probleme. Ich straffte meine Schultern. Redlichkeit. Zuversicht. Die Ölflecken, die ich auf dem Boden der leeren Garage bemerkte, bestätigten mir, dass normalerweise zwei Wagen dort abgestellt wurden. Ich hoffte, eine kleine Innentür zum Haus hinein zu entdecken, doch soweit ich das beurteilen konnte, ohne stehen zu bleiben, hatte ich diesbezüglich kein Glück, und ich wollte keine

Zeit verschwenden. Jeden Moment konnte ein Wagen zurückkehren.

Die Haustür lag in unmittelbarer Nähe der Garage, direkt neben einem kleinen Rauchglasfenster, hinter dem sich vermutlich eine Gästetoilette oder eine Garderobe befand. Ich trippelte zur Tür und berührte kurz die Klingel. Für etwaige Beobachter würde das so aussehen, als hätte ich geläutet. Ich tat so, als wartete ich darauf, dass die Tür geöffnet wurde, während ich meine nächsten Schritte plante. Angenommen, es war Lal gewesen, die einen Blick riskiert hatte, so konnte sie mich jeden Augenblick bemerken, und ich hatte keine Ahnung, was sie tun würde. Ich gab noch einmal vor zu läuten und blickte genauer auf den linken Abschnitt des großen Fensters. Seltsam: Entweder hatte sich der Rahmen verzogen, oder dieser Abschnitt war einen Spalt geöffnet. Beiläufig wandte ich der Haustür den Rücken zu und mimte Zögern. Ich ging zwei harmlose Schritte vorwärts, so dass ich die Fensterreihen der beiden großen viktorianischen Häuser gegenüber taxieren konnte. Wenn dort überhaupt jemand zu Hause war, sah er jedenfalls nicht aus dem Fenster.

Manchmal, wenn man auf sein Glück vertraut, zögert man besser nicht. Immer noch in dem Versuch, so zu wirken, als hätte ich jedes Recht, auch noch das Verrückteste zu tun, schritt ich die Mauer entlang. Ich hatte richtig vermutet, das Seitenfenster war geöffnet. Ich schob meine Finger durch den Spalt, zog daran und entdeckte die Strebe, die das Fenster festhielt. Als ich meine Hand dagegendrückte, war ich fast überrascht, dass etwas sich bewegte. Ich drückte weiter. Ein metallisches Scheppern ließ mich zusammenzucken, aber ich gab nicht nach. *Was wird sie tun – die Polizei rufen und dich verhaften lassen?* Ein großer

Blumenkübel, einer von zweien mit Christrosen gefüllten, die ihre beste Zeit hinter sich hatten, diente mir als Trittbrett. Ich stieß das Fenster weit auf, legte widerstrebend mein Knie mit der sauberen marineblauen Hose auf das Fenstersims und stieß mit dem Kopf voran unter die Jalousie vor.

Ich landete mit meinen Händen in einem Spülbecken voll schmutzigem Geschirr.

Lal stand in der Küchentür und beobachtete mein Tun. Wir starrten uns an. Dann trat sie auf mich zu, packte einen der Küchenstühle an der Lehne und schwang ihn über den Boden.

Sie sagte: »Herrgott, Dido, Sie sind schon ein komisches Mädchen. Kommen Sie von dem Spülbecken runter und lassen Sie uns das Fenster schließen. Hören Sie, haben Sie Geld bei sich? Ich brauche ein paar hundert – geliehen. Ich muss aus London verschwinden.«

Kapitel 25

Immer noch im Spiel

Während ich auf dem ungemachten Bett im Gästezimmer saß und mit einem Handtuch so viel Spülwasser wie möglich aus den Ärmeln meiner Jacke tupfte, beobachtete ich Lals Gesicht, das im Spiegel des Frisiertisches zu sehen war.

Die Jalousien vor diesem Fenster waren ebenfalls geschlossen, und Lal hatte das Licht angeschaltet und sich vor den Spiegel gesetzt, um ihr Make-up aufzufrischen und ihr Haar in raffinierte Locken zu legen. Ich hatte zugesehen, wie sie die kleine Bürste kritisch musterte, bevor sie sie benutzte, und wie sie das Etikett einer Flüssiggrundierung las, bevor sie einen amüsierten Seufzer ausstieß. Ihre Miene verriet, dass all diese Dinge geliehen waren und gerade mal für den Notfall ausreichten, doch nicht ihr persönlicher Standard waren. Aber ihre Bewegungen waren forsch.

»Wie haben Sie mich gefunden?«, fragte sie plötzlich. »Hat Phyll –? Nein, ich glaube, sie weiß nichts von Jim und Rebecca.«

Ich erklärte ihr kurz, wie ich zufällig von ihrer Flucht aus der Klinik erfahren hatte, und gab auch die Nachricht über ihren Mantel und ihre Handtasche weiter. Sie zuckte die Achseln. Dann erklärte ich ihr genau, aufgrund welcher Schlussfolgerungen ich sie gefunden hatte.

Sie beobachtete mich ebenfalls im Spiegel. »Aber Sie haben es doch niemandem erzählt?« Ich schüttelte den Kopf. Sie legte die Bürste hin und fragte, immer noch mit abgewandtem Gesicht: »Warum nicht?«

Ich konnte ihren Gesichtsausdruck nicht deuten. Sie hatte Recht: Warum nicht? Ich spürte einen Hauch Gereiztheit. »Das Einzige, was mich interessiert, ist, dafür zu sorgen, dass es Phyllis gut geht. Weil ich nicht genau weiß, wem ich trauen kann. Weil ich dachte, Sie würden eher mit mir als mit der Polizei sprechen, und ich glaube, es gibt einiges, was Sie wissen und was ich begreifen möchte. Gut, Sie haben Recht, ich hätte mir wahrscheinlich eine Menge Ärger erspart, wenn ich meinen Freund beim CID nicht angerufen hätte – aber ich glaube, er ist in Ordnung, auch wenn ich mir über die anderen nicht ganz so im Klaren bin. Weil ...« Wahrscheinlich waren das schon ausreichende Gründe, doch ich fügte noch hinzu: »Weil einer der Ermittlungsbeamten mir erzählte, Sie hätten möglicherweise einen Killer angeheuert, um Ihren Mann zu töten. Hat Andy Sie geschlagen?«

Diese Frage brachte sie dazu, mir ihr Gesicht zuzuwenden. »Andy! Meine Güte, Dido, Andy war ein *anständiger* Mann!« Ihre Miene war nicht freundlich.

Ich starrte zurück und fragte: »Wer war es dann?«

»Wovon sprechen Sie?«

Ich lehnte mich zurück, stützte meine Hände auf und versuchte, gebieterisch zu wirken: »Ich fragte, wer Sie geschlagen hat, wenn es nicht Andy war. Doch nicht Frank?«

»Was zum ...?«

Ich unterbrach sie: »In der Klinik sagte man der Polizei, Sie wären geschlagen worden. Und ich selbst habe die blauen Flecken auf Ihren Handgelenken bemerkt, als ich gestern in Ihrem Haus war.« Sie zog den Ärmel ihres Bademantels über die gelblichen Flecken, die schon fast verblasst waren, doch damit ließ ich sie nicht davonkommen. »Wer war es? Wenn es nicht Andy war, war es dann Frank?«

Sie widmete sich wieder ihrem Haar und fauchte: »Mein Gott, Dido! Sagten Sie nicht, Sie hätten Frank kennen gelernt?«

Ich hielt den Mund, damit die Atmosphäre sich ein wenig abkühlen konnte. Lal nutzte die Zeit, eine Haarsträhne über ihrer rechten Schläfe in eine Locke zu legen. Nach einer Weile sagte sie: »Nein, es war jemand, den Sie bestimmt nicht kennen lernen möchten.«

»Ein Freund von Andy? Ein Mann namens Moore? Der Polizist im Ruhestand – war er es?«

Sie wirbelte auf ihrem Stuhl herum und dieses Mal war ihr Blick misstrauisch. »Woher kennen Sie Doug Moore?«

Ich erzählte ihr die Wahrheit: die Geschichte, wie ihr anständiger Mann und der korrupte Cop gemeinsam aufgetaucht waren, um die Wohnung der Digbys zu durchsuchen. In der Mitte meiner Erzählung wandte sie sich wieder dem Spiegel zu, so dass ich sicherheitshalber auch noch vom Feuer letzte Nacht erzählte. Als ich geendet hatte, war es so still im Zimmer, dass ich hörte, wie der große Zeiger auf der Quarzuhr vorrückte.

Schließlich seufzte Lal. »Dido, ich sagte doch, ich müsste von hier verschwinden. Werden Sie mir helfen?«

Ich tat so, als würde ich darüber nachdenken. »Verraten Sie mir nur zwei Dinge: erstens, warum Sie Frank letzte Woche anriefen. Was wollten Sie wirklich? Warum war es so dringend? Und dann sagen Sie mir, was Moore sucht.«

»Dido, Phyll und Sie wollen das gar nicht wissen.«

Ich explodierte. »Lal, Frank wurde ermordet – falls Sie

das vergessen haben. Phyll wurde bedroht. Die Polizei rennt herum und fragt sich, was eigentlich los ist und wer von ihren eigenen Leuten damit zu tun hat. Und in meiner Wohnung befindet sich genau in diesem Moment ein Aufpasser von der Polizei, weil ich von irgendeiner Kanaille eine Brandbombe verpasst bekam!« Meine Stimme wurde lauter, und es war leichter, weiterzureden, als aufzuhören. »Mein Geschäft geht vor die Hunde, ich habe Angst um mein Baby und meinen Vater, der ein alter Mann ist, und außerdem mache ich mir auch wegen Phyllis und mir Sorgen ...« Ich fing an zu schreien, also zwang ich mich, ein-, zweimal tief Luft zu holen.

Lals starre Miene zerbröckelte zu etwas, das fast aussah wie ein Grinsen. Dann stand sie auf und ließ den Bademantel zu Boden gleiten. Sie trug nur ihre Unterwäsche und ich konnte einen weiteren der großen gelblichen Flecken auf ihrer linken Schulter sehen. Aus einem nahezu leeren Schrank nahm sie einen Kleiderbügel mit dem blauen Kostüm, das sie bereits am Vortag getragen hatte. Innerhalb von etwa drei Sekunden stand sie vollständig angezogen vor mir.

»Jetzt wollen wir mal sehen, ob wir das irgendwie geklärt kriegen. Überlasst nur alles den Frauen, was? Aber Sie müssen mir helfen, zu verschwinden. Denn erstens kann mich auch ein anderer finden, wenn Sie mich gefunden haben. Und zweitens möchte ich die Kinder nicht da reinziehen.« Sie hielt plötzlich inne und schüttelte den Kopf. »Nicht nur einfach so. Wissen Sie, dass mein Sohn Anwalt ist? Das Ganze ist schon komisch; es stört ihn, dass ich hier aufgetaucht bin. Nun, natürlich ist er wirklich fassungslos wegen seines Vaters. Aber er sagt auch, ich wäre dumm, ich müsste der Polizei bei ihren Ermittlungen helfen – alles klar? Das ist es, was er an meiner Stelle tun würde. Es ist schon seltsam. Als Jim noch klein war, bekam er jedes Mal, wenn er was angestellt hatte, von Andy eine Tracht Prügel. Andy wollte, dass Jim anständig würde, und ich schätze, jetzt ist er es ... es ist zu spät, die Dinge noch zu ändern.« Sie verzog ihr Gesicht. »Komisch, nicht wahr? Also ist es für uns alle besser, ich verschwinde, bevor es rauskommt.«

»Wohin können Sie gehen?«

»Ich habe da schon etwas im Kopf.«

Ich fragte unverblümt: »Wer hat Ihren Mann umgebracht? War es Moore?«

»Nein! Sie wissen ja, Doug ist ein Dreckskerl, aber die meiste Zeit verstanden er und Andy sich gut. Andy kennt Doug Moore schon eine lange Zeit. Gut, ich war nicht gerade begeistert, als er im letzten Sommer in Marbella auftauchte und die beiden ihre Rückkehr planten, aber das ging vorbei. Hat die Polizei behauptet, es sei Doug gewesen?«

Ich versuchte mich zu erinnern und schüttelte den Kopf. »Zwar ist der Täter von einer Ihrer Kameras aufgenommen worden, aber sein Gesicht ist nicht zu erkennen. Mein Freund sagt, er sähe nicht aus wie Moore, aber sicher weiß man es nicht. Erzählen Sie mir vom letzten Sommer. Sie sagten, Moore ›tauchte auf‹? Wo? Warum?«

»Dido, es wäre besser, wir verschwänden sofort, denn wenn Sie mich gefunden haben, wird mich auch jemand anderer finden, jemand von der Polizei oder jemand noch Schlimmeres. Ich habe Rebecca dazu gebracht, zum Geldautomaten zu fahren und mir fünfzig Pfund zu besorgen, aber wenn Sie mir aushelfen können, warte ich gar nicht auf ihre Rückkehr. Wir sprechen jetzt besser mit Phyll und davor erzähle ich Ihnen auch noch etwas. Aber nicht sofort. Können wir jetzt gehen?«

Das klang gut. Ich ließ das Handtuch aufs Bett fallen und folgte ihr aus dem Zimmer. Selbst mit ihren Stilettos war sie im Flur und auf der Treppe schneller als ich. Neben der Haustür befand sich ein großer, begehbarer Schrank. Lal tauchte hinein und kam mit einem beigefarbenen Regenmantel wieder heraus, der über den Hüften etwas spannte, als sie ihn zuknöpfte. Sie zog einen schwarz-weiß gepunkteten Schal aus dem Ärmel und band ihn sich um den Kopf, um ihre blonden Locken zu verdecken.

»Ich gehe zuerst raus.« Ich hielt inne, weil mir bewusst wurde, dass Lal mich mit ihrer Angst vor einer drohenden Gefahr angesteckt zu haben schien – wahrscheinlich nicht das Schlechteste. »Wenn die Luft rein ist, winke ich Ihnen zu, und Sie kommen raus. Aber wenn ich jemanden herumstrolchen sehe, gehe ich direkt zum Wagen und fahre weg, und Sie bleiben besser im Haus und verschließen die Türen. Okay? Wenn die Polizei auftaucht, verhalten Sie sich still, bis sie wieder verschwindet, und ich hole Sie ab, sobald sie fort ist. Wenn es jemand anderer ist, parke ich den Wagen unten an der Ecke und … warten Sie … ich weiß schon, rufe die Polizei an und sage – dieses Haus ist die Nummer 63, nicht wahr? Ich sage, es würde sich eine verdächtige Person im Garten nebenan herumtreiben. Das sollte unverzüglich einen Streifenwagen hierher bringen. Und sobald hier alles wieder ruhig ist, hole ich Sie ab. Alles klar?«

»Kristallklar«, antwortete Lal prompt.

Aber eine Minute später saßen wir beide sicher hinter verschlossenen Türen in dem roten Wagen und fuhren gemächlich zum Stoppschild an der Ecke. Offenbar waren wir immer noch im Spiel. Die Straße hinter uns zeigte keine Spur von einem Lebewesen, außer einer uralten Dame, die mit einem winzigen weißen Hund den Bürgersteig entlangwackelte.

Lal sagte nachdenklich: »Ich hätte eine Nachricht hinterlassen sollen, dass mit mir alles in Ordnung ist. Ich rufe besser an und spreche aufs Band, dass ich bei einer Freundin bin und wieder anrufen werde. Ich möchte nicht, dass das arme kleine Ding sich Sorgen um mich macht.«

Ich reichte ihr mein Handy, fuhr ein wenig langsamer und bog in die Finchley Road ein.

»Dann mal los. Danach rufe ich Phyllis an und frage, ob sie sich mit uns treffen kann. Ich habe schon eine Idee, wo Sie bleiben können.«

Lal hörte auf, die Knöpfe meines Handys zu drücken, und fragte misstrauisch: »Und wo soll das sein?«

»Was ist mit Phyllis' Wohnung? Es gibt keinen Grund, dort nach Ihnen zu suchen. Wenn Sie nur daran denken, nicht ans Telefon oder an die Tür zu gehen, werden Sie dort sicher sein.«

Sie zuckte die Achseln. Ich beschloss, dies als Zustimmung zu werten, wartete, bis sie ihre Nachricht hinterlassen hatte, und übernahm dann wieder mein Handy. Wir gerieten gerade in das Einbahnstraßensystem am Swiss Cottage und krochen durch eine Ampelfolge. Ich fuhr am Fuß des Hügels so gerade noch durch Grün und fädelte mich auf die Abbiegerspur ein, die nach Osten führte.

Dann gab ich mir einen Ruck: »Und jetzt – können wir bitte ganz von vorne anfangen? Lal, wissen Sie etwas über den Hatton-Carriers-Goldraub?«

Lal schüttelte langsam den Kopf. Ich war nicht sicher, ob dies Ungläubigkeit oder Resignation bedeutete. Sie sagte nur: »Zum Teufel, Dido, Sie sind schon ein komisches, kleines Ding.«

Ich biss die Zähne zusammen, kämpfte gegen die Versuchung, meinen Fahrgast an der nächsten Polizeiwache abzuliefern, und fuhr auf der Suche nach Verstärkung weiter.

Kapitel 26

Wo wir sind

Ich parkte den Fiesta auf einer gelben Linie, bevor wir zur Chalk Farm gingen.

»Wo sind wir hier?«, fragte Lal.

Ich erklärte: »Ich werde von hier aus anrufen. Ich möchte, dass Phyllis rauskommt und zu uns stößt, ohne dass jemand merkt, was da vor sich geht.« Das konnte schwierig werden, war vermutlich aber sicherer, so lange zumindest, bis jemand Lal davon überzeugte, sich in Schutzhaft zu begeben; und im Moment wusste ich noch nicht mal, ob das auch richtig war. Ich fügte rasch hinzu: »Ich möchte, dass Sie mit meinem Vater sprechen. Er weiß eine Menge über den Goldraub, und ich glaube, er würde Ihnen gerne ein paar Fragen dazu stellen.« Oder zumindest wäre er ernsthaft enttäuscht, wenn er nicht die Möglichkeit dazu bekäme.

»Ist er Polizeibeamter?«, fragte Lal beiläufig und blickte mich aus dem Augenwinkel an.

»Emeritierter Englischprofessor von der Universität in Oxford«, antwortete ich kurz.

Lal blinzelte, gab aber keinen Kommentar von sich. Ich rief in der Wohnung an.

Phyllis ging ans Telefon und zischte: »Wo bist du?«

»Bist du allein oder steht der Polizist neben dir?«

»Nein, der ist im Badezimmer. Warte – er wäscht sich die Hände.«

»Schsch.« Ich senkte die Stimme. »Gut, dann hör jetzt einfach zu. Können du und Barnabas die Wohnung verlassen und zu deiner Wohnung kommen, um euch mit uns zu treffen? Ich werde in fünfzehn, zwanzig Minuten dort sein, und ich habe jemanden bei mir, der mit euch sprechen möchte. Bring deine Schlüssel mit; du wirst vor dem Haus einen roten Ford Fiesta parken sehen.«

»Das lässt sich einrichten«, sagte Phyllis nach kurzem Zögern, »aber du rufst besser selbst unten im Laden an. Dein Vater ist dort. Er sagte so etwas wie, jemand müsste sich ja um das Geschäft kümmern, und ging vor einer halben Stunde hinunter. Ernie ist auch gerade gekommen.«

Ich unterbrach das Gespräch und wählte die Nummer des Ladens. Beim zweiten Klingelzeichen wurde abgenommen und eine affektierte Stimme verkündete: »Dido Hoare, antiquarische Bücher und Drucke. Hier spricht Ernie Weekes. Wie kann ich Ihnen helfen?«

»Ich bin's. Alles in Ordnung?«, brachte ich hervor.

Die Stimme änderte den Tonfall und wurde erkennbar. »Hey, Dido! Bist du okay? Der Professor hat mir erzählt, was letzte Nacht passiert ist. Ich wollte, ich wäre hier gewesen! Hör mal, möchtest du, dass ich für ein paar Tage hier einziehe? Ich weiß, du hast den Bullen oben, aber auf die Bullen kann man sich nicht verlassen, und du weißt ja, dass ich dich nicht hängen lassen würde.«

Ich ertappte mich dabei, wie ich ernsthaft über sein Angebot nachdachte. »Ernie, ich möchte nicht, dass du deine Seminare versäumst, wenn du so kurz vor den Prüfungen stehst, aber wenn du zumindest bleiben könntest, bis wir die Möglichkeit hatten, alles durchzusprechen, wäre das schon gut. Kannst du mir Barnabas geben?«

»Der ist weg«, verkündete Ernie. »Aber er hat eine

Nachricht für dich hinterlassen. Ich soll dir ausrichten, er ist zum *Guardian* gegangen, um mit einem Typen zu sprechen, der Polizeikorruption untersucht. Er sagt, dieser Typ wüsste, was beim Prozess passiert ist. Hast du das? Er hat wieder ein Taxi genommen. Er sagt, er wäre *asap* zurück.«

Ich dachte darüber nach, sobald ich herausgefunden hatte, was »asap« bedeutete. Gut. Irgendwo musste es ein paar Antworten geben, wenn nicht in den Akten, dann in einigen Köpfen, und ich hatte immer noch keine Ahnung, wie viel Lal wusste. Und noch weniger, wie viel sie davon zu erzählen bereit war. »Wenn er vor mir zurückkommt«, sagte ich, »richte ihm aus, dass ich ebenfalls mit jemandem spreche, der darüber Bescheid weiß und bald zurück sein dürfte. Ernie … Ich nehme nicht an, dass wir irgendwelche Kunden hatten?«

»Diese Dame, die am unteren Straßenende wohnt und immer reinkommt, um Lesefutter zu kaufen«, antwortete Ernie. »Zwei Pfund. Wir haben uns unterhalten. Sie sagt, deine Bücher würden zu teuer.« Diese Neuigkeit fand ich außerordentlich erschütternd, denn soweit ich mich erinnern konnte, hatte Mrs Acker in den fünf, sechs Jahren, in denen sie zu mir kam, nie so viel mit mir gesprochen. Ich konzentrierte mich wieder auf Ernie, der immer noch sprach: »Dido, ich habe an der Diskette gearbeitet, die wir gezogen haben. Wir brauchen immer noch das Passwort, und ich habe überall auf der Diskette nachgesehen und kann es nicht finden. Ich schätze, ich sollte jetzt vielleicht damit aufhören und ein paar Pakete packen?«

Ich hatte gute Lust, dramatisch zu schreien, riss mich aber zusammen, denn schließlich … Dann klickte etwas. Ich blickte hinüber zu Lal, die offenkundig zuhörte, und sagte zu ihr: »Können Sie sich vorstellen, welches Wort oder welche Zahl Frank als Passwort für seinen Computer benutzt haben könnte? Vielleicht etwas Wichtiges und Privates für Sie beide aus Ihrer Kindheit?«

Lal starrte mich an. »Darüber weiß ich nichts.«

Aber ich zählte bereits Buchstaben. Sechs. Das würde passen. Ich sagte zu Ernie: »Versuch es mit ›Elaine‹. E-L-A-I-N-E.« Dann unterbrach ich die Verbindung, weil ich allmählich genug hatte von Frank Digbys kleinen Spielchen.

Ich brauchte mehr als dreißig Minuten, um an der Stelle vor dem Wohnblock zu landen, die ich langsam als meinen persönlichen Parkplatz betrachtete; doch von Phyllis war keine Spur zu sehen, weder auf der Straße noch an einem Fenster oben in der Wohnung. Ich lehnte mich zurück und versuchte, mir keine Sorgen zu machen. Als ich zu Lal hinüberblickte, sah ich, dass sie ihre Augen geschlossen hatte.

»Alles in Ordnung?«

Sie zuckte die Achseln. »Ich könnte eine Tasse Tee vertragen. Was glauben Sie, wie lange …?«

Doch da war etwas im Rückspiegel zu erkennen, fünfzig Meter hinter dem Wagen, und ich sah, wie Phyllis und der Kinderwagen um die Ecke bogen. Ben zappelte in heftigem Protest, weil er nicht selber laufen durfte, und Phyllis ging langsamer und überblickte die Straße vor sich. Ich wartete, bis ich sehen konnte, dass niemand ihnen folgte, und stieg dann aus, um ihr dabei zu helfen, den Kinderwagen zusammenzuklappen und in den Kofferraum zu stecken. Sie setzten sich auf die Rückbank, Ben auf Phyllis Schoß, was mich daran erinnerte, dass eines der siebzig dringenden Dinge, die meiner harrten, der Kauf eines neuen Kindersitzes war, ganz zu schweigen von dem eines neuen Wagens, in den der Sitz passte.

Phyllis brach unbeholfen das Schweigen. »Tja, Lal, es tut mir Leid. Ist alles in Ordnung mit dir? Kann ich irgendwas für dich tun?« Ihre Stimme klang gekünstelt.

Ich blickte eine Sekunde zur Seite und sah, dass die rot lackierten Fingernägel wieder und wieder über den geliehenen Mantel strichen. Lal murmelte etwas. Dann hob sie ihre Stimme und sagte: »Ich weiß nicht, Phyll. Ich muss dich fragen – glaubst du, Andy hatte irgendwas mit ... mit dem Mord an Frankie zu tun?«

Ich hielt den Atem an. Im Rückspiegel konnte ich Phyllis' Gesicht sehen. Sie dachte ernsthaft über die Frage nach. Nach einer Weile sagte sie: »Das habe ich mich auch gefragt. Andy war einer der Männer, die Dienstagmorgen zu uns in die Wohnung kamen; also meine ich, er muss auch einer von ihnen in der Nacht zuvor gewesen sein. Wenn das der Fall ist, muss er auch über Frank Bescheid gewusst haben, und möglicherweise hatte er etwas damit zu tun. Aber dann denke ich: Ist es nicht wahrscheinlicher, dass derselbe Täter beide umbrachte? Ich verstehe es nicht.«

Lal gab ein ersticktes Schnauben von sich. »Da sind wir schon zwei. Andy, Frankie – sie waren Kumpel, die ganze Kindheit hindurch. Ich kann mir nicht vorstellen, dass sie sich so zerstritten haben, nicht in diesem Ausmaß. Nein, das schlucke ich nicht.«

»Was ist mit dem anderen?«, fragte Phyllis heiser. »Mit Moore?«

Lal steckte eine Hand unter ihren Sicherheitsgurt, als müsste sie sich davon abhalten, herumzufuchteln. »Dieser Dreckskerl! Ich würde sagen ›ja‹. Gut, Dido, Sie haben gefragt: Ja, er war derjenige, der mich verprügelt hat. Aber Andy und er hatten eine lange Zeit geschäftlich miteinander zu tun. Und wenn Sie es wissen wollen: Nein, ich habe es Andy nicht erzählt.«

Ich fragte: »Warum?« und hielt wieder den Atem an.

»Warum er mich verprügelt hat? Oder warum ich es Andy nicht erzählt habe?«

Ich beobachtete ihr Gesicht, als ich antwortete: »Beides.«

Ihre Lippen wurden schmal. »Ich sagte ihm, ich wüsste nicht, wohin Frankie gegangen wäre, und da verlor er die Beherrschung. Und ich habe es Andy nicht erzählt, weil ich Angst vor dem hatte, was Andy tun würde. Doug – ich würde durchaus sagen, dass er der Typ ist, ein armes Schwein umzubringen, das ihm im Weg ist; er kann sich nur schwer beherrschen. Aber es war ja auch so, dass Andy sich all dem nicht einfach entziehen konnte …« Ihre Stimme wurde leiser, bis sie schließlich verstummte.

Phyllis fragte: »Was sollen wir tun?«

Jetzt war ich an der Reihe. »Hast du deine Schlüssel mitgebracht? Lässt du Lal für ein, zwei Tage in deiner Wohnung übernachten?«

»Wenn sie das möchte«, erwiderte Phyllis rasch. »Wenn du möchtest, Lal. Aber warum? Lange kannst du dich hier nicht verstecken. Die Wohnung ist ein Chaos und es gibt auch nicht viel zu essen oder so. Früher oder später wirst du mit der Polizei sprechen müssen. Außerdem gehört die Wohnung ihnen. Sie werden mich da raus haben wollen.«

»Nur ein, zwei Tage«, bat Lal. »Ich brauche etwas Frieden, um mir über Verschiedenes klar zu werden, und da kann ich niemanden brauchen, der mir ständig Fragen stellt. Ich möchte in aller Ruhe über ein paar Dinge nachdenken, also mache ich auch nicht viel Unordnung.«

»Genau wie ich«, sagte ich bitter, denn plötzlich fiel mir wieder ein, dass ich vergessen hatte, die Versicherungsgesellschaft anzurufen, was wahrscheinlich die einundsiebzigste wichtige Sache ergab. »Und genau wie Phyllis. Können wir uns nicht zusammensetzen und zumindest versuchen, alles durchzusprechen? Lal, Sie *müssen* auf eine Menge Fragen Antworten wissen.«

Lal sagte aufgebracht: »Also gut! Ich werde euch beiden erzählen, was ich weiß, aber das ist nicht viel. Außerdem ist jetzt niemand mehr da, dem es schaden könnte, wenn alles rauskommt, oder? Aber Sie müssen mir helfen, Dido. Ich sagte ja schon – ich habe keinen Penny. Ich muss mir etwas Bargeld leihen. Denn bis wir wissen, was eigentlich vor sich geht und uns darüber Klarheit verschafft haben, bin ich immer noch der Meinung, man sollte besser davor fliehen und London verlassen. Wenn Sie also nicht durch irgendein Fenster in mein Haus steigen können, damit ich an meine Sachen komme, müssen Sie mir etwas Geld besorgen.«

Phyllis sagte plötzlich: »Frank hatte Geld. Das geht schon in Ordnung. Was meinst du mit ›durch irgendein Fenster steigen‹?«

Lal antwortete: »Das werde ich dir erzählen. Hab kaum meinen Augen getraut. Hört mal, wir machen uns besser unsichtbar. Okay?«

Kapitel 27

Lals Geschichte

Phyllis öffnete die Tür und schob sie auf. Die Luft in der Wohnung war kalt und abgestanden, und Lal erschauerte, als sie sich im dunklen Flur umblickte. Sie sagte entschuldigend: »Mir ist im Moment ständig kalt. Wisst ihr, wenn alles vorbei ist, gehe ich zurück nach Spanien. Ich habe dort Freunde. Wir spielen dort zweimal die Woche Bridge. Ich habe schon daran gedacht, Golfunterricht zu nehmen. Und sogar richtig Spanisch zu lernen. Mich wirklich niederzulassen. Das Haus in der Verwood Avenue hat mir nie richtig gefallen. Die Nachbarn sprechen nicht miteinander, versteht ihr, was ich meine? Vielleicht fliege ich direkt zurück nach Marbella.«

Ohne Kommentar ging Phyllis zur Wand hinüber und drehte den Thermostat auf.

Wir versammelten uns in der Küche, wo ein tropfender Wasserhahn und der summende Kühlschrank etwas Leben vortäuschten. Lal und ich setzten uns an den kleinen Tisch, während Phyllis den Kessel aufsetzte und Ben beschloss herauszufinden, was sich in den Schränken verbarg. Seltsam – alle schienen zufrieden, und doch war ich erfüllt von einem Gefühl der Dringlichkeit. Irgendeiner musste etwas in Bewegung bringen, bevor noch jemand zu Schaden kam.

Ich riss mich zusammen. »Lal, wir müssen genau wissen, warum Sie Frank angerufen und ihn um Hilfe gebeten haben. Ist es wahr, was Sie mir über die Kisten erzählten? Ich habe eine gesehen, diejenige, die ich doch wohl finden sollte, als wir gestern oben in Ihrem Haus waren – was war in den anderen?«

Noch einmal sagte Lal: »Also gut. Es ist nur besser, ich erzähle erst einmal von dem Goldraub, wenn Sie schon fragen. Ja – dort fing es an, dort gingen zuerst die Dinge schief. Ja, Andy war darin verwickelt, alle waren es: die Freunde, die Familie ... nur Frankie nicht. Frankie wollte nichts damit zu tun haben. Ich weiß noch, dass er sagte, wir würden damit Neuland betreten, und die Eingeborenen dort seien gefährlich. Aber Jimmy wollte mitmachen. Unser Dad, meine ich, nach dem mein Jim benannt wurde, denn Jimmy war ein alter Mann, und er wollte einen letzten, großen Coup und dann zur Abwechslung mal etwas Ruhe. Und die anderen wollten mitmachen, weil es eine einmalige Chance war. Also führten sie eines Nachts den Coup durch, und alles klappte, und falls Sie denken, ich würde hier von vergrabenem Gold oder so sprechen, kann ich Ihnen sagen, dass die Beute aus England raus und auf dem Weg nach Spanien war, bevor man auch nur den Panzerwagen fand, den sie sich geschnappt hatten.«

Ich sagte: »Warten Sie eine Minute: War es das, was das *Black Cat Transportunternehmen* eigentlich machte – gestohlene Waren außer Landes schmuggeln?«

Lal warf mir einen seltsamen Blick zu. »Nun«, gab sie zu, »es war jedenfalls nicht das erste Mal. Dann geschah zwar ein Missgeschick beim Zoll an der spanischen Grenze, aber ich schätze, jemand wurde geschmiert. Von Spanien aus ging es mit dem Flugzeug weiter nach Indien. Die Pakis sind verrückt nach Gold.« Ich hielt den Mund und wartete. »Bezahlt wurde dafür in der Schweiz, und zwar mit so genannten ›Inhaberschuldverschreibungen‹ – das ist so gut wie Bargeld –, und Frankie flog rüber nach Genf, um sie zu holen. Alles klar? Er hatte sich ausgedacht, dass er das Ganze rüberbringen würde zu einem Ort auf den Westindischen Inseln, den Namen habe ich vergessen, dass er einen so genannten ›Trust‹ gründen würde, und jeder von ihnen würde dann bezahlt werden, viermal im Jahr, wie bei einer Pension oder so, genug Kohle jedenfalls für den Rest unseres Lebens. Ich habe nicht alles verstanden, aber Frankie erzählte uns, sie hätten nicht die geringste Chance, herauszufinden, was wirklich passiert war, und wenn doch, könnten sie das Geld nicht in die Hände kriegen, weil das Gesetz dort anders ist als hier.«

Ich verstand halbwegs, wovon sie sprach. »Und was ging schief?«

»Einer von ihnen, Vinnie White, hörte, dass das Überfallkommando hinter ihnen her war. Vinnie sagte, jemand hätte gesungen. Er dachte, es wäre Doug gewesen, aber später, als Frankie verhaftet wurde und dann so billig davonkam, änderte Vinnie seine Meinung. Wir waren damals gerade eine Weile in Spanien und kamen einfach nicht zurück – Pete tauchte eines Tages auf, Pete White, und sagte, es sei besser, nichts zu riskieren. Die anderen verschwanden direkt danach, und als Frankie mit den Schuldverschreibungen aus der Schweiz zurückkam, war er auf sich allein gestellt. Oh – da war noch ein armes Schwein, ein Cousin, der festsaß, weil seine alte Dame krank war, und Frankie und er wurden geschnappt. Frankie sah, was ablief, also packte er das Zeug zusammen mit ein paar alten Unterlagen vom Club, dem *Black Cat*, in einige Kisten und lagerte sie in Andys Depot. Es waren einige Bilanzen von unserem alten Club in Soho und ein großer Umschlag mit den Schuldverschreibungen. Frank verstaute alles zusammen bei unseren Möbeln, die wir eingelagert hatten, für den Fall, dass wir zurückkämen; bevor er Andy davon erzählte, wurde er verhaftet. Und das war es.«

»Sie meinen, die Schuldverschreibungen blieben in England?«

»Nun, das wussten wir nicht«, sagte Lal scharf. »Sehen Sie, es gab niemanden, dem Frank es hätte sagen können, denn irgendjemand hatte sie schon verpfiffen; und alle waren fleißig damit beschäftigt, nach Spanien oder Südamerika zu fliehen, wo man sie nicht herausholen konnte; denn kaum wären sie in England aufgetaucht, hätte man sie geschnappt. Also saßen sie fest.«

Phyllis erschien mit Teekanne, Tassen und einer Tüte Milch am Tisch und ignorierte das Geschepper ihrer Töpfe, als Ben beschloss nachzusehen, wofür sie gut waren. Sie sah abgespannt aus. Ich versuchte, gleichzeitig sie, Lal und Ben im Auge zu behalten, und sagte: »So weit, so klar. Mehr oder weniger das, was mein Vater aus den Zeitungsartikeln herausgefiltert hat. Also mussten nur zwei von ihnen vor Gericht, und der Prozess war von Anfang an ein Fehlschlag, weil einige Beweismittel abhanden kamen, und Frank erhielt eine kurze Haftstrafe und wurde nach ein paar Monaten wieder entlassen.«

Lal sah Phyllis unbehaglich an. »Einige meinten, Frankie sei der Verräter gewesen, deshalb sei er so schnell wieder rausgekommen. Entweder deswegen oder weil er sich mit den Schuldverschreibungen freigekauft hätte. Aber Andy sagte immer: ›Frankie? Nie im Leben.‹ Wenn er ihnen die Schuldverschreibungen gegeben hätte, hätte er zehn Prozent Belohnung bekommen, meinte Andy, und wahrscheinlich hätten die Anwälte für ihn ausgehandelt, dass er noch nicht mal vor Gericht musste.«

Phyllis sagte harsch: »Er bekam vierhundert im Monat Rente, dazu die Erwerbsunfähigkeitsrente und diese Wohnung hier. Mehr war da nie.«

Lal blickte sie wieder an und sagte: »Das weiß ich doch, Mädchen; warte eine Minute, ich bin gleich fertig.«

Ben hatte die Tür vom Schrank unter der Spüle aufbekommen und fing an, ein paar Flaschen mit Reinigungsmitteln zu untersuchen. Phyllis und ich setzten uns in Bewegung, aber Lal stürzte sich auf ihn, hob ihn aus dem Chaos und setzte sich mit ihm, der verwirrt und hochrot im Gesicht war, wieder hin.

Ich kreuzte unter dem Tisch meine Finger und fragte: »Was geschah im letzten Herbst? Warum beschlossen Sie plötzlich, nach Hause zu kommen? Und wie erfuhren Sie von dem Zeug, das Frank im Lager untergebracht hatte, wenn Andy es nicht wusste?«

Lal sah mich an, als wäre ich ein bisschen langsam. »Frankie erzählte mir davon, als ich zu ihrer Hochzeit kam. Er sagte, es sei besser, außer ihm wüsste noch jemand, wo es sei, falls ihm etwas passierte.«

»Und Sie verschwiegen es Andy?«

»Ich wollte es ihm sagen«, sagte Lal nach sekundenlangem Zögern, »doch dann wurde mir klar, wohin das führen würde. Es gab niemanden, dem Andy so weit vertraute, dass er für ihn die Schuldverschreibungen hätte holen können. Aber wenn er sie hätte holen wollen, hätten sie ihn geschnappt. Die Kisten waren sicher genug untergebracht, bis Frankie rauskam. Das war meine Auffassung. Wir ließen es besser, wie es war. Frankie war einverstanden: Es sei das Beste, wenn ich den Mund hielte. Nur hatte Andy langsam die Nase voll. Er sagte, Marbella sei mittlerweile voll von Idioten, es hatte ihm dort nie besonders gefallen, und das

Geschäft – Timesharing – lief auch unter dem spanischen Management. Andy sagte ständig, er wolle zurück.«

»Und dann?«, hakte Phyllis nach, als hätten wir uns abgesprochen, einander abzuwechseln.

»Dann fand man Pete tot in seinem Swimmingpool. Er wohnte ganz in unserer Nähe. Es hieß, er sei ertrunken, aber Andy fragte nach, und dann hörte er von der spanischen Polizei, jemand hätte ihn unter Wasser gedrückt. Direkt danach tauchte Doug aus Palma auf und sagte, er hätte kein Geld mehr und wollte seinen Anteil von Frankie. Er fragte Andy, ob er mit ihm zurückginge. Er brauchte ihn nicht erst großartig zu überzeugen. Denn alle Welt sprach über dieses neue Gesetz – jetzt konnte man auch in Spanien verhaftet werden, es war nicht mehr wie in alten Zeiten. Aber Doug behauptete, der Wirbel hätte sich gelegt und es gäbe ohnehin keine Beweise mehr gegen Andy. Die Beweise, die sie für den Prozess zusammengestellt hätten, wären weg. Es war Doug, dem die Beweise ›abhanden gekommen‹ waren, wisst ihr? Er schaffte sie aus der Wache, bevor danach geschickt wurde – deshalb war der Prozess gegen Frankie und Barry ein Fehlschlag.«

Ich war nicht überrascht, aber eine Frage hatte ich doch noch: »Moore war derjenige, der die Beweise für den Prozess stahl? Aber warum?«

Lal schnaubte. »Er fuhr einen der Streifenwagen, die den Panzerwagen begleiteten, aber niemand sah, dass er in dieser Nacht nichts unternahm, und die Polizei konnte ihm nichts beweisen, also versuchten sie einfach, ihn loszuwerden. Und wir sind vor ein paar Monaten zurückgekommen.«

In meinem Kopf fing sich allmählich alles an zu drehen. Eines war klar: Wenn Lal sich einmal entschloss, auszupacken, war sie ihr Geld wert. Es hatte den Anschein, als würde sie die Geheimnisse eines ganzen Lebens verraten. Ich hatte Mühe, die Informationen zu verarbeiten. »Warten Sie. Moore kam wegen der Schuldverschreibungen nach England zurück?«

Lal nickte.

»Warum sollte er einen Anteil von der Beute gekommen? Glauben Sie nicht, dass Frank sich geweigert hätte?«

Ich dachte, jetzt hätte ich den Knackpunkt erwischt, doch Lal zuckte die Achseln. »So weit kam es gar nicht. Doug konnte Frankie nicht finden. Frankie verschwand von der Bildfläche, als er aus dem Gefängnis kam.«

»Aber du wusstest doch, wo er war«, wandte Phyllis leise ein.

»Aber Doug Moore wusste nicht, dass ich es wusste. Außerdem wusste ich es nicht wirklich, weil ich mir von Frankie nur die Telefonnummer, nicht die Adresse geben ließ. Mir war klar, dass es sonst gefährlich werden würde. Andy war bekannt, dass ich Kontakt zu Frankie hatte, aber das sagte er Doug nicht. Doch Doug meinte, ich müsste doch wissen, wo mein Bruder sei, und er ließ mir keine Ruhe.«

»Und am Ende versuchte er, es aus Ihnen herauszuprügeln?« Lal blickte mich schweigend an, aber ich hatte immer noch nicht den letzten Rest an Information, den ich brauchte, um das Ganze sinnvoll zusammenzufügen. Ich war wirklich langsam. »Warum bekam Moore einen Anteil? Weil er die Beweise beiseite geschafft hatte?«

Lal schien die Frage komisch zu finden. »Doug hatte seit Jahren mit unseren Leuten zu tun. Er war korrupt bis ins Mark. Außerdem war der Goldraub *seine* Idee. Er musste eine Weile ihre Transporte bewachen und so hat er alles ausgearbeitet: wie er die Route des nächsten Transports herausfinden und an uns verraten konnte, wie er uns Bescheid sagen konnte, bevor sie aufbrachen, wo wir sie schnappen konnten. Doug besorgte sogar ein paar Extramänner, um uns zu helfen, ein paar Kumpel von ihm, und er beschaffte ihnen die Waffen. Wussten Sie das nicht?«

Jetzt wusste ich es.

Ben fing an zu zappeln und ließ sich zu Boden gleiten. Er sah aus, als würde er meditieren. Ich kannte diesen Blick und fragte mich, ob ich ihn nicht besser nach Hause brächte.

»Wo ist er – Moore? Haben Sie eine Adresse?«

Ich wusste, dass Lal mir auswich, als sie die Achseln zuckte. »Er wohnt bei einem Kumpel. Warum? Es wäre besser, ihn nicht zu finden.«

Möglicherweise ging ihr auf, was ich davon hielt, denn als ich sagte, im Gegenteil, ich wolle ihn finden oder hätte ihn gerne gefunden, bevor er sich entschlösse, noch mehr von mir zu verbrennen, wurde sie tiefrot. Ich fügte sicherheitshalber hinzu, dass Andy sich geirrt hätte, wenn er ihn nicht für gefährlich hielt. Ich stellte mir ein kleines Paket mit Inhaberschuldverschreibungen vor, die ein paar Millionen wert waren, und fragte mich, wo sie nun sein mochten und was ein Mann wie Moore tun würde, um so viel Geld in die Hand zu bekommen. Wie viele Menschen würde er dafür umbringen?

Phyllis war es dann, die noch einmal auf die letzte Frage zurückkam. »Als du Frank letzte Woche angerufen hast, was wolltest du da?«

Lal sah sie an. »Phyll, ich hatte Angst. Doug setzte mir zu, und als ich sagte, ich wüsste nicht, wo Frankie sei, da hat er … du weißt schon. Und ich wagte nicht, es Andy zu erzählen, denn er war nicht mehr der Jüngste, und ich wusste, wenn einer bei einem Streit verletzt würde, dann Andy, nicht Doug. Also bat ich Frankie, zu kommen und seine Sachen abzuholen, denn sie waren im Haus, waren mit unseren Möbeln im November zuvor hergeschafft worden, und früher oder später würden Doug oder Andy sie entdecken, und dann wäre die Hölle los, weil ihnen dann klar würde, dass ich es gewusst hatte. Vielleicht habe ich nicht genug nachgedacht, aber ich wollte einfach, dass Frankie sie wegschaffte. Doch dann, am letzten Sonntag, kurz nachdem Frankie auftauchte, platzte Andy herein. Frankie behauptete, er wollte mich nur besuchen, und dann gingen sie einen trinken und kamen singend zurück, und Frankie sagte, er würde über Nacht bleiben, vielleicht hätte er am nächsten Morgen die Möglichkeit, sie wegzuschaffen; und dann, als Andy nach dem Frühstück zum Lager aufbrach, lieh ich Frankie mein Auto, und wir schafften die Sachen weg, so, wie ich es sagte. Er ließ die letzte Kiste zurück, das war nur altes Zeug aus der Vergangenheit, er konnte nicht alles auf einmal wegschaffen, und er fand auch die Kisten mit den Beweisen, die Doug vor dem Prozess beiseite geschafft hatte – sagte, er wüsste nicht, wie das Zeug hierher gekommen sei, aber da war es. Ich schätze, es war Doug. Es hatte nichts mit Frankie zu tun, aber er sagte, es sei besser, das Zeug loszuwerden, bevor Andy oder ich damit in Verbindung gebracht würden. Frankie war stinksauer, als er das Zeug dort entdeckte. Aber die Schuldverschreibungen waren noch da, wohin er sie gepackt hatte, unter den Büchern vom alten Club. Wir beluden meinen Wagen, und Frankie sagte, er würde in ein paar Stunden zurück sein. Und zu diesem Zeitpunkt sah ich ihn das letzte Mal.«

Ihre Stimme verlor sich in der Stille, und dann weinte sie

wieder auf diese lautlose, erstarrte Weise, die ich schon einmal an ihr beobachtet hatte. Vielleicht hatte sie gelernt, so zu weinen, damit niemand es bemerkte.

Mein Handy unterbrach die Stille. Ich ging dran.

»Dido?« Es war Barnabas, der besorgt klang.

Ich bestätigte meine Identität.

»Dido – Phyllis und Ben sind nicht hier …«

»Das ist schon in Ordnung«, versicherte ich. »Wir sind alle auf dem Weg nach Hause. Stimmt was nicht?«

»Nicht, wenn du auf dem Weg bist«, sagte mein Vater. »Mehr wollte ich gar nicht.« Ich konnte mir den seltsamen Unterton in seiner Stimme nicht erklären. »Ich bin unten. Wenn du nach Hause kommst, mach einen Umweg über den Laden.«

»In fünf Minuten«, sagte ich, weil ich dachte, sofortige Zustimmung würde uns auf lange Sicht Zeit ersparen.

Phyllis sagte: »Ich zeige Lal nur, wo sie saubere Bettwäsche finden kann, dann gehe ich zu Fuß zurück – wenn du Ben ohne mich nach Hause fahren kannst.«

Ich erwiderte, ich würde ihn im Kinderwagen festschnallen und den auf den Rücksitz klemmen. Es war ja nicht weit. »Du kommst klar?«

Natürlich würde sie das, sagte sie.

Kapitel 28

Falsche Fährte

Ich parkte illegal auf der Straßenseite gegenüber, lud Ben aus, holte noch rasch den schwarz-weißen Schal, den ich auf dem Boden vor dem Beifahrersitzt bemerkt hatte, wo Lal ihn wohl hatte fallen gelassen, und ging dann auf mein Haus zu. Als ich im Vorbeigehen durch das Schaufenster des Ladens blickte, entdeckte ich Ernie, der aufgeregt im Hinterzimmer herumlief. Es war nur ein kurzer Blick, den ich durch die Verbindungstür erhaschte, doch ganz gewiss war etwas geschehen. Wir machten einen Umweg, um der Sache nachzugehen.

»Wer oder was«, begrüßte mich Barnabas unerwarteterweise vom Computerstuhl aus, »ist ›Elaine‹?«

»Lal Fishers echter Name. Hat es funktioniert?«

»Fantastisch«, frohlockte Ernie.

Barnabas löste seine Aufmerksamkeit vom Monitor, lehnte sich zurück und studierte mein Gesicht. »Also hast du sie gefunden? Oder hast du nur geraten?« Er bemerkte, dass ich zögerte. »Was? Was?«

Ich wich seiner Frage mit der altbewährten Methode aus, eine Gegenfrage zu stellen. »Ernie sagte, du seist ausgegangen. Dieser Mann beim *Guardian* – hast du etwas Nützliches von ihm erfahren? Und was steht in den verschlüsselten Dateien?«

»Wir haben gerade erst angefangen«, gestand mein Vater ein, »aber bis dato haben wir eine Reihe von Bilanzen aus den Jahren 1958 bis 1991, dann Listen mit Zahlungen, Geldquellen und Empfängern, inklusive einiger sehr fantasievoller Zahlungsmethoden. Der verstorbene Mr Digby ist offensichtlich der Verfasser dieser Dateien; Ernie versichert, dass es ›saubere‹ Bilanzen sind, korrekt aufgesetzt. Es sind Bilanzen vom *Black Cat Transportunternehmen*, von einer Timesharing-Organisation in Südspanien und von anderen kleinen Geschäften hier und da. Es gibt interessante Aufzeichnungen von Zahlungen an eine Person namens ›M‹ – Mr Moore, nehme ich an – zwischen 1984 und 1991, die Miss Lyon möglicherweise erhellend, wenn nicht gar überraschend finden wird. Aber ich hatte gerade genug Zeit, Ernie mit dieser Fülle von Informationen vorzufinden und konnte sie kaum studieren. Wenn wir die Details vorübergehend aufschieben können, dann – was hast du denn mit Mrs Fisher angestellt?«

Ich blickte ihn scharf an und sagte: »Sie ging von der Klinik zum Haus ihres Sohnes in Hampstead und ich konnte sie dort aufstöbern. Sie traut der Polizei nicht. Die Leute von Frank und Andy haben die Polizei immer in die Tasche gesteckt, und sie befürchtet, dass Moore sie mit Hilfe seiner Kontakte findet. Sie hat Angst vor ihm.« Als ich sicher war, seine ungeteilte Aufmerksamkeit zu haben, warf ich, für ihn deutlich sichtbar, einen Blick auf Ernie. Es war unfair von uns, ihn mit hineinzuziehen, wenn wir Lals gegenwärtigen Aufenthaltsort vor Diane Lyon verbargen, auch wenn ich es vor mir selbst vertreten konnte.

Barnabas nickte leicht. »Sie wird gute Gründe dafür haben. Ich muss dir sagen, dass der junge Mann von der Zeitung seine sehr speziellen Ansichten über die ganze Sache hat. Für ihn ist es vor allem eine skandalöse Geschichte von Inkompetenz und himmelschreiender Korruption bei der

Metropolitan Police, die seit mehreren Jahrzehnten von den oberen Rängen dort ignoriert, vertuscht und geleugnet werden. Er hat mir erzählt, dass sie erst kürzlich einen neuen Versuch unternommen haben, um ... rieche ich da etwas?«

Ich sagte: »Ich sollte Bens Windeln wechseln, aber ich muss auch mit dir sprechen. Ist unser Polizist noch oben?«

»Dort gibt es recht wenig Privatsphäre«, gab Barnabas zu. »Sollte ich jemals eine kriminelle Laufbahn einschlagen, würde dies in großzügigeren Räumlichkeiten stattfinden, mit der Polizei angenehm weit ab vom Schuss. Ich nehme an, du möchtest etwas vorschlagen?«

Ich erklärte ihm, dass mir im Moment auch nichts anderes einfiele, als mein Kind zu baden, zu füttern und dann abzuwarten, ob es ein Nickerchen machen wolle. Barnabas zögerte und überließ die Akten Ernie. »Vielleicht«, schlug er vor, »könnte Mrs Digby später übernehmen ...?«

Ich antwortete, sie würde bald zurückkommen; so könne er noch eine Weile die Gegenwart seines Enkels genießen, bis ihre Ankunft uns ermöglichte, einen kleinen Spaziergang zu unternehmen. Etwas Besseres fiel mir im Augenblick nicht ein.

Oben auf dem Sofa, verborgen hinter den Sportseiten des *Evening Standard*, hatte es sich ein anderer Uniformierter bequem gemacht. Als wir drei erschienen, sprang er, leicht aus der Fassung gebracht, ruckartig auf und sagte: »PC Peters, Mrs Hoare. Ich hoffe, ich bin Ihnen nicht im Weg?«

Ich gab höfliche Geräusche von mir, die nichts zu seiner Aufklärung über meinen Familienstand beitrugen, erfuhr, dass er bis zu seiner Ablösung um sechs Uhr bei uns bleiben würde, und bat ihn, ruhig weiterzulesen. Dann zogen

Barnabas, Ben und ich uns ins Badezimmer zurück und schlossen die Tür. Barnabas setzte sich auf den Wannenrand und versank in private Überlegungen. Ben und ich taten, was notwendig war.

»Der nächste Schritt«, sagte Barnabas plötzlich, »ist der, dass wir die Informationen, die wir aus verschiedenen Quellen haben, zusammenfügen. Namen, Daten und Fakten, die wir von dir, Mrs Digby, mir und den neuen Computerdateien wissen, sollten wir vergleichen und zu Listen zusammenstellen.«

Ich war nicht gerade begeistert. Vielleicht hatte ich die ganze Angelegenheit langsam satt. Vielleicht war ich zu sehr unter Druck, um noch genug Geduld für die speziellen Untersuchungsmethoden meines Vaters aufzubringen. Ben und ich machten uns daran, unsere Hände zu säubern, und ich entgegnete leicht gereizt, dass wir meiner Meinung nach auch ohne all das ein ganz gutes Bild von der Angelegenheit hätten. Die verschlüsselten Dateien lieferten uns Fakten und Zahlen und würden vermutlich eine Grundlage für Doug Moores Strafverfolgung bieten, falls und wenn sie ihn schnappten. »Es ist Diane Lyons Aufgabe, Moore aufzuspüren. Aus dem, was Lal sagt, geht klar hervor, dass er ein brutaler Kerl ist. Er war hinter den Schuldverschreibungen her, die Frank versteckt hatte. Er ermordete Frank, um sie zu bekommen.«

»Also glaubst du, er hat sie jetzt?«, fragte Barnabas langsam.

Ich antwortete forsch, dass er und Andy sie höchstwahrscheinlich Frank weggenommen und sich dann über die Beute gestritten hätten. Dass es mir völlig egal sei, wer wem was vor zehn Jahren angetan hätte. Dass dies die Aufgabe der Polizei sei. Dann kam mir ein Gedanke. »Warum sagst du das eigentlich nicht zu mir? Normalerweise beschwerst du dich doch immer darüber, dass ich mich nicht um meine eigenen Angelegenheiten kümmere.«

»Da liegst du aber *ziemlich* falsch«, erwiderte Barnabas knapp; dann änderte sich sein Gesichtsausdruck, und ich wusste, dass es ihm Leid tat, überhaupt etwas gesagt zu haben. Aber er brauchte gar nicht mehr weiterzusprechen, denn ich hatte schon ein unbehagliches Gefühl bekommen, als ich noch redete. Wenn Moore die Schuldverschreibungen wirklich in Händen hielt, nachdem er zwei Menschen dafür umgebracht hatte, warum war er immer noch in London und legte Feuer an meinen Wagen, wenn er doch schon längst mit der Beute nach – wovon hatte Lal gesprochen? Palma? – geflohen sein sollte? Widerwillig akzeptierte ich die Fakten: Ich befand mich, was Moore betraf, in einer geistigen Sackgasse und konnte offensichtlich nicht mehr klar denken. Vielleicht musste ich unbedingt an meine Version glauben, weil sie so bequem endete.

Die Türklingel ertönte, ich überließ Ben der Aufsicht meines Vaters und ging zur Treppe, wo ich auf Peters stieß, der aus der anderen Richtung kam. Es war jedoch nur Phyllis. Ich stellte die beiden einander vor, nahm sie dann beim Arm und verfrachtete sie in die Küche, wo Barnabas Ben auf seinem Hochstuhl festschnallte und sich laut fragte, ob wohl etwas Essbares im Haus sei.

Ich schloss die Küchentür und lehnte mich dagegen, um dann zu zischen: »Ist alles in Ordnung mit ihr? Hat sie noch etwas gesagt?«

Barnabas blickte uns nacheinander an. Er sagte: »Wo?«

Phyllis flüsterte: »In unserer … meiner Wohnung. Es geht ihr gut. Ich sagte, ich würde ihr etwas Geld bringen. Sie meint immer noch, sie könnte einfach verschwinden, wenn sie müsste. Ich glaube nicht, dass sie dort lange allein bleiben wird. Ich weiß nicht, ob wir sie gehen lassen sollten, Dido.«

Ich war nicht der Meinung, dass wir sie würden aufhalten können. Wir konnten sie schließlich nicht auf einem Stuhl festschnallen. Ich fragte mich mit leisem Unbehagen, was Diane Lyon wohl im Moment machte und ob die Durchsuchung des Lagers irgendetwas ergeben hatte. Wenn wir Lal versichern konnten, dass Moore in Haft war …

Ich musste telefonieren und sagte das auch.

Phyllis nickte. »Wenn du möchtest, suche ich in der Zwischenzeit etwas für Bens Mittagessen zusammen.«

»Dann gehe ich runter. Ich gebe Ernie zehn Minuten frei, damit er mal rausgehen kann; auch er muss hungrig sein. Er nimmt auch besser etwas Geld mit … Vielleicht muss ich noch zur Bank.«

»Ich glaube, wir haben genug Bargeld im Haus«, sagte Phyllis trocken. Sie hatte Wasser aufgesetzt; jetzt glitt sie aus der Küche und kam mit einem kleinen Bündel Banknoten aus dem Schlafzimmer zurück, Franks Reserve für Notfälle. Ich akzeptierte ein paar Scheine und steuerte schon die Treppe an, da klingelte das Telefon im Wohnzimmer. Als ich den Hörer abnahm, sagte eine vertraute Stimme schroff: »Dido?«

Ich kämpfte mit dem Eindruck, dass schon wieder etwas schief gegangen war. »Paul, ich wollte dich gerade anrufen. Habt ihr etwas gefunden?«

»Das erzähle ich dir ein anderes Mal. Hör mal, mir wurde gerade gesagt, dass ihr Mrs Fisher bei euch habt. Stimmt das?«

»Nein, natürlich nicht. Was meinst du mit ›mir wurde gesagt‹? Wer sagt so etwas?«

»Jemand aus der Abteilung Drei. Und Palmers Green informierte dann Lyon. Sie ist wütend.«

Ich lehnte mich gegen die Anrichte und ermahnte mich, nicht überzureagieren. »Wie könnten wir denn hier Mrs Fisher verstecken? Glaubst du, euer Constable ist blind?« Ich warf dem Mann einen Blick zu und vergewisserte mich, dass er auch zuhörte. »Oder meinst du, ich hätte ihn bestochen, damit er bei unserer Verschwörung mitmacht?«

Es herrschte einen Moment Schweigen, bevor er fragte: »Wer ist es denn?«

»Peters. Constable Peters.«

Erneutes Schweigen. Als die Stimme wieder ertönte, klang sie versöhnlich. »Daran habe ich nicht gedacht. Peters ist ein guter Mann, er wird auf euch aufpassen. Ich frage mich, wie das Gerücht aufgekommen ist.«

Ich antwortete, das sei mir völlig egal. »Aber ich habe ein paar Informationen für dich. Du erinnerst dich doch noch an die Diskette von Frank Digby, die ich dir gegeben habe? Hast du die weitergeleitet? Sie ist voller verschlüsselter Dateien, ich weiß jetzt das Passwort. Sag ihnen, sie sollten es mal mit dem Namen seiner Schwester versuchen – Elaine.«

Nun klang die Stimme auf zufrieden stellende Weise verwirrt: »Ist das geraten? Wie kommst du darauf? Hat Mrs Digby …?«

»Reines logisches Denken höchster Qualität«, sagte ich rasch. »Als mir klar wurde, dass ›Lal‹ ein Spitzname ist, zählte ich eins und eins zusammen.«

»Erstaunlich«, sagte er ein wenig knapp. »Ich gebe es weiter. Dido …?«

»Ja?«

»Hör zu. Ich komme innerhalb der nächsten halben Stunde zu dir.«

»Dann ruf mich über Handy an. Ich weiß nicht, ob ich oben bin oder im Laden, und ich möchte nicht, dass Ben aufgeweckt wird.«

Als Paul sich verabschiedete, merkte ich seiner Stimme an, dass er mit den Gedanken schon ganz woanders war. Ich entschuldigte mich im Geiste bei meinem Kind, weil ich es als Ausrede benutzt hatte, und wandte mich dann dem nächsten Problem zu.

Kapitel 29

Nackte Realität

Als ich sah, wie Ernies vertraute Rückseite, die nur aus Bomberjacke, Kampfhose und -stiefeln bestand, das Ende der Straße erreichte und um die Ecke bog, spürte ich einen leisen Zweifel und erkannte, dass ich mich allein durch den Umstand, dass er im Laden gewesen war, sicherer gefühlt hatte. Fast wäre ich hinter ihm hergerannt und hätte ihn gebeten, zurückzukommen, doch dann riss ich mich zusammen, schlich in den Laden zurück und schloss ab. Danach ging ich ins Büro, wo die nackte Realität über meinem Kopf zusammenschlug.

Seit letztem Samstag hatten wir keinen ernst zu nehmenden Kunden mehr im Laden gehabt, wahrscheinlich deswegen, weil die meiste Zeit geschlossen gewesen war. Ernie und Barnabas hatten sich eifrig mit kodierten Dateien befasst, die absolut nichts mit mir oder einem Buchladen oder auch nur mit Büchern zu tun hatten – außer, musste ich säuerlich zugeben, mit Hauptbüchern, die allerdings zweihundert Jahre zu neu waren, um für eine antiquarische Buchhändlerin von irgendwelchem Interesse zu sein.

Ein Stapel zusammenklappbarer Bücherregale und ein Haufen Pappkartons blockierten mir den Weg zum Packtisch und erinnerten mich daran, dass ich vor einigen Tagen die Bücher, die ich von der Messe wieder mitgebracht hatte, zwar auspacken wollte, aber mitten in der Arbeit aufgehört hatte. Im Augenblick war ich innerlich ebenso weit davon entfernt, den Rest in die Regale einzuordnen, wie davon, einen Stepptanz zu beginnen. Nicht, dass ich genug Platz für einen Stepptanz gehabt hätte.

Auf einem Haufen jenseits des Packtisches thronten fünf ungeöffnete Pakete verschiedener Größe, die vermutlich innerhalb der vergangenen zwei, drei Tage geliefert worden waren, ohne dass ich davon Kenntnis genommen hatte, und die hoffentlich Bücher enthielten, welche ich aus Versandkatalogen bestellt hatte, kurz bevor mein Leben zusammenbrach. Ich spürte, wie Selbstmitleid in mir aufkam. Neben dem Haufen lag die Post von heute, welche Ernie oder Barnabas sinnigerweise in zwei Stapel unterteilt hatten: Kataloge auf der einen Seite (die ich bereits geöffnet und durchgelesen haben sollte) und auf der anderen Seite Umschläge, die vermutlich Dinge wie Angebote und Bestellungen und, mit ein bisschen Glück, auch Schecks von zufriedenen Kunden enthielten. Das ganz normale Geschäft. Niemand hatte sich darum gekümmert, niemand würde sich darum kümmern, wenn ich es nicht tat und, verdammt, ich wollte noch nicht einmal, dass sich ein anderer darum kümmerte!

Ich trat gegen einen Pappkarton und bahnte mir einen Weg bis zu meiner Post, platzierte dann meine Tastatur gefährlich kipplig auf dem Monitor, um etwas Platz auf dem Schreibtisch zu schaffen, und befahl mir, die nächste Stunde an nichts anderes zu denken als an Bücher. Ich packte einen kleinen Stapel von Leckerbissen aus: Kataloge mit Naturgeschichten, modernen Erstausgaben, Reiseberichten und Bildbänden, Kataloge von Weiner und Pollak, neunzehntes Jahrhundert, Quaritchs Literatur des zwanzigsten Jahrhunderts. Ich suchte mir einen Stift, setzte mich hin und öffnete den ersten von ihnen: Alberti, Aragon, Azorin, Bassani, Beckett …

Ich entschied, dass ich mir den Francis Bacon von 1605 nicht leisten konnte, den ein Händler in Somerset anbot, während ich anfing, die Inhalte der kleineren Umschläge in Häufchen für »zu zahlen« und »zu beantworten« aufzuteilen, beschloss des weiteren einen Besuch bei der Bank, als ein Rütteln an der Ladentür mich aufblicken ließ. Ernie war zurück und schwenkte mir eine prall gefüllte Tragetasche entgegen. Dieses Mal sah es nach Kebab und Pommes frites aus. Ich ignorierte das Knurren meines Magens, nahm meine Jacke, vergewisserte mich, dass ich beide Schlüsselringe und das kleine Bündel gefalteter Banknoten hatte, und stürzte zur Tür. Ich hatte etwas geschafft und Paul hatte sich noch nicht gemeldet, und jetzt war es Zeit herauszufinden, was Lal drüben in der Wohnung so alleine trieb. Lal war der Dreh- und Angelpunkt. Ich traute ihr nicht, aber ich hatte das Geld als Ausrede, wenn ich sie kontrollierte.

Als ich vor dem Häuserblock parkte, musste ich daran denken, dass noch am Tag zuvor mein schöner blauer Citroën genau an derselben Stelle gestanden hatte, die nun von diesem roten Zwerg besetzt war. Ich zwang mich, das sinnlose Bedauern aufzugeben. Die Fenster von Phyllis' Wohnung zeigten keinerlei Anzeichen von Leben, kein Licht war zu sehen. Zumindest war Lal diskret. Die Reihen parkender Wagen auf beiden Seiten schienen allesamt leer zu sein. Gut. Ich glitt auf den Bürgersteig und rekonstruierte, wie man die Zentralverriegelung betätigte. Vielleicht würde ich bei meinem neuen Wagen, wenn ich denn einen bekäme, eine Zentralverriegelung mit Fernbedienung haben – das würde beim Be- und Entladen schwerer Kisten nützlich sein. Ich ging den Weg zur Haustür hinauf und schloss mir mit Phyllis' Schlüssel auf. Das Treppenhaus war den ganzen Weg hinauf menschenleer und die Lampen waren noch immer nicht ersetzt worden. Aus der Wohnung der Digbys drang kein Geräusch. Sie hätte auch leer sein können. *Sehr gut*, sagte ich mir. *So kann unmöglich jemand ahnen, dass sie hier ist.* Ich klingelte, worauf, wie ich schon geahnt hatte, nicht reagiert wurde. Dann öffnete ich mit dem Wohnungsschlüssel, blieb im Flur stehen und rief leise: »Es ist alles in Ordnung, keine Sorge. Ich bin's nur, Dido ... Lal?«

Der Zettel lag auf dem Flurtischchen, und der Grund dafür, dass die Wohnung so verlassen wirkte, war der, dass sie wirklich leer war. Lal musste den kleinen Fetzen blaues Briefpapier in irgendeiner Schublade gefunden haben. Er war zerknittert, als wäre sie sich einen Augenblick lang nicht schlüssig gewesen, ob sie ihn überhaupt hinterlassen sollte. Ich hielt ihn in das Licht vom Treppenhaus hinter mir und entzifferte Wörter, die in einer unbeholfenen, eckigen Schrift und mit einem Kugelschreiber zu Papier gebracht worden waren: »Tut mir Leid, Phyll, und danke für die Hilfe. Muss weg, habe den Zehner, den du mir geliehen hast, ich gebe ihn dir bald zurück.« Das kam nicht gerade überraschend, aber ich fragte mich trotzdem, wie weit sie mit zehn Pfund zu kommen glaubte.

Es sei denn, jemand war gekommen und hatte sie mitgenommen.

Ich schloss die Tür hinter mir und ging das überprüfen.

Das Wohnzimmer war nicht mehr so, wie wir es hinterlassen hatten. Jemand hatte die Wohnung noch einmal durchsucht, die Kissen verschoben, die Schubladen herausgezogen, die Schranktüren offen gelassen, einen Stapel Zeitschriften verstreut und die Bücher von einem Regal zu einem Haufen auf den Boden fallen lassen. Ich machte einen Rundgang durch die anderen Zimmer und fand dieselben Spuren. Am schlimmsten war es in Franks Büro – natürlich –, wo die Schubladen halb offen standen und verschiedene Papiere und Akten wieder auf dem Teppich lagen. Im unordentlichen Schlafzimmer standen ebenfalls ein paar Schubladen offen, die Kleidungsstücke darin waren durcheinander gewühlt und die Kleiderschranktür stand einen Spalt weit offen. Selbst die Matratze lag schief im Bettgestell. Die Tagesdecke war zerknittert, als hätte jemand darauf gelegen, und ich konnte immer noch den Kopfabdruck auf dem Kissen sehen.

Ich setzte mich auf den Bettrand und dachte nach. Diese Durchsuchung sah anders aus als die von der Nacht neulich, und Moore musste nun wissen, dass die Schuldverschreibungen nicht hier waren, also wettete ich, dass es Lal selbst gewesen war. Nur: Wohin war sie gegangen, nachdem sie die Wohnung auf den Kopf gestellt hatte, und warum?

Ich riss mich zusammen und folgte einem Ausbruch lauter Musik hinaus ins Treppenhaus. Die Musik kam von einer der Türen auf der anderen Seite des Stockwerks. Jemand war zu Hause. Wenn Lal nicht aus eigenem Antrieb gegangen war, hätte man doch etwas gehört? Ich verschloss Phyllis' Wohnung zweimal und ging hinüber, um zu läuten. Die Tür wurde geöffnet von einem großen, dünnen Zwanzigjährigen, den Sweatshirt, zerrissene Jeans und Brille als Studenten auswiesen. Vermutlich einer der Studenten, die sich ständig Teebeutel oder Tassen mit Milch ausliehen. Dem durchdringenden Pflanzengeruch nach zu urteilen, der zu mir drang, genossen sie heute etwas anderes als Tee.

Ich wies zur Tür der Digbys. »Hi! Phyllis bat mich, herzukommen und eine Freundin abzuholen, die hier wohnt, aber sie scheint überhaupt nicht in der Wohnung zu sein. Sie haben wohl nicht zufällig etwas gesehen oder gehört?«

Er grinste auf mich herunter und prüfte den Anblick, den ich ihm bot. »Hi! Ähm … ja, da war diese blonde Frau, die gerade rausging, als ich nach Hause kam. Ich bin übrigens John.«

»Und ich bin Dido. Hast du darauf geachtet, wie viel Uhr es war, John?«

Mein neuer Freund meinte, es wäre ungefähr zwei Uhr gewesen. Ich erfuhr, dass Lal allein gewesen war und einen grünen Mantel und eine Handtasche getragen hatte. Der Mantel klang nach Phyllis' bestem Stück, was mich zu der Frage führte, was Phyllis wohl noch alles abhanden gekommen war. Jedenfalls wirkte es, als wäre Lal freiwillig gegangen. Ich dankte John und kehrte, halb schäumend, halb erleichtert, aber vollkommen genervt von Lal, nach Hause zurück.

Wieder im Laden, schickte ich Ernie mit der Anweisung in meine Wohnung, Phyllis, aber nicht unseren gegenwärtigen Polizisten von den Neuigkeiten zu unterrichten, dann oben zu bleiben und eine Tasse Tee oder so etwas zu sich zu nehmen. Ich wollte das Büro eine Weile für mich allein haben. Ich wollte nachdenken. Und wenn mir das nicht gelang, konnte ich zumindest friedlich dasitzen und etwas geistlose und nützliche Arbeit verrichten, wie zum Beispiel die Schecks zur Zahlung in der Bank vorbereiten. Es war zu spät, um an diesem Tag noch dorthin zu gehen, aber morgen wären sie dann fertig. Und da war immer noch ein Katalog, den ich nicht geöffnet hatte. Ich ließ mich am Schreibtisch nieder und suchte nach dem Heft mit den Einzahlungsscheinen.

Als es zu dunkel zum Lesen wurde, kehrte ich in die Wirklichkeit zurück, schaltete die Schreibtischlampe ein und blickte, aus einem Reflex heraus, auf die Uhr. Fast fünf. Das rechteckige Stück Himmel, das man durch die kleine Glasscheibe über der Hoftür sehen konnte, war dunkel. Der Wind war stärker geworden und von irgendwoher zog es eisig. Ich legte mir die Jacke über die Schultern und beschloss, rasch Schluss zu machen und nach oben zu gehen.

Ich trug gerade ein paar neue Rechnungen in das Hauptbuch ein, als meine Aufmerksamkeit vom Scheinwerferlicht gefangen wurde, das durch meinen dunklen Laden huschte. Als ich den Gang zur Ladentür hinunterblickte, bemerkte ich, wie der große silberne Wagen, den ich das letzte Mal in der Einfahrt der Fishers gesehen hatte, langsam auf der gegenüberliegenden Straßenseite Halt machte, direkt vor meinem bescheidenen Mietwagen. Ich erstarrte. Die Fahrertür öffnete sich und Paul Grant kam herüber. Ich erreichte meine Ladentür und konnte sie gerade zu dem Zeitpunkt öffnen, da er ankam und in den Laden drang.

»Dido, wir müssen reden.« Damit meinte er offensichtlich: dringend.

Gut, da stimmte ich ihm zu. Ich zeigte auf den Wagen. »Was macht der denn hier?«

Er blickte sich um. »Was? Oh, der Wagen. Das ist eines der Dinge, die ich dir erklären muss. Wer ist oben? Ist der Constable noch da?« Ich nickte. »Dann bleiben wir besser hier unten. Gehen wir mal außer Sichtweite.«

Oh ja, irgendwas war wieder schief gelaufen. Gut! Ich ahnte schon einen kleinen Informationsaustausch voraus.

Als wir im Büro waren, kippte er einen Stapel Pappkartons vom Besucherstuhl, drehte ihn herum, setzte sich darauf, lehnte sich vor, kreuzte seine Arme über der Lehne und zeigte alarmierende Anzeichen, in dieser Position einzuschlafen. Ich wollte schon protestieren, als er blinzelte und fragte: »Du hast nicht zufällig Kaffee hier unten, oder?«

»Nur Instant. Aber ich glaube, es ist keine Milch mehr da.«

»Egal. Zucker. Bitte. Ich glaube, ich habe seit Dienstag nicht mehr geschlafen.«

Ich unterdrückte die Bemerkung, dass wir da schon zu zweit wären, und ging, den Kessel im kleinen Waschbecken aufzufüllen und zwei kaum benutzte Becher auszuspülen.

»Es wird ein paar Minuten dauern, Paul, was ist los?«

Er wiederholte dumpf: »Was ist los? ... Sorry. Ich kann nichts dafür. Warte, wo ist Mrs Fisher? Hast du sie hier? Spiel keine Spielchen mit mir, die dumme Kuh könnte ernsthaft in Gefahr sein.«

Ich konnte mich gerade noch davon abhalten, ihn anzuschreien. »Ich habe sie nicht hier, aber ich werde dir sagen, wo sie war, wenn du mir sagst, was passiert ist. Wir waren uns doch schon einig, dass sie nicht oben sein kann? Du kannst hochgehen und deinen Constable fragen, wenn du möchtest. Aber jetzt sag mir doch, was das Ganze soll. Was ist passiert, seit du mich angerufen hast?«

»Wird dieses Ding denn nie kochen? Nun gut. Wir sind zum Lager gefahren, haben uns umgesehen und zwei Dinge entdeckt. In der Ecke im Hof war eine Stelle, wo jemand ein kleines Freudenfeuer veranstaltet hat. Wir fanden die üblichen Reste: Fetzen von verkohltem Papier, Stücke von altem Pappkarton, Büroklammern, Gummis –

solche Sachen. Wir nahmen mit, was wir konnten, suchten herum. Polizeidokumente … Prozessunterlagen … es müssen die fehlenden Beweise von dem alten Old-Bailey-Fall gewesen sein. Dann fanden wir …«

Er verstummte. Ich sagte laut: »Sprich weiter.«

»Wir fanden eine Ecke in der Ladezone mit Spuren von Blut und dunkler Farbe von einem Wagen. Dieselbe Farbe wie von Mrs Fishers Wagen. Sagte ich bereits, dass ihr Toyota beschädigt war? Als wir ihn mit Fishers Leiche in der Garage fanden, war der Kotflügel von einem anderen Wagen beschädigt worden – wir entdeckten schwarze Farbe. Habe ich dir das erzählt? Jemand hat Brunton und den Toyota zum Lager gebracht. Muss am Montag nach sechs Uhr passiert sein, als es schon geschlossen war. Das Ganze wird von dem mobilen Trupp eines Wachunternehmens bewacht, daher haben sie keinen Nachtwächter. Es müssen mehrere gewesen sein, allein ging es nicht. Fisher muss dabei gewesen sein – es war sein Lager. Sie haben wohl mit Brunton gesprochen und ihn verprügelt, dann wurde das, was von ihm übrig geblieben war, in einen anderen Wagen gepackt und weggeschafft, tot oder lebendig. Die Leiche wurde wahrscheinlich ein paar Stunden später irgendwo abgelegt. Kannst du folgen?«

Das konnte ich, wenn auch mit Schwierigkeiten. Ich versuchte außerdem, nicht an Franks Gesicht im Leichenschauhaus zu denken. Ich hatte wahrscheinlich ein paar gewaltsame Todesfälle zu viel gesehen.

Endlich schaltete sich der Wasserkessel aus, so dass ich zwei doppelte Löffel Kaffeegranulat in die beiden Becher geben konnte und Zucker hinzufügte, um das Ganze genießbar zu machen. Nach kurzem Nachdenken fügte ich noch mehr Zucker dazu, rührte um und gab Paul einen Becher.

»Paul?«

»Mm?«

»Waren da noch Spuren von etwas anderem, das, vielleicht aus Versehen, neben den Prozessbeweisen verbrannt wurde?«

»Zum Beispiel?«

»Lal Fisher sagt, das Geld, das sie durch den Goldraub bekamen, wurde in der Schweiz in Inhaberschuldverschreibungen umgewandelt. Frank brachte sie 1991 zurück nach England, kurz bevor er verhaftet wurde; er hatte gerade noch Zeit, sie zwischen den Möbeln der Fishers zu verstecken, die im Lager untergebracht wurden. Diesen Winter wurde alles zusammen in das neue Haus der Fishers gebracht. Ich weiß nicht, ob Andy etwas davon wusste, und Lal dachte, in Franks Kisten seien lediglich alte Unterlagen. Das Problem ist nur, dass Moore die fehlenden Beweise für den Prozess ebenfalls im Lager untergebracht haben muss; wahrscheinlich erschien es allen als der sicherste Ort, und so kamen sie zusammen mit Franks Zeug ins Haus. Lal war also zwischen Moore und ihrer Familie gefangen, als Moore auftauchte, sie nach den Schuldverschreibungen fragte und ihr zu nahe kam. Sie geriet in Panik und bat Frank um Hilfe. Frank schaffte das meiste Zeug am Montag weg. Also: Wurden die Schuldverschreibungen aus Versehen mit dem Rest des Zeugs verbrannt? Denn Moore und Andrew haben sie offensichtlich nie gefunden.«

Paul sagte: »Oh, verdammt!«, und wir beide sahen, wie ihm der Becher aus den Fingern glitt. Der Kaffee spritzte heftig über unsere Füße. »Wo hast du dieses verdammte Weib?«

Ich konnte die Situation nicht länger ausnutzen. Versuchsweise nippte ich an meinem Kaffee, beschloss, dass er trinkbar war, und erzählte alles. »Lal hat vom Sanatorium aus ein Taxi zum Haus ihres Sohnes genommen. Sie hat ihn mir gegenüber erwähnt, deshalb habe ich dort nach ihr gesucht. Sie hatte Angst, dort zu bleiben – sie traut euch nicht und musste sich vor Moore verstecken. Wir überließen ihr Phyllis' Wohnung. Als ich eben hinüberfuhr, war sie weg. Sie hat das hier hinterlassen.« Ich zog die Notiz aus meiner Tasche und gab sie Paul, der sie mit plötzlich hellwachen, wenn auch rot geränderten Augen las.

»Also ist sie irgendwo da draußen? … Hast du *irgendeine* Idee, wo sie sein könnte?«

Ich erklärte, ich hätte keine, denn mit Gewissheit konnte ich nichts sagen. Ich persönlich wäre wieder durch anderer Leute Fenster gestiegen, aber wenn ich DI Paul Grant gewesen wäre, hätte ich sicherlich darüber nachgedacht, ob ich nicht zur Verwood Abenue zurückfahren sollte, um das Haus zu überprüfen. Vielleicht hatte er das ja bereits. Meine Aufmerksamkeit wandte sich wieder dem Wagen auf der gegenüberliegenden Straßenseite zu.

»Warum fährst du Andy Fishers Wagen?«

Sein Blick war düster. »Köder. Lyons Idee. Sie hat mich hergeschickt, um dir zu sagen, was als Nächstes passieren wird. Meine Instruktionen lauten, Fishers Wagen vor deiner Tür stehen zu lassen. Es soll so aussehen, als wäre sie hier – Dido, wenn du mich in diesem Punkt anlügst, dann sagst du es besser jetzt. Wir nehmen an, dass Moore dieses Haus immer noch beobachtet, und wenn er den Wagen hier sieht, wird er denken, sie sei mit dir und Mrs Digby der Sache auf den Grund gegangen. Mit ein bisschen Glück taucht er hier auf, um sie zu schnappen. Du weißt ja, dass sie wahrscheinlich selbst diese Schuldverschreibungen hat, oder? Nein, es gab keine Spuren davon bei den verbrannten Sachen. Jedenfalls benutzt Lyon Mrs Fisher als Lockvogel und hat die ganze Gegend mit Polizeiwagen gespickt. Wir können unsere Leute zwar nicht in dieser Straße unterbringen, weil es hier zu sehr auffallen würde, aber wir haben Zivilfahrzeuge auf beiden Seiten deiner Straße abgestellt, direkt an den Kreuzungen zur Upper Street und Essex Road. Du steckst in einer Falle und an allen Enden warten unsere Leute. Gut, wir wussten nichts über die Schuldverschreibungen, aber uns war schon klar, dass Moore und Fisher hinter so etwas her waren, nach dem, was in der Wohnung der Digbys passiert war. Und niemand anderer als unsere Lady dürfte sie jetzt haben. Ich würde sagen, Digby gab sie ihr, bevor er umgebracht wurde. Wenn er sie nicht an einen Ort brachte, von dem sie unterrichtet ist. Das ist die einzig mögliche Erklärung.«

Ich spürte, wie langsam Wut in mir aufstieg. »Meine Familie soll also ruhig hier als Köder für den Mörder sitzen, damit ihr versuchen könnt, ihn dieses Mal zu schnappen? Na, was für eine tolle Idee!«

Paul gähnte. Plötzlich hasste ich jeden Zentimeter an ihm.

»Dido, sieh mal, du hast mich hier unten und Peters oben, und am Ende seiner Schicht wird er von einem aus Lyons eigenem Team ersetzt. Sie sind bewaffnet.« Ich blinzelte und fragte mich, ob ich diese Neuigkeit tröstlich finden sollte. Sie war es nicht. »Ich werde hier bleiben, bis du in Sicherheit bist. Wir werden ein paar Taxis hierher schicken, um dich und die anderen am Ende von Peters' Schicht abzuholen. Also geh jetzt bitte nach oben und packe alles ein, was du für ein paar Tage brauchst. Du hast weniger als eine Stunde, um alles vorzubereiten, also setzt du dich jetzt besser in Bewegung. Wir stecken euch in ein Hotel, weit weg von hier.«

»Und wartet dann, dass die Ratte in die Falle tappt? Was ist mit Lal?«

»Darum kümmern wir uns, wenn es so weit ist«, sagte Paul. »Gehst du jetzt endlich nach oben und sagst allen, sie sollen sich fertig machen? *Bitte!* Ich bleibe hier unten. Ich möchte mein Gesicht nicht auf der Straße zeigen, wenn es nicht sein muss.«

Ich sagte: »Wenn ich zurückkomme, bringe ich etwas Milch mit.« Ich war so wütend, dass ich kaum Luft bekam.

Kapitel 30

Auszug

Offensichtlich hatte Barnabas entschieden, dass unser Wächter harmlos war, denn als ich auf der Schwelle meines Wohnzimmers erschien, entdeckte ich ihn an meinem Schreibtisch, während sich der Constable das Sofa mit Ernie teilte. Peters sah sich den Vorspann von *Neighbours* im Fernsehen an. Ernie hatte sich ein Stück weit von ihm entfernt platziert und blickte selbstsicher drein. Mein Vater war vertieft in seine Lektüre und ignorierte beide. Er hatte seine Fotokopien in kleine Haufen sortiert und sie auf dem Schreibtisch und dem Boden um sich herum ausgelegt, so dass dieser Bereich schwach an sein eigenes Wohnzimmer erinnerte, wo normalerweise jede gerade Fläche von Büchern und Papieren bedeckt ist. Er hatte in einer meiner Schubladen Bögen mit liniertem Papier gefunden, und ich konnte sehen, dass er sich Notizen in Form von Listen machte. Es gab Blätter mit längeren Notizen in seiner Handschrift, die er immer wieder zu Rate zog.

Alle drei blickten auf.

Aus reiner Gewohnheit fing ich an zu manövrieren – und erinnerte mich daran, dass dies überhaupt keinen Sinn mehr hatte. Also sagte ich knapp: »Paul Grant ist unten. Diane Lyon hatte die wahrhaft brillante Idee, Moore hierher zu locken und zu verhaften, und daher werden wir um sechs Uhr evakuiert. Sie stecken uns für eine Weile in irgendein Hotel. Wo ist Phyllis?«

Meine Frage wurde durch ein platschendes Geräusch aus dem Badezimmer beantwortet: Vermutlich amüsierten sie und Ben sich miteinander.

»Mich steckt niemand in ein Hotel«, bemerkte Barnabas ruhig. »Ich nehme an, ich gehe besser nach Hause. Dido, können wir reden? Ich habe hier eine Liste von …« Seine Augen wanderten kurz zum Gesicht des Constables, doch unser Aufpasser gab höflich vor, sich auf die Teenagerqualen zu konzentrieren, die gerade den Bildschirm einnahmen, und mein Vater beschloss augenscheinlich, dass Geheimhaltung nicht länger geboten war. Er redete ganz offen weiter: »… allen Personen, die in den Goldraub verwickelt waren, und den darauf folgenden Untersuchungen. Ich möchte, dass du mal einen Blick darauf wirfst und mir hilfst, mich daran zu erinnern, was uns über ihren gegenwärtigen Aufenthaltsort gesagt wurde. Denn in der Truppe gab es eine erstaunliche Todesrate. Ich nehme an, es könnte sich um Berufsrisiko handeln, doch in einer Gruppe von Kriminellen, die sich zur Ruhe gesetzt haben, erscheint mir die Anzahl doch übertrieben. Das kam mir ein wenig seltsam vor.«

Aber ich beschäftigte mich gerade mit vier, fünf anderen Problemen und konnte mir nicht vorstellen, jetzt die Zeit zu finden, über das Schicksal einer Gruppe von Kriminellen Spekulationen anzustellen. Rasch sagte ich: »Ich muss mit Phyllis sprechen. Wir müssen packen, für uns drei und für mindestens zwei Tage. Ernie, ich gebe dir das Geld für deine Arbeitsstunden diese Woche, und ich glaube nicht, dass ich dich am Wochenende brauchen werde. Ich weiß nicht genau, wann ich zurückkomme und den Laden wieder öffnen kann. Sobald dies der Fall ist, rufe ich dich an.« Ich konnte spüren, wie meine Wut wieder stieg, und beschloss, nichts mehr weiter zu sagen. Ich drehte mich auf dem Absatz um, steuerte den hinteren Teil der Wohnung an und blickte prüfend auf meine Armbanduhr. Wenn wir um sechs Uhr fertig sein sollten, musste alles andere jetzt warten.

Drei Minuten später gab ich Phyllis' inständigen Bitten nach und überließ ihr die häusliche Seite unseres Umzugs. Nachdem ich genug Trockenfutter und Wasser in Schälchen gefüllt hatte, um Mr Spock und ein Rudel Löwen einen ganzen Monat lang zu ernähren, nahm ich eine spärlich gefüllte Tüte Milch aus dem Kühlschrank und rannte hinunter, wobei ich mich bemühte, die Tüte auf den handschriftlichen Notizen zu balancieren, die Barnabas mir, als ich ging, in die Hand gedrückt hatte. Der Laden war dunkel, bis auf das Licht, das durch den Spalt der Bürotür drang und anzeigte, dass jemand da war. Ich schloss mir auf und steuerte vorsichtig durch den dunklen Mittelgang, um dann zu entdecken, dass Paul es sich auf meinem Schreibtischstuhl bequem gemacht hatte, mit dem Gesicht auf den Katalogen lag und leise schnarchte.

Ich füllte noch einmal den Wasserkessel, steckte den Stecker ein, schaltete den Kessel an und dachte gerade darüber nach, gegen eines von Pauls ausgestreckten Beinen zu treten, als er aufschrak.

»Dido? Wie viel Uhr ist es? Bist du fertig?«

»Ungefähr Viertel vor. Oben wird gepackt. Das heißt, Constable Peters sieht fern. Wir müssen meinen Vater und Ernie irgendwo außerhalb der Gefahrenzone absetzen, wenn wir fahren. Der Rest bleibt bei euch.«

Etwas in meiner Stimme veranlasste ihn, zu blinzeln und sich aufzusetzen. »Was ist los?«

»Paul, schläfst du immer noch! Wie lange soll es noch

dauern, bis das Chaos sich gelegt hat und ich wieder zurückkommen kann? Dass du es nur weißt, ich werde dieser Frau, die in vollem Bewusstsein meine Familie in Gefahr gebracht hat, die Hölle heiß machen!«

Er stöhnte. Dann lachte er. »Welche Frau soll das sein? Mein Commissioner würde dir wahrscheinlich sagen, wer im Glashaus sitzt, sollte nicht mit Steinen werfen. Oder wie war das mit *dir*? Du hast hinter unserem Rücken so agiert, dass der Gang der Justiz aufgehalten, dass Beweise unterschlagen, dass der Aufenthaltsort einer Hauptzeugin verschwiegen wurde – wollen wir sie großmütigerweise einmal so bezeichnen –, und du hast die Polizei in Ausübung ihrer Pflicht an einem Tatort behindert …«

»Aber aus privaten Gründen!«, schrie ich.

»Dauert ganz schön lange, bis er kocht«, murmelte Paul. »Hast du den Kessel überhaupt angestellt?«

Wir beide blickten auf den Wasserkocher, der hartnäckig schweigend auf dem Aktenschrank thronte. Ich ging hinüber und berührte ihn. Warm. »Er ist schon alt«, sagte ich steif. »Er braucht eine Weile, um heiß zu werden.«

Paul sagte: »Sie hat nicht die Möglichkeiten, eine solche Operation länger als zwei Tage rund um die Uhr durchzuziehen. Wenn es bis dahin nicht geklappt hat, ist er wahrscheinlich schon weg. Du wirst Samstagmorgen wieder hier sein, also hoffst du besser, dass wir bis dahin unser Pärchen aufgespürt und herausgefunden haben, welcher von beiden der Böse ist. Oder vielleicht stecken sie ja unter einer Decke!«

Ich entgegnete, Moore sei derjenige gewesen, der sie geschlagen hätte, woraufhin er undeutlich entgegnete, dass sie vielleicht zu den Frauen gehörte, denen so etwas gefiel; doch dann hörten wir eine Art Zischen vom Wasserkocher.

Paul blickte auf die Papiere, die ich auf den Schreibtisch gelegt hatte. »Was ist das?«

»Notizen von Barnabas«, sagte ich kühl. »Er hat in alten Zeitungsberichten über den Goldraub recherchiert. Außerdem traf er sich heute mit einem der Reporter, die sie verfassten. Ich soll das Ganze durchlesen und sehen, was ich damit herausfinden kann, während wir in einem Hotelzimmer Däumchen drehen.«

»Ach, sollst du?« Seine Stimme klang undeutlich. Er hatte eines der Papiere genommen, über das Barnabas in deutlichen Großbuchstaben »Todesfälle« geschrieben hatte, und nun hatte er offenbar etwas entdeckt, was ihn veranlasste, die Stirn zu runzeln; doch dann hörten wir ein energisches Klopfen an der Ladentür. Paul blickte auf. Er sagte langsam: »Das ist aber früh.«

Ich schaltete vorsichtshalber das Licht ein und öffnete die Bürotür, um den Mittelgang hinunterzuspähen. Die Gestalt draußen kam mir vage vertraut vor. Als sie einen Schritt zurücktrat, so dass das Licht der Straßenlaterne auf ihren Kopf fiel, erkannte ich sie, obwohl sie keine Uniform trug.

»Das geht in Ordnung – den kenne ich. Er kommt von Palmers Green. Er arbeitet an Franks Fall.« Etwas musste passiert sein, denn der Constable schien nicht mehr im Dienst zu sein. Mir kam der Gedanke, es könnte plötzlich einen Durchbruch gegeben haben, und dann die Hoffnung, wir könnten hier bleiben und unser Leben wieder aufnehmen. Also stürzte ich zur Tür. Meine Hand war schon auf der Klinke, als Paul hinter mir rief: »Warte eine Minute! Ich will ihn reinlassen.«

Ich ignorierte ihn und öffnete. Der junge, rotgesichtige Constable – Mathews – lächelte mich an und trat ein.

»Miss Hoare? Ich hatte gehofft, Sie hier zu finden. Ich soll mich erkundigen, ob Sie etwas dagegen hätten, noch ein paar Fragen zu beantworten. Dauert nur eine Minute – wenn es Ihnen nichts ausmacht?«

Hinter mir gab es eine Bewegung. Der Constable bemerkte es ebenfalls. Dann entdeckte er wohl Paul im Dämmerlicht hinter dem Mittelgang.

Paul sagte: »Sie sind bei Palmers Green, nicht wahr? DI Grant, Islington CID. Worum geht es?«

»Sir«, sagte Mathews. Er trat einen Schritt näher und streckte eine Hand in meine Richtung aus. »Miss Hoare, sehen Sie, was ich hier habe?« In der Dunkelheit war es nur ein unförmiger Klotz. Mathews warf einen Blick über meine Schulter. »Detective, vielleicht sehen Sie es nicht von dort drüben, aber ich habe hier eine Waffe und ziele damit auf die Lady. Miss, es wird Ihnen nichts passieren. Draußen ist jemand im Wagen, der mit Ihnen sprechen will. Detective, es tut mir Leid, Sie werden mitkommen müssen.«

Ich blickte aus dem Schaufenster neben mir. Auf der gegenüberliegenden Straßenseite stand, nordwärts gewandt, mit ausgeschalteten Scheinwerfern und laufendem Motor, ein Wagen, der die eckigen Umrisse eines großen, schwarzen Range Rovers mit getönten Scheiben aufwies. Offensichtlich hatte er sich direkt vor dem silbernen Wagen des verstorbenen Andy Fisher materialisiert. Das Licht von der Straßenlampe glänzte auf dem Flecken nackten Metalls auf dem vorderen Kotflügel, und da wusste ich genau, was ich vor mir sah.

»Gehen Sie einfach hinaus«, sagte Mathews.

Ich trat so ruhig hinaus, als wäre das alles nicht real. Paul kam dicht hinter mir. Ich hörte, wie die Ladentür zuschlug.

Der Lichtschein von einem der oberen Fenster formte am Rand des Lichts von der Straßenlaterne ein Rechteck. Die beiden bildeten einen hellen Fleck auf dem nassen Straßenpflaster. Ich blickte zum Fenster hinauf. Hinter mir sagte Mathews höfliche Stimme: »Sie werden nicht schreien. Niemand wird verletzt werden, wir wollen nur Mrs Fisher finden. Wenn sie hier bei Ihnen und Mrs Digby ist, wollen wir mit ihr sprechen. Wir haben ihr ein Angebot zu machen.«

Ich biss mir auf die Zunge. Paul fragte: »Was für ein Angebot?«

Mathews ignorierte seine Frage. »Also möchte ich, dass Sie jetzt rübergehen und bei sich läuten. Wer auch zur Tür kommt – achten Sie darauf, was Sie sagen. Versuchen Sie nicht, jemanden zu warnen. Sagen Sie nur, Mrs Fisher soll eine Minute herunterkommen.«

Ich dachte an Ernie und den Polizisten oben, nur ein paar Meter entfernt. Ernie und Peters, und Paul hatte gesagt, dass Peters ein guter Mann war. Ich schwankte. Mein Hirn arbeitete in Höchstgeschwindigkeit, wie das eines Käfers, der in Sirup gefallen ist.

Plötzlich sagte Mathews: »Was ist los?«

»Wir suchen sie ebenfalls. Sie müssen doch wissen, dass sie nicht hier ist.« Pauls Stimme klang schroff.

Mathews wandte seinen Blick nicht von mir, als er fragte: »So? Wer ist denn oben?«

Ich stammelte: »Meine Familie. Meine beiden Angestellten …«

»Ein Polizist?«, schlug der Constable plötzlich vor.

Ich war nicht sicher, was ich darauf sagen sollte, aber Paul antwortete: »Ja.«

Wir standen schweigend mitten auf der Straße. Ich sah,

dass Mathews merkwürdig lächelte und zum schwarzen Wagen hinüberblickte.

»Das dachte ich mir«, sagte er dann tonlos. »Gehen Sie rüber und öffnen Sie die Fahrertür, Miss Hoare, setzen Sie sich hinters Steuer. Es ist links, also gehen Sie lieber hier herum. Warten Sie eine Minute!« Ich blieb erstarrt stehen, als er zu mir kam. Er drückte mir etwas in die Hand. Ich umfasste ungeschickt zwei flache Ringe, ohne sie anzusehen. Metall. Noch warm von seiner Jackentasche.

»Jetzt«, sagte Mathews leise, und wie eine Marionette langte ich nach dem Türgriff.

Kapitel 31

Illusion

Stocksteif saß ich auf dem Fahrersitz und fragte mich, was mit mir los war, denn obwohl ich – Mathews leisen Instruktionen gehorchend – mein rechtes Handgelenk mit den Handschellen ans Steuer gekettet hatte, weigerte sich ein Teil von mir schlicht und einfach zu glauben, dass irgendetwas von all dem überhaupt geschah.

Die Handschellen verhinderten, dass ich mich umdrehen konnte. Vielleicht konnte ich auch nur nicht geradewegs zurückblicken. Ich langte ungeschickt mit meiner freien Hand zum Rückspiegel, um ihn so einzustellen, dass ich den Rücksitz sehen konnte. Es war hell genug, um Moore zu erkennen. Er saß hinter dem Beifahrersitz. Hätte er direkt hinter mir gesessen, wäre das wahrscheinlich mehr gewesen, als ich hätte ertragen können.

Ich spürte etwas rütteln. Mathews hatte überwacht, wie sich Paul direkt hinter mir in den Wagen gesetzt hatte, und dann veranstalteten die beiden etwas. Ich konnte Pauls Gesicht nicht sehen und irgendetwas zog an der Rückenlehne meines Sitzes. Als Mathews die Tür zuknallte und um den rückwärtigen Teil des Wagens herumging, blieb Paul unsichtbar.

Moore sagte laut: »Geben Sie sich keine Mühe, das schaffen Sie nicht. Vor ein paar Tagen war hier schon mal einer mit Handschellen angekettet, verstehen Sie? Sie können hier nicht raus. Finden Sie es eng? Sie sind größer, als Frankie es war. Aber mir ist wohler, wenn Sie vornübergebeugt und nicht zu sehen sind. Miss Hoare?«

Ich konnte nicht antworten.

»Miss Hoare, können Sie mit einer Automatikschaltung umgehen?«

Ich nickte ruckartig.

»Gut, weil wir jetzt ein Stückchen fahren werden. Kommen Sie an den Schlüssel heran?«

Ich versuchte es und entdeckte, dass das Lenkrad eingerastet war, weil der Motor nicht lief, und dass ich wegen der Handschellen nicht an die Zündung herankam. Ich streckte vergeblich einen Finger danach aus. Moore grunzte.

Die Beifahrertür schlug zu und Mathews befestigte neben mir seinen Gurt. Ich konnte sehen, dass er mit einer Hand lose die Waffe auf dem Schoß hielt. Er ließ sie dort liegen und streckte die Hand nach der Zündung aus, um sie zu betätigen. Danach legte er die Hand wieder auf die Waffe zurück. Nach einer Sekunde sagte Moore: »Dann los, aber vorsichtig. Nein, erst die Scheinwerfer an. Wir wollen doch keine Aufmerksamkeit auf uns ziehen. Mein Kollege zeigt Ihnen, wo der Schalter ist.«

Schweigend berührte Mathews einen Hebel und das Abblendlicht beleuchtete die verlassene Straße. Ich fand den Schaltknüppel der Automatik, stellte ihn auf »Drive« und dann schien der Wagen von allein auf die Straße zu gleiten. Hinter mir war nichts von Paul zu hören.

An der nächsten Straßenkreuzung bremste ich und wartete, ohne nach rechts und links zu blicken. Irgendwo in der Nähe, in beide Richtungen verteilt, standen Polizeiwagen, die auf uns warten sollten. Auf Moore. Nur hatte Moore jetzt Geiseln. Es sah so aus, als hätte niemand an diese Möglichkeit gedacht. Offensichtlich hatten sie nicht bemerkt, wie er in die George Street gefahren war, warum also sollten sie bemerken, wenn er sie wieder verließ? In der gegenwärtigen Situation hoffte ich sogar, dass sie es nicht bemerkten. Natürlich, wenn Paul aufrecht gesessen hätte, so dass sie ihn sehen konnten, hätte ihre dumme Falle vielleicht funktioniert, und … Ich hatte den Verdacht, dass angeschossen zu werden schmerzhafter sein würde als alles, was mir je zugestoßen war.

Ich flüsterte: »Welche Richtung?«

»Wir fahren so raus, wie wir reingekommen sind. Sie kennen den Weg, Miss Hoare: einfach geradeaus und in das Viertel mit den Sozialbauten – genau wie Sie es uns zeigten, als Sie neulich von Frankies Wohnung kamen.« Moores Stimme klang herablassend. »Am Ende dieser Straße stehen Polizeiwagen. Wir wollen sie doch nicht aufstören.«

Irgendetwas ruckte an meiner Rückenlehne. Paul war wieder bei Bewusstsein. Ich vergewisserte mich, dass die Straße leer war, und fuhr vorwärts, beschrieb dann einen leichten Knick und steuerte uns in die schmale Passage zwischen zwei Häuserblöcken. Langsam umrundete ich einen umgekippten Müllcontainer und fragte: »Wohin fahren wir?« Meine Stimme klang seltsam.

»Wir suchen Lal. Es tut mir Leid, dass sie nicht da war. Jetzt müssen Sie uns ein bisschen länger helfen. Wie ich das Mädchen kenne, ist sie wieder zu Hause, hat die Lichter ausgelassen und packt ihre hübschen Sachen und einiges, was mir gehört. Wir fahren hin und sprechen mit ihr. Wenn wir durch das Tor hier durch sind, dann fahren Sie zur Upper Street und biegen rechts ab. Fahren Sie geradeaus Richtung Holloway und Archway. Und fahren Sie ordentlich. Mathews korrigiert Sie schon, wenn Sie Probleme haben sollten. Verstehen Sie mich?«

Ich wollte antworten, doch es war ganz gleichgültig, was ich auch sagte. Also versuchte ich, mich stattdessen darauf zu konzentrieren, ordentlich zu fahren. Das half. Ich bewegte mich immer noch wie in einem Alptraum, aber es half.

Wir fuhren Richtung Norden. Ich fuhr. Moore hatte sich für die Hauptstraße entschieden und wir waren gefangen in Strömen dichten Verkehrs. Ich hatte das Gefühl, es sei mitten in der Nacht; und doch fuhren ganz normale Leute von der Arbeit nach Hause und das letzte, fahle Tageslicht erhellte noch den Himmel hinter den Gebäuden auf meiner linken Seite. Ich verstand nun, wozu die Handschellen dienten. So konnte niemand an einer Ampel einfach hinausspringen.

Als ich an dem großen Kreisverkehr bei Highbury Corner darauf wartete, mich einzufädeln, hatte ich Zeit, mich umzublicken. Etwa einen halben Meter entfernt saß eine Frau am Steuer des Nachbarwagens und sprach in ein Handy. Wenn ich mein Fenster geöffnet hätte, hätte ich fast die Hand berühren können, die das Handy ans Ohr hielt, aber sie blickte noch nicht einmal zu mir herüber.

»Aufgepasst«, sagte Mathews leise, und ich wachte auf und entdeckte, dass sich vor uns eine Lücke von etwa sieben Metern ergeben hatte, als der Verkehr sich langsam vorwärts bewegte. Ich schloss auf.

»Was werden Sie tun, wenn Mrs Fisher zu Hause ist?«, fragte Paul plötzlich. Seine Stimme klang gedämpft.

Die Frage blieb unbeantwortet. Dabei war es eine gute Frage. Als wäre irgendwo ein Ventil geöffnet worden, fing mein Hirn überraschenderweise wieder an zu arbeiten. Lal wusste, dass Moore und Mathews ihren Bruder getötet hatten. Oder waren es Moore und Andy gewesen? Ich übersprang das Problem mit Mathews und die Frage, wie er ins

Spiel passte, denn das war zu hoch für mich. Jedenfalls wusste Lal es. *Wir* wussten, dass sie Frank umgebracht hatten. Moore hatte es eben zugegeben. Warum hatte er es zugegeben?

Ich erkannte plötzlich, dass ich nie wirklich daran geglaubt hatte, jemals sterben zu müssen. Es war Zeit, erwachsen zu werden.

Einfach weiterfahren.

Hinter mir, von einer Stelle unterhalb der Kopfhöhe, fing Paul wieder mit ausdrucksloser, vernünftiger Stimme an zu sprechen. »Wir sind ziemlich sicher, dass sie sie nicht hat.«

Jetzt hatte er Moores Aufmerksamkeit. »Was hat?«

»Die Inhaberschuldverschreibungen«, sagte Paul im Plauderton. »Nicht, wenn Ihr Kumpel sie nicht in der Verwood Avenue hatte, als Sie ihn umbrachten. Aber dort haben wir absolut nichts gefunden.«

Ich hörte ein dumpfes Geräusch. Paul war still. Ich brauchte einen Moment, um zu erkennen, dass Moore ihn beiläufig geschlagen hatte. An der nächsten Kreuzung stand die Ampel auf Rot und ich hielt an. Wenn ich beim nächsten Mal einfach auf den Wagen vor uns auffuhr, würden sie sich vielleicht nicht die Mühe machen, uns umzubringen, bevor sie wegrannten. Wahrscheinlich würden sie einfach rausspringen. Ich dachte, eine bessere Chance hätten wir nicht.

»Maul halten, verdammt noch mal«, sagte Moore plötzlich. »Ich soll Andy umgebracht haben? Was soll der Trick, Sportsfreund? Ich und Andy Fisher hatten Differenzen, aber wenn ich ihn hätte umbringen wollen, hätte ich das schon vor Jahren tun können. Wir hatten lange Zeit geschäftlich miteinander zu tun. Und seine Frau ist eine dumme, alte Nutte, was soll's? Wir sind wegen der Schuldverschreibungen nach England zurückgekehrt – rein geschäftlich.«

»Wenn Sie ihn nicht umbrachten«, sagte Paul, »wer dann?« Seine Stimme klang gepresst. Was auch immer Moore getan hatte, es tat weh.

Plötzlich sagte Mathews: »Hier ist alles voll. Kann man das nicht irgendwie umfahren? Sonst brauchen wir noch die ganze Nacht.«

»Biegen Sie nach links ab«, sagte Moore nach einem Augenblick. »Wir versuchen es durch Kentish Town.«

Ich fuhr zu diesem Zeitpunkt auf der Mittelspur, also versuchte ich, einfach quer über die Innenspur zu fahren. Und schaffte es. Entmutigt ignorierte ich das Hupen hinter mir und schoss in eine ruhige Straße mit großen, viktorianischen Reihenhäusern.

»Vorsicht«, warnte Mathews. Aber es klang nicht, als wäre er wirklich beunruhigt. Ich warf im Rückspiegel einen Blick auf ihn. Er hatte sich von Paul abgewandt und starrte angespannt auf Mathews Hinterkopf.

Ich war auf mich allein gestellt. Die Männer schwiegen. Ich fuhr durch Wohnstraßen, ohne jede Instruktion, und versuchte, den Wagen grob in Richtung Norden zu steuern, weil mir nichts Besseres einfiel. *Sei einfach nur bereit*, dachte ich. Nach einer Weile, als die Straße langsam auf die Höhe von Highgate anstieg, half mir die Neigung der Straße: An jeder Kreuzung bog ich hügelaufwärts ein. An einem bestimmten Punkt fand ich mich in einer Straße wieder, wo der Verkehr erneut sehr dicht war; es war eine Schnellstraße, und als sie sich verengte und noch steiler wurde und dann plötzlich zur Rechten ein Krankenhaus in die Höhe ragte, erkannte ich, wo ich war.

Ich bog nach links auf die Hauptstraße durch Highgate Village ab. Die Verwood Avenue lag ein, zwei Meilen von uns entfernt und langsam wurde die Zeit knapp.

»Sie«, sagte Moore plötzlich, »wie war noch Ihr Name?«

»Grant«, grunzte Paul. »Islington CID.«

»Sie sind doch an diesem Morgen in Frankies Wohnung aufgetaucht, Grant. Ich erinnere mich an Sie. Sind Sie bei der Mordkommission?«

Paul antwortete: »Damals war ich es noch nicht. Mir wurde ein Einbruch in die Wohnung gemeldet, das war alles. Den hatten wir bis dahin noch nicht mit der Leiche im Trent Park in Verbindung gebracht.«

»Bis dahin noch nicht?«, wiederholte Moore. »Gut. Aber jetzt sind Sie im Bilde. Und man glaubt, ich hätte Andy Fisher umgebracht?«

Paul schwieg einen Moment. Dann sagte er: »Wenn Sie es nicht waren, wer war es dann? Mrs Fisher? Wer wusste noch von den Schuldverschreibungen? War es deswegen oder aus einem anderen Grund?«

»Sie stellen eine Menge Fragen«, sagte Moore langsam. »Vielleicht meinen Sie, Sie seien im Vorteil, weil Sie Polizist sind?« Einen Augenblick lang klang er fast amüsiert. »Treiben Sie es nicht zu weit.«

Ich konnte ein rhythmisches Rucken hinter mir spüren und vermutete, dass Paul versuchte, sich zu befreien. Vielleicht, um andere Geräusche zu überdecken, sagte er: »Ich frage aber trotzdem, wer außer Ihnen sonst noch Andy Fisher umgebracht haben könnte.«

Ich fuhr ganz automatisch weiter, denn auf einmal hatte ich den Eindruck, ich wüsste etwas, oder mir würde etwas klar, oder Barnabas hätte etwas gesagt. Etwas Quälendes. Oder etwas, was ich gesehen hatte? Ohne darüber nachzudenken, hörte ich mich selbst sagen: »Und die anderen? Was ist mit den anderen?«

»Welche anderen?«, fragte Moore nach einem Augenblick. Er schien überrascht, dass ich überhaupt etwas gesagt hatte.

Ich kam wieder zu mir. »Dieser Mann, der gemeinsam mit Frank verurteilt wurde, ist erhängt im Gefängnis aufgefunden worden. Ich erinnere mich nicht mehr an den Namen. Wurde er ermordet? Und war da nicht jemand namens Vinnie, der in Südamerika erschossen wurde? Und Lal sagte, jemand sei letztes Jahr in Spanien in seinem Swimmingpool ertrunken. Und waren da nicht noch andere? Ich kann mich nicht an alle erinnern.«

Irgendwo rechts von mir hörte ich Paul murmeln: »Halt den Mund, Dido.«

Ich sagte laut: »Alles fing mit dem Goldraub an, nicht? Und von Ihnen allen hat doch nie jemand auch nur einen Cent davon gesehen, oder?« Ich blickte in den Rückspiegel und sah, wie Moore auf seinem Sitz herumrutschte. Ich hatte gute Lust, loszukichern. Er sah aus dem Seitenfenster und bewegte seine Lippen, also konnte ich ihn vielleicht ablenken. Ihm Angst machen. Es sah ganz so aus, als wäre es an mir, uns aus diesem Chaos zu befreien. Sanft sagte ich: »Ich schätze, über dem ganzen Coup lag ein Fluch.«

Moore sagte: »Jeder ist seines Glückes Schmied, Miss Hoare, vergessen Sie das nicht. An der nächsten Ampel biegen Sie nach rechts, danach nehmen Sie die zweite links.«

Wir fuhren schweigend durch Wohnstraßen mit großen, frei stehenden Häusern und bogen bei einer riesigen Vorortkirche nach links, bis wir schließlich zu einer weiteren Kreuzung kamen, wo wir uns für rechts oder links entscheiden mussten.

»Wieder links.«

Ich gehorchte und sagte, wirklich erstaunt: »So viele Tote. Und es fing beim Überfall an, nicht wahr? Sie machten einen Fehler und Ihr Partner wurde erschossen. Wie war noch sein Name?«

Doch er fiel mir wieder ein, noch bevor ich die Frage beendet hatte: Ich hatte den Namen des toten Polizisten gesehen, er hatte ganz oben auf Barnabas' Liste mit den Todesfällen gestanden. Wieder überwältigte mich die Verwirrung, weil es etwas gab, das ich nicht verstand.

»Machen Sie die Scheinwerfer aus«, sagte Moore, »und biegen Sie direkt in die nächste Einfahrt ein.«

Ich fummelte am Schalter, der Wagen wurde dunkel und wir landeten aus einer anderen Richtung als sonst am Haus der Fishers. Ich schlug mit dem Vorderreifen hart gegen den Bordstein, doch der große Range Rover sprang einfach darüber hinweg und fuhr die Einfahrt hinauf.

Neben mir löste Mathews seinen Sicherheitsgurt. Er wandte sich zu mir, und mein Herz fing wild an zu pochen, weil er seine Waffe aufrichtete, doch er drehte sich immer weiter um, bis Moore ihm mit einem Geräusch ins Gesicht schoss, das den ganzen Wagen wie eine explodierende Bombe erfüllte, und im Tosen dieser Sekunde verlor ich die Kontrolle und der Wagen machte einen Satz nach vorne, stieß gegen die Vordertreppe und ging aus – und dann hörte ich gar nichts mehr außer der klingelnden Stille in meinen Ohren.

Kapitel 32

Jeder ist seines Glückes Schmied

Es war kalt. Moore hatte die Beifahrertür offen gelassen, und ich spürte, wie ein scharfer Wind in den Wagen drang. Wenn ich mich vorbeugte, konnte ich gerade noch die Beine von Constable Mathews sehen, dort auf dem Boden, wo Moore die Leiche hingezogen hatte, zwischen dem Wagen und dem Haus. Zumindest war von diesem Punkt aus sein Gesicht nicht zu erkennen.

Etwas berührte meinen Arm. Ich fuhr auf und wimmerte; und weil ich diesen Laut hörte, erkannte ich, dass meine Taubheit nur vorübergehend gewesen war. Die Erleichterung ließ mich erzittern.

»Dido?« Eine Hand umfasst hart meinen Arm. »Alles in Ordnung? Hör mir zu! *Hör zu!*«

Ich versuchte, etwas zu sagen, scheiterte, atmete tief ein und sagte dann heiser: »Alles in Ordnung.«

»Kannst du den Motor zünden? Stell die Schaltung auf Leerlauf. Versuch es mit deiner freien Hand. Greif unter der Lenksäule hindurch.«

Instinktiv blickte ich zur Haustür hinüber. Moore hatte sie mit zwei brutalen Tritten geöffnet, die das Schloss aufbrachen und den Rahmen zersplittern ließen, hatte sie dann nach innen gedrückt und einen Spalt weit offen gelassen. Irgendwo im Haus war Licht. Moore und ich hatten also Recht gehabt mit der Annahme, dass Lal nach Hause gehen würde.

»Versuch es!«, drängte Paul. Seine Stimme wurde lauter. »Du musst uns sofort hier rausbringen.«

Ich presste mich gegen das Steuer, das wieder eingerastet war, als der Motor ausging, bewegte meinen freien Arm schmerzhaft durch den engen Raum unter der Lenksäule und versuchte, mein Handgelenk gleichzeitig nach oben und hinten zu drücken. Ich konnte spüren, wie das Metall des baumelnden Schlüssels meinen Handrücken berührte. Ich hörte mich wieder wimmern und versuchte, die Hand noch weiter nach hinten zu drücken. Nach einem kurzen Augenblick gab ich auf.

»Ich kann ihn noch nicht mal fassen. Du …?«

»Keine Chance. Verdammt! In dieser Position kann ich kaum deinen Arm erreichen.« Einen Augenblick schwieg er. Ich starrte wieder auf den Hauseingang, der weiterhin leer war. »Du hast wohl nicht dein Handy in der Tasche?«

»Es liegt auf dem Schreibtisch.«

Wieder schwieg er.

Irrationalerweise begann ich mich zu entschuldigen, doch er unterbrach mich: »Gut, hör mir jetzt zu. Du solltest besser etwas wissen. Vielleicht wird es sich für dich als nützlich erweisen. Wegen dir wird er nicht so besorgt sein wie wegen mir. Du könntest … versuchen, mit ihm einen Deal zu machen. Erinnerst du dich, dass er sagte, er hätte Frankie an diesen verdammten Sitzrahmen gekettet?«

Einen Moment lang fragte ich mich, wovon er eigentlich sprach.

»Dido, hier ist etwas unter dem Sitz, direkt vor mir, hinter dem Rahmen. Ich habe versucht zu erkennen, was es ist, ohne dass er es bemerkte. Ich habe da etwas – es ist aus steifem Papier mit aufgeblähtem Ende und so etwas wie Klebeband. Darin sind Papiere. Es könnten die Inhaberschuldverschreibungen sein. Wenn Digby den Umschlag bei sich hatte, als sie seinen Wagen anhielten, hat er es vielleicht geschafft, sie unter den Sitz zu schieben, als er noch … bevor ihm etwas zustieß. Gut, ich schätze, dass Lal sie vielleicht doch haben könnte. Aber es könnte auch sein, dass sie hier sind. Dido, dadurch könntest du die Möglichkeit haben, mit ihm zu verhandeln. Wenn es nötig ist, biete ihm die Schuldverschreibungen an. Verstehst du mich? Du musst einfach dein Bestes geben, verstehst du?«

Paul dachte, er würde uns umbringen.

Diese Erkenntnis hätte mich lähmen sollen. Stattdessen spürte ich eine verrückte Erleichterung, denn dadurch wurde alles ganz einfach. Es gab nichts anderes mehr zu tun als zu versuchen, nicht umgebracht zu werden. Ich durfte nicht an Mathews Gesicht denken. Oder … vielleicht doch. Ich musste mich daran erinnern, denn dadurch wurde alles andere einfach.

Im Haus ging ein weiteres Licht an. Dann noch mehr im oberen Stockwerk – in den Fenstern des großen Schlafzimmers.

»Warum? Mathews – wie?«

»Verdammt, Dido, ich sagte doch, du solltest den Mund halten.« Er klang eher erschöpft als wütend. »Der Name fiel mir ein, kurz bevor du dich erinnertest. Ich hatte ihn ebenfalls auf den Papieren gesehen, die du mit runterbrachtest. Du hättest wirklich einen Blick darauf werfen sollen. Der Sergeant, der während des Goldraubs umgebracht wurde, hieß Mathews. Ich schätze, es war der Vater von unserem Mathews hier. Moores Partner. Lyon fragte sich allmählich, ob Moore dafür gesorgt hatte, dass sein Partner während des Überfalls ermordet wurde, denn wahrscheinlich wusste Mathews alles über Moores Beteiligung daran und war gefährlich. Unser Mathews muss zu jener Zeit ein Teenager gewesen sein. Ich frage mich, ob er eben erraten hat, dass der Partner seines Vaters ein doppeltes Spiel trieb … Was war das?«

Das Licht in den oberen Fenstern war ausgegangen und jetzt ging ein anderes links davon an.

»Vielleicht hat sein Sohn seitdem alles geplant, hat über die alten Kumpel seines Vaters gebrütet, die nun lachend in ihren Villen saßen und vom Gesetz nicht zu fassen waren. Ich frage mich, wo Mathews seinen letzten Urlaub verbracht hat. Da hat jemand die alte Gang im Verlauf der letzten Jahre dezimiert. Dies wurde Scotland Yard vor einigen Wochen klar, als man dort von den spanischen Behörden über Peter White unterrichtet wurde. Deshalb wurde der Fall wieder aufgerollt, deshalb wurde Lyon angewiesen, Gründe für Moores Ausweisung zu finden und den ganzen Coup ein für alle Male aufzuklären.«

Mir war klar, dass Paul immer weitersprach und all diese Dinge sagte, damit ich nicht in Panik geriet, und obwohl ich das wusste, entdeckte ich, dass es funktionierte. »Du meinst, *er* war es? Er muss der dritte Mann gewesen sein, der die Wohnung der Digbys durchsuchte? Es war *Mathews*, der sie alle umbrachte?«

»Außer Frankie, wo er offensichtlich Moores Hilfe hatte. Ich würde sagen, das auf dem Sicherheitsvideo von gestern war Mathews. Er hat die richtige Statur. Ich frage mich, ob er den Fehler mit den Handschuhen machte … Willst du es nicht noch einmal versuchen?«

Ich hatte die Haustür beobachtet, aber jetzt drückte ich mich wieder gegen das Lenkrad und konnte den Zündschlüssel mit einem Fingerknöchel streifen. Mein gebogenes Handgelenk wurde von einem schmerzhaften Krampf durchzuckt, und ich musste es gewaltsam wieder gerade biegen, damit der Schmerz nachließ.

»Das sind zu viele Zufälle«, wandte ich ein, kaum konnte ich wieder sprechen, »dass Mathews genau auf der passenden Wache arbeitete, als Moore und die Fishers wieder hier auftauchten.«

Paul sagte: »Verstehst du denn nicht? Mathews ließ sich vor sechs Monaten hierher versetzen. Er muss gehört haben, dass die Fishers in dieses Viertel gezogen sind. Dann setzte er sich wahrscheinlich mit Moore in Verbindung. Er muss angedeutet haben, er sei hinter dem Geld her und wolle sich nützlich machen. Er war der Sohn seines alten Freundes. Sie erkannten nicht, dass er ahnte, was Moore getan hatte. Dann bestand er seine Prüfung, indem er Moore half, Frank Brunton umzubringen und die Leiche loszuwerden. Vielleicht weigerte sich Andy Fisher wirklich, Moore dabei zu helfen.«

Das Licht oben blieb weiterhin an, aber in der Eingangshalle bewegte sich etwas und dann schien Lal hinauszuschießen. Sie war barfuß und ohne Mantel, und ihr Haar fiel ihr wüst ins Gesicht, verbarg jedoch nicht das Blut, das ihr von einer Wunde auf dem Nasenrücken tropfte. Moore ging hinter ihr. Er stieß sie hart gegen die Seite des Wagens und schob sie dann durch die Beifahrertür. Als sie sich schweigend neben mir zusammenkauerte, knallte er die Tür zu und stieg hinten ein. Die Waffe hielt er immer noch in der Hand. Er sagte: »Wir waren schon zu lange hier. Fahren Sie los.«

Ich ließ mich mit dem Kopf gegen das Lenkrad sinken und wimmerte: »Ich komme nicht an den Zündschlüssel.«

Als er sich erhob und über mich hinweggriff, wich ich unwillkürlich zurück. Den Kopf hielt ich abgewandt. Der

Motor ging an. Moore wiederholte: »Fahren Sie los. Einmal wenden. An der Straße rechts abbiegen.«

Nun, da der Motor lief, konnte man das Lenkrad wieder bewegen. Ich setzte zurück und befahl mir zu atmen. Tief, langsam. Ein. Aus. Und noch einmal. Ich wendete den großen Range Rover in einem Kreis und fuhr vorsichtig und ruhiger durch das Tor.

Es war kalt.

Als wir die Colney Hatch Lane erreichten, bellte Moore: »Hier links.«

»Wohin fahren wir?«, fragte ich. Meine Stimme war wieder laut.

Neben mir hielt Lal den Atem an.

»Sie fahren nicht viel weiter«, sagte Moore. »Folgen Sie nur meinen Anweisungen, dann sind Sie in Kürze frei. Wenn ich bei meiner Wohnung bin und meinen Pass geholt habe, brauche ich Sie nicht mehr. Lal wird dann fahren. Lal mit mir. Wir sind alte Freunde. Andy sähe es nicht gern, wenn ich sie hier der Polizei überlassen würde, nicht wahr, Lal?«

Niemand sagte etwas darauf. Die Lichtbogenlampen über der Straßenbrücke und dem ganztägig geöffneten Supermarkt leuchteten vor mir. Ich beobachtete Lal aus dem Augenwinkel. Sie hatte sich auf ihrem Sitz aufgerichtet, ich sah, dass sie wieder still vor sich hin weinte. Dieses Mal hielt ich es für echt, doch ich bekam gute Lust, sie dafür zu schlagen; allerdings hatte Moore sie schon geschlagen, und die Hand, die ihr am nächsten war, war ans Lenkrad gekettet.

Die Stimme hinter mir sagte: »Sehen Sie die kleine Rechtsabbiegerspur direkt vor uns auf der Straße, vor der Ampel? Wir werden an der Werkstatt dort einbiegen – sehen Sie sie?«

Ich nickte, blinkte und bog äußerst vorsichtig ab.

Kalt. Wir waren in eine Vorortstraße mit respektablen edwardianischen Reihenhäusern eingebogen, die kleine Vorgärten, niedrige Mäuerchen, Ligusterhecken und Reihen von geparkten Wagen auf beiden Straßenseiten aufwies.

»An der nächsten Kreuzung links«, sagte Moore ausdruckslos. »Dann an der nächsten rechts. Fahren Sie am Pub entlang und dann so lange, bis Sie in einen Parkplatz auf der linken Seite einbiegen können.«

Ich spürte, wie mein Sitz ruckte, als Paul sich bewegte, und wusste, dass er verzweifelt versuchte, eine Möglichkeit zu finden, die Handschellen vom Rahmen zu lösen, wo sie befestigt waren. Ich fuhr langsamer. Wir rollten gemächlich die schmale Straße entlang und ließen genug Platz für einen Lieferwagen, der aus der entgegengesetzten Richtung kam. Die zweite Kreuzung war verwirrend, weil die Markierung den Anschein erweckte, als würde unsere Spur hart nach links abbiegen. Dann sah ich das Pub und schoss in eine kleine Zufahrtsstraße, die zu drei niedrigen Wohnblocks mit Sozialwohnungen führte. Gegenüber davon sah ich eine dunkle Reihe kleiner Bäume und dahinter einen unbeleuchteten Parkplatz. Hinter einem hohen Zaun am fernen Ende verlief die nördliche Umgehungsstraße, hell und geräuschvoll mit ihren hohen Lichtbogenlampen und ihren sechs Fahrspuren.

»Nehmen Sie die letzte Zufahrt«, sagte Moore. »Fahren Sie auf und dann direkt zum Ende. Das war's. Sehen Sie die großen Lagerschuppen in der Ecke? Bleiben Sie davor stehen und schalten Sie die Lichter aus. Aber der Motor bleibt an.«

Ich navigierte halb blind zwischen den dunklen Reihen

geparkter Wagen hindurch und hielt direkt vor einer Wand an, löste den Fuß nicht von der Bremse. Moore lehnte sich herüber und machte etwas, und dann sah ich, dass Paul sich steif aufrichtete und sich das rechte Handgelenk rieb. »Ich lasse Sie beide hier raus«, sagte Moore. »Miss Hoare …«

Er hielt abrupt inne. Dann kicherte er. Nach einem Augenblick sagte er: »Ich hab Scheiße gebaut. Weißt du was, Lal? Mr Mathews hat die Lady ans Lenkrad gekettet und der Schlüssel für die Handschellen ist noch in seiner Tasche. Ich schätze, für heute Abend werden Sie unser Fahrer sein. Lal und ich werden es uns einfach auf den Rücksitzen bequem machen und über alte Zeiten plaudern, und Sie können uns bis nach Harwich fahren, klar? Sie fahren sehr gut, das muss ich sagen. Lal, gib mir eine Minute. Grant, Sie verlassen uns hier.« Im Spiegel sah ich, wie er leicht die Waffe hob und sie auf Paul gerichtet hielt, als er sich herüberlehnte und etwas hinter meinem Sitz machte. Dann glitt er aus seiner eigenen Tür und ging, immer mit Blick auf uns, um den vorderen Teil des Wagens herum. Als er direkt vor der Motorhaube stand, blieb er stehen und hob die Waffe. Durch die Windschutzscheibe hindurch konnte ich die Schwärze im Lauf sehen, der auf mein Gesicht gerichtet war. Moore winkte. Mit einem Gefühl der Übelkeit hörte ich, wie Paul seine Tür öffnete. Ich hielt meine Augen auf Moore gerichtet, als Paul in mein Blickfeld trat. Er blieb außerhalb von Moores Reichweite stehen. Dann änderte die Waffe ihre Schussrichtung und wies zu Boden. Der Knoten in meinem Magen wollte sich nicht auflösen. Neben mir bewegte sich etwas, und ich wusste, dass Lal sich aufgesetzt hatte und beide beobachtete. Moore sagte etwas, was im Brummen des Motors unterging. Paul rührte sich nicht. Moore sagte wieder etwas, verlagerte sein Gewicht, wandte sich um, und da schrie Lal: *»Tu doch was! Er wird uns alle umbringen!«*

Moore trat zurück und hob erneut die Waffe, als ich meinen Fuß auf das Gaspedal drückte, das Steuer hart herumriss und der Wagen einen Satz zu ihm machte, gerade in dem Augenblick, als er feuerte. Ich sah das Aufblitzen, hörte jedoch nichts, denn im selben Moment erwischten wir ihn und die Steinwand mit einem hohlen, metallischen Krachen. Der Motor erstarb ein letztes Mal. Stille herrschte, bis auf das Wimmern vom Sitz neben mir. Beide Männer waren verschwunden.

Als ich schließlich meine Tür aufbekam, lag ein Körper direkt unter mir auf dem Boden: Paul – mit geschlossenen Augen, verzerrtem Gesicht und Blut, das ihm aus irgendeiner Wunde in der Nähe seines Halses sickerte. Ich konnte nicht sagen, ob er bei Bewusstsein war. Oder noch lebte. Eine kleine, schwarze Pfütze breitete sich sehr langsam unter dem Wagen aus.

Neben mir fummelte Lal am Türgriff und versuchte zu sprechen. »Stopp sie«, verstand ich, »du musst die Blutung stoppen, sonst stirbt er …«

Wie konnte ich all das Blut stoppen? Als ich gegen die Wand gefahren war, war das Lenkrad wieder eingerastet, aber ich konnte mich dahinter hervorwinden und versuchte, das Blut aufzuhalten, das sich langsam zu meinen Füßen ausbreitete, doch es ging nicht. Ich hing mit meiner angeketteten Hand am Steuer und ließ mich vom eigenen Gewicht zu Boden ziehen. Dann zerrte ich Lals schwarz-weißen Schal aus meiner Tasche und drückte ihn unbeholfen einhändig zusammen, und während ich in Moores Blut kniete, suchte ich im trüben Licht so lange, bis ich die Verletzung an Pauls Schulter gefunden hatte, und drückte das Stoffbündel mit all meinem Gewicht dagegen.

Auf der anderen Seite des Wagens ging eine Tür auf. Ich dachte, Lal würde wegrennen. Dann hörte ich sie am Eingang zum nächstgelegenen Gebäude schreien. Eine andere Stimme schrie zurück. Irgendetwas. Ich kniete dort und presste mich gegen das Blut und schloss die Augen, während ich auf die Sirenen wartete. Nach einer Weile kamen sie.

Kapitel 33

Unter dem Strich

Im Zimmer war es dämmrig, nicht dunkel, also musste es Morgen sein. Ein bewölkter Morgen. Ich wandte den Kopf und entdeckte, dass ich ein paar weiße Pünktchen erkennen konnte, die am Fenster vorbeidrifteten. Schnee. Dummer Schnee. Ich wandte den Kopf wieder ab und blickte auf die Uhr. Die Zeiger standen gerade auf elf. Ich war ziemlich sicher, dass da irgendwas war, was ich tun sollte, doch im Moment fiel mir nicht ein, was oder warum. Samstag … es war Samstag, und ich konnte hören, dass die Kirchenglocke Theater machte wegen irgendeiner Hochzeit oder so. Das musste mich aufgeweckt haben. Es war Samstag, aber der Laden würde nicht geöffnet werden, nicht von mir. Ich hob den Kopf, um zum Kinderbettchen zu sehen, und entdeckte, dass es leer war. Ben und Phyllis hatten wahrscheinlich schon vor Stunden gefrühstückt.

Ich beschloss, den Rest des Tages im Bett zu bleiben. Ich war müde, und außerhalb dieses friedlichen Zimmers lauerte alles mögliche Dunkle, mit dem ich mich nicht konfrontieren wollte.

Etwas bewegte sich und die Tür knarrte. Ich beobachtete, wie sie aufging, und hörte die Tritte auf dem Teppich, deshalb war ich vorbereitet auf das Gewicht, das plötzlich auf das Fußende meines Bettes fiel. Mr Spock trottete schwerfällig zum Kopfkissen und betrachtete prüfend mein Gesicht. Ich flüsterte: »Mir geht es gut. Weck mich nicht auf. Leg dich hin.« Ich wartete, bis er sich zurückzog und es sich in meiner Kniebeuge bequem machte. Dann konnte ich mich wieder dem Schlaf hingeben.

Als das Telefon im anderen Zimmer klingelte, öffnete ich die Augen und fragte mich, ohne mich zu rühren, ob ich wohl drangehen sollte, bis ich Bewegungen im Flur hörte. Das Klingeln hörte auf. Ich konnte Phyllis' Stimme hören. Nach einer Weile kehrten ihre Schritte zurück und in der Tür ertönte ein Flüstern. »Dido?«

»Ich bin wach. Was ist?«

»Dein Vater.«

Ich schloss die Augen. »Geht es ihm gut? Sag ihm, ich rufe ihn später an.«

Die Schlafzimmertür öffnete sich weiter. »Er sagt, er kommt in etwa einer Stunde rüber, und dann sollst du fertig sein, weil er um halb eins einen Tisch in seinem Lieblingsrestaurant reserviert hat, und ob er dir etwas mitbringen soll, wenn er kommt.«

Ich hatte nicht die Energie zu widersprechen, also murmelte ich: »Nein, danke« und schloss wieder die Augen.

Einen Moment später landete wieder ein schwereres Gewicht auf meinem Bett; als ich die Augen öffnete, sah ich Ben energisch über die Bettdecke krabbeln. Er wirkte glücklich, mich zu sehen. Ich setzte mich auf und zog ihn in meine Arme. Phyllis setzte sich mit prüfendem Blick auf den Bettrand und Mr Spock verzog sich.

Ich sagte: »Ich bin zu müde, um aufzustehen.«

»Als ausgebildete Krankenschwester«, bemerkte Phyllis langsam, »muss ich sagen, dass dies keine gute Idee ist, hier herumzuliegen und sich selbst zu bemitleiden. Nach meiner Erfahrung ist es besser, aufzustehen und sich dem ganz normalen Alltag zu widmen. Du wirst dich besser fühlen, wenn du ausgehst und etwas isst. Warum nimmst du nicht ein Bad und ziehst dich an?«

»Vielleicht solltest du Barnabas anrufen und sagen, dass ich nicht kann.«

»Natürlich kannst du«, entgegnete Phyllis. Dann wurde sie beleidigend: Sie lachte. »Dein Vater sagt, er hätte dir ein paar Fragen zu stellen. Kannst du dir vorstellen, wie du ihn von hier fern halten willst? Du solltest ihm lieber erlauben, uns allen Spaghetti zu spendieren, während du mit ihm sprichst.«

Ich hörte auf, beleidigt zu sein, ertappte mich, wie ich kicherte, und sagte: »Phyllis, ich habe einen Menschen getötet. Es war kein Unfall, ich wollte es tun. Das macht mich krank.«

Sie blickte mich an. »Du musstest es tun.«

»Woher weißt du das?«

»Lal hat es mir erzählt.«

Lal – verdammte Lal. Ich konnte mich nicht entscheiden, ob ich diesen Namen hasste oder ... Wahrscheinlich.

»Wo ist sie? Wie geht es ihr?«

»Sie ist für ein paar Tage wieder in der Wohnung. Sagte, ihre Schwiegertochter hätte zu viele Fragen gestellt und sie wollte ihre Ruhe haben. Ich sagte, sie könne das Chaos beseitigen, das sie beim letzten Mal hinterlassen hätte. Als ich sie zuletzt sah, wusch sie die Küchenschränke aus.«

»Wirklich?«

»Sie ist ziemlich praktisch veranlagt.«

»Mehr als du?«

»Als ich?«, sagte Phyllis und lachte.

Ich sagte heiser: »Ich habe einen Menschen getötet. Mathews und Moore haben Frank getötet, Mathews hat Andy Fisher und wer weiß wie viele andere getötet, Moore hat ihn getötet; aber jetzt ist Moore genauso tot wie die anderen, und das war ich. Du musst nicht sagen, dass er es verdiente oder dass ich es tun musste – das weiß ich, und das sollte helfen, es hilft auch, aber ungeschehen macht es das nicht – was ich getan habe.«

»Dann bleibt mir nicht mehr viel zu sagen«, stimmte Phyllis zu. »Tot ist tot. Ich weiß das ... Er hat dich unterschätzt, nicht wahr? Ich weiß nicht, wie du das geschafft hast – ich habe Leute gesehen, die darauf warteten, in den Operationssaal zu kommen, die zitterten so stark, dass sie sich nicht mehr bewegen konnten. Aber du hast es geschafft, drei unschuldige Menschen zu retten. Er muss gedacht haben, du seist nur ein hilfloses, armes Frauchen. Eine Lady eben.«

Ich war nicht sicher, doch hatte ich den Verdacht, dass sie mich, wenn auch sehr nett, immer noch auslachte.

Die Klingel ertönte und wir drei blickten einander an.

»Das *kann* noch nicht Barnabas sein.«

»Ich mache auf«, sagte Phyllis. Ich hörte, wie sie die Treppe hinunterging und die Haustür zur Straße öffnete. Es folgte eine Begrüßung, danach Fragen und ein leises Gespräch. Es dauerte eine ganze Weile, bevor ich hörte, wie die Tür zuging und die Schritte zurückkehrten. In der Zwischenzeit hatte Ben beschlossen, zu mir unter die Decke zu kriechen, und so lagen wir nebeneinander auf dem Kopfkissen und harrten der Dinge, die da kommen mochten.

Es waren Blumen. Phyllis glitt ins Zimmer, verdeckt von zwei Armen voller weißer und gelber Rosen mit Schleierkraut und üppigem Grünzeug.

»Das war Constable Peters«, sagte sie und lächelte. »Das ist das erste Mal, dass ich einen Streifenwagen habe Blumen ausliefern sehen. Ich stelle sie ins Wasser, wenn ich etwas finde, das groß genug für sie ist.«

Soweit ich mich erinnern konnte, war die einzige Vase in der Wohnung die Waterford-Kristallvase, die meiner Mutter gehört hatte. Sie hatte eine normale Größe, im Gegensatz zu diesem Blumenstrauß.

»Der Eimer?«, schlug ich vor. »Der neue Putzeimer? Er ist dunkelgrün, das wird ganz gut passen. Was soll der Strauß? Haben sie auf dem Revier eine Sammlung veranstaltet oder so?«

»Es gibt eine Karte«, sagte Phyllis. Sie wusste offensichtlich mehr als ich. Sie zog einen länglichen Umschlag aus dem Grünzeug und gab ihn mir, und ich öffnete ihn und holte eine linierte Karteikarte mit den Worten *North Middlesex Hospital* hervor, die auf das obere Ende gestempelt waren. Die Schrift darunter war unbeholfen, linkshändig, besagte jedoch ganz sachlich: *Ich schulde dir etwas. Das werde ich nicht vergessen. Paul.*

Er schuldete mir wirklich etwas. Daran ließ sich nichts deuteln. Ich hatte mein Bestes getan, aber jetzt war ich wieder wütend. Einfach ausgedrückt, war etwas Unverzeihliches geschehen, weil ich von Diane Lyon, die es doch hätte besser wissen müssen, als Lockvogel benutzt und dann von jemandem verraten worden war, den ich für meinen Freund hielt, bloß – der Tatsache musste man ins Auge blicken –, bloß, weil ihm eine Beförderung winkte, oder etwa nicht?

Aber ich wusste, es war Zeit, die Erinnerung an meine eigene Hilflosigkeit und das, was ich getan hatte, in eine Ecke meines Hinterkopfs zu verbannen und eine Zeit lang ruhen zu lassen.

Zeit, aufzustehen.

Danksagung

Da Dido von einer Krise in die nächste gerät, gebührt all den üblichen Verdächtigen Dank, die mir Rat und Hilfe sowohl in praktischer als auch in theoretischer Hinsicht geboten haben: den Lesern in Großbritannien und Nordamerika, die mich schon bei früheren Gelegenheiten berieten (Alex, Andrew, Eric, Hope – ihr wisst, wer gemeint ist!), meiner Agentin Jacqueline Korn; den Lektoren bei Hodder/NEL, St. Martin's und HarperCollins, die meine Bücher zu mögen scheinen, auch wenn ich, wie ich weiß, ihre Geduld manchmal strapaziere; und all den Menschen, die mir, wenn ich dringend Hilfe benötigte, bei technischen Problemen zur Seite standen, so zum Beispiel eine Kollegin, die den Cherokee-Jeep ihrer Familie auf dem Parkplatz eines kalifornischen Einkaufscenters parkte und sich vom Lenkrad baumeln ließ, nur damit wir wussten, dass es machbar ist.